Über dieses Buch »In Südafrika eskaliert der latente Bürgerkrieg seit Monaten. Aber seit Jahren besitzt der Apartheid-Staat eine unbestechliche Chronistin: die Schriftstellerin Nadine Gordimer. Viele ihrer Bücher sind in ihrer Heimat von der Zensur verboten, gleichwohl schreibt sich die Gordimer allmählich in Nobelpreisnähe: Mit Genauigkeit, Leidenschaft und hintergründiger Ironie beschreibt sie die unhaltbaren gesellschaftlichen Zustände in Südafrika, verdeutlicht am privaten Schicksal das politische System. Beispielsweise in ihrem neuesten Erzählungsband ›Eine Stadt der Toten, eine Stadt der Lebenden‹: An treffenden Alltagsbeobachtungen (etwa dem Fachärzte-Exodus aus Südafrika) macht sie die Atmosphäre von Angst und Gewalt, von weißer Belagerungsneurose und schwarzer Ohnmacht beklemmend fühlbar, differenziert meisterhaft zwischen Buren, Engländern, Indern, geduldigen und militanten Schwarzen.» (*profil*, Juli 1985)
Nicht alle Erzählungen dieses Bandes spielen in Südafrika. Aber alle Geschichten zeugen von Nadine Gordimers stilistischer Meisterschaft und ihrem scharfen Auge für das Detail. Immer steht die Autorin auf seiten derer, die leiden, denen Unrecht geschieht, oder derer, die das komplizierte Geflecht von Recht und Unrecht nicht verstehen. So schildert sie in der Titelerzählung eine junge Schwarze, die einen schwarzen Widerstandskämpfer an die Polizei verrät, weil sie einen Revolver gesehen hat und sich vor der Waffe fürchtet. Die künstlerisch vielleicht erstaunlichste Leistung dieser Kurzgeschichten ist die subtile Beherrschung des Stoffes, die es Nadine Gordimer erlaubt, ohne ästhetische Einbuße große soziale Themen in die Handlungen einzubringen.

Die Autorin Nadine Gordimer wurde 1923 in dem südafrikanischen Grubenstädtchen Springs geboren. Ihre Romane, Erzählungen und Essays machten sie zu einer Autorin von Weltruf. Sowohl in öffentlichen Auftritten als auch in ihren Werken setzt sie sich beharrlich für die Emanzipation der Schwarzen in ihrem Heimatland ein. Nadine Gordimer gilt als eine der wenigen modernen Autorinnen, denen es gelungen ist, politische Themen ohne ästhetische Einbuße in ihrem Werk zu verarbeiten. Sie lebt heute mit ihrem Mann in Johannesburg. 1991 wird Nadine Gordimer mit dem Nobelpreis für Literatur ausgezeichnet.

Nadine Gordimer   Werke

S. Fischer Verlag

Anlaß zu lieben. Roman
Der Besitzer. Roman
Burgers Tochter. Roman
Der Ehrengast. Roman
Etwas da draußen. Erzählung
Entzauberung. Roman
Fremdling unter Fremden. Roman
Die Geschichte meines Sohnes. Roman
Gutes Klima, nette Nachbarn. Erzählungen
Julys Leute. Roman
Leben im Interregnum. Essays zu Politik und Literatur
Ein Spiel der Natur. Roman
Eine Stadt der Toten, eine Stadt der Lebenden. Erzählungen

Fischer Taschenbuch Verlag

Anlaß zu lieben. Roman. Bd. 5948
Der Besitzer. Roman. Bd. 10708
Burgers Tochter. Roman. Bd. 5721
Clowns im Glück. Erzählungen. Bd. 5722
Der Ehrengast. Roman. Bd. 9558
Entzauberung. Roman. Bd. 2231
Fremdling unter Fremden. Roman. Bd. 5723
Julys Leute. Roman. Bd. 5902
Ein Spiel der Natur. Roman. Bd. 11298
Eine Stadt der Toten, eine Stadt der Lebenden. Erzählungen. Bd. 5083

Nadine Gordimer

Eine Stadt der Toten, eine Stadt der Lebenden

Erzählungen

Aus dem Englischen von
Inken Bohn

Fischer Taschenbuch Verlag

13.–42. Tausend: Oktober 1991

Ungekürzte Ausgabe
Veröffentlicht im Fischer Taschenbuch Verlag GmbH,
Frankfurt am Main, August 1987

Lizenzausgabe mit freundlicher Genehmigung
des S. Fischer Verlag GmbH, Frankfurt am Main
Die Originalausgabe erschien unter dem Titel ›Something out There‹

Umschlaggestaltung: Jan Buchholz / Reni Hinsch
unter Verwendung eines Fotos der Bildagentur
Anne Hamann / © Reiser
Druck und Bindung: Clausen & Bosse, Leck
Printed in Germany
ISBN 3-596-25083-8

Inhalt

Eine Stadt der Toten, eine Stadt der Lebenden

Man zählt die Tage nur, wenn man darauf wartet, ein Baby zu bekommen oder im Gefängnis ist. Ich habe mein Kind bekommen, aber ich zähle die Tage, seit er in diesem Haus ist.

Die Straße fällt steil ab zwischen den zwei Häuserreihen wie das verlassene Bett eines Flusses, der seinen Lauf geändert hat. Die *Shebeen*besitzerin, die gegenüber wohnt, hat ein Auto, das sich schaukelnd seinen Weg zu ihrem reichverzierten, schmiedeeisernen Tor bahnt. Alle anderen, die *Shebeen*kunden eingeschlossen, gehen über Steine, Sand und Gullys von der Bushaltestelle nach Hause. Es ist zu weit, um mit dem Fahrrad zur Arbeit in die Stadt zu fahren.

Das Haus hat die von Städteplanern für die armen Townships kalkulierten üblichen zwei Zimmer und Küche mit einem kleinen Hof dahinter, in die eine vierköpfige Familie genau hineinpaßt. Wie die meisten Häuser der Straße wurde es mit der Improvisationskunst, die die Not lehrt, innen und außen nochmals unterteilt, um eine größere Anzahl von Personen unterbringen zu können. Die Garage ist die Wohnung von Untermietern. (Die *Shebeen*besitzerin, die alles über jeden weiß, könnte sich vielleicht erinnern, wie das Haus zu der Garage kam – vielleicht hat hier einmal ein Taxibesitzer gewohnt.) Die Eingangstür des eigentlichen Hauses führt in ein Zimmer, das durch grünliche Brokatvorhänge unterteilt ist, deren Farbe verblichen und deren reich verziertes Muster verwaschen war, bevor sie in einem Haus anderer Art ausrangiert wurden. Auf einer Seite der Vorhänge ist ein Wohnzimmer mit gerade genügend Platz, um ein plastikbezogenes Sofa und zwei Stühle hineinzuzwängen, einen Couchtisch mit gehäkelter Decke, einer Vase mit gefärbten Federblumen und einer Öllampe und einem Radiorecorder mit selbstgebauten Lautsprechern. Ein großer gefirnißter Druck eines Pferdes mit wilder, orangefarbener Mähne und weitaufgerissenen Nüstern hängt an der Wand. Der Boden ist aus Zement, mit schwarzem Bohnerwachs poliert. Auf der anderen Seite der Vorhänge ist ein Bett, ein vergittertes Fenster, ein kleiner Tisch mit Kerze, einer Flasche mit Magentabletten und einem Wecker. Während des Tages ist ein Nylonnachthemd mit Rüschen auf der Decke drapiert. Frauenkleidung ist in einer Kiste unter dem Bett. Im Plastikbezug einer Reinigung hängt der Anzug eines Mannes an einem Nagel.

Eine Tür, nie verschlossen, führt von dem Wohnzimmer in die Küche. Dort gibt es ein Waschbecken, das gleichzeitig das Badezimmer des Hauses ist, einen kohlebeheizten Herd voller Chromverzierungen wie ein Auto aus den vierziger Jahren, eine perlmuttblaue Kommode aus Resopal mit Glastüren, die sich nicht leicht schieben lassen, einen Tisch und Plastikstühle. Der Kochgeruch ändert sich nie; angebrannte Maisgerichte, Curry, der den süßlichen Geruch von Innereien überdeckt, saurer Brei, Zwiebeln. Ein kleiner Kühlschrank, nicht angeschlossen, wird dazu benutzt, um Margarine, Kondensmilch und Ölsardinen aufzubewahren; es gibt keinen Strom.

Eine andere Tür mit einer Milchglasscheibe in der oberen Hälfte wird immer verschlossen gehalten. Sie führt aus der Küche heraus. Netzvorhänge verstärken die Abgeschlossenheit des Milchglases, die Intimsphäre des Mieters dieses Hauses, Samson Moreke, dessen Zimmer dahinter liegt, das er mit Frau und Baby teilt und denjenigen seiner älteren Kinder, die einige Zeit fern von ihren Verwandten verbringen, die in Dörfern auf dem Land für sie sorgen. Wenn alle Kinder gleichzeitig in der Wohnung ihrer Eltern sind, ist das Sofa ein Bett für zwei; andere schlafen auf dem Boden in der Küche. Manchmal ist das Sofa nicht frei, weil erwachsene Verwandte, die Arbeit in der Stadt finden, irgendwo bleiben müssen. Nummer 1907 Block C beherbergt elf Menschen – hat sie beherbergt – wie viele sie beherbergen könnte, hängt davon ab, wer außerdem nicht weiß, wohin er soll. Diese Berechnung schließt die weibliche Untermieterin ein, sowie ihre respektable Folge von Liebhabern hinter dem grünen Brokatvorhang, aber nicht die Familie, die in der Garage wohnt.
Im Hof hinter dem Haus hat Samson Moreke, auf dessen Namen der Mietvertrag für Nummer 1907 Block C von den Behörden registriert ist, Pfähle und Maschendraht aufgestellt und Catawba Weinstöcke gepflanzt, die im Sommer zu einer angenehmen grünen Laube werden. Darunter stehen drei Metallstühle und ein passender Tisch, noch mit Spuren weißer Farbe, die – wie auch die grünen Brokatvorhänge, das Bild des Pferdes mit orangefarbener Mähne, die Pfähle, Maschendraht und Weinstöcke – von den verschiedenen Arbeitgebern ausrangiert wurden, für die Moreke gelegentlich als Gärtner in der Stadt arbeitet. Die Laube liegt zwischen der Garage

und der Toilette, die von allen auf dem Grundstück geteilt wird, von Mietern und Untermietern.

Sonntags sitzt Moreke unter seinem Weinstock und trinkt eine Flasche Bier, die von der *Shebeen* auf der anderen Seite der Straße stammt. Sogar im Winter sitzt er dort; es ist draußen in der winterlichen Mittagssonne wärmer als im Haus, der Schatten des Weinstocks nur ein gewundenes Seil – die Trauben gegessen, das Blätterdach abgefallen. Obwohl der Hof hinter dem Haus liegt und es einen gelben Wachhund gibt, der an einer Hütte aus Packkisten angebunden ist, gibt es nicht viel Ruhe. Ein großer Teil des Raumes, der der Familie, die in der Garage lebt, wird von dem heizölgetriebenen Eisschrank eingenommen, der mit Limonadendosen und Fruchtjoghurt gefüllt ist, ein nützliches Geschäft, das der Gemeinschaft dient und das Einkommen des Ernährers, eines Reinigers im städtischen Schlachthof, aufbessert. Das Schiebetor, für die Ausfahrt eines Autos aus der Garage gedacht, ist ständig verschlossen. Den ganzen Sonntag kommen Kinder, um kleine Besorgungen zu machen, und klopfen an die alte Küchentür, die in der Stadt organisiert wurde und die Moreke in eine Wand der Garage eingebaut hat.

Eine Straße, in der eine *Shebeen* steht, ein Haus gegenüber einer *Shebeen*, kann sowieso nicht ungestört sein. Das ganze Wochenende wandern Betrunkene über die Furchen, die sogar den Gang von Nüchternen betrunken erscheinen lassen. Die Kinder, die auf der Straße spielen, beachten die Männer nicht, die benebelt zwischen Gesang und Streit mit Leuten sprechen, die nicht da sind.

Neben Freunden und Verwandten kommen auch Bekannte von Moreke, die, weil sie mit ihm im Bus zur Arbeit fahren, erfahren haben, wo er wohnt, von der *Shebeen* herüber und erscheinen im Hof. Er ist ein Mann, der immer Geld beiseite legt, um die Sonntagszeitung zu kaufen; er muß die Zeitung weglegen und statt dessen reden. Die Gäste bringen normalerweise eine oder zwei Flaschen kaltes Bier mit (die *Shebeen* hat auch einen heizölgetriebenen Eisschrank, Restaurantgröße). Gespräche und Gelächter bringen den Hund zum Bellen. Irgend jemand hat ein Transistorradio laufen. Die Stühle sind besetzt und einige Ankömmlinge strecken sich auf dem harten Gras aus. Die meisten der sonntäglichen Besucher sind Männer, aber es gibt Frauen, besonders jüngere, die mit ihnen zur *Shebeen* gegangen sind oder die dort mit ihnen angebändelt haben; diese Frauen sind höflich und rücksichtsvoll gegenüber Morekes Frau Nanike, wenn sie Zeit hat, sich der Versammlung anzuschließen. Oft halten sie ihr jüngstes – das fünfte lebende – Baby, wenn sie zurück in die Küche geht, um zu kochen, oder die Wäsche auf den Zaun hängt. Sie trinkt ein oder zwei Bier, aber obwohl sie Anfang dreißig ist und weiß, daß sie noch schön ist – bis auf einen fehlenden Schneidezahn –, wird sie nicht kokett oder kichert. Sie ist zufrieden, mit ihrem jüngsten Baby auf dem Schoß dazusitzen, in der Sonne, unter Männern und Frauen, die sie kennt, während ihr Mann Anekdoten erzählt, die sie zum Lachen bringen oder ihn anregen. Er erfährt eine Menge aus den Zeitungen. Sie saß mit ihm und seinen Freunden im Hof an dem Sonntag, als ein Vetter mit ein paar Freunden kam. Sie brachten kein Bier, aber sie bekamen etwas. Sie begrüßten sich, aber wer versteht schon Namen? Einer der

Freunde schlief im Gras ein, ein Junge mit einem Körper wie ein ausgebeulter Anzug. Der andere hatte ein gelbes Gesicht, heller als alle anderen Anwesenden, schmal wie ein Handtuch; und die unregelmäßigen Pockennarben der gefurchten Haut waren dort, wo Männern Haar wächst, mit vereinzelten schwarzen Büscheln übersät. Sie bemerkte, daß er einen Goldohrring in einem Ohr trug. Er wußte nichts zu sagen, nahm später aber eine Gitarre, die einem anderen gehörte und spielte für sich. Einer der Leute, die in der Garage wohnten, und der auf dem Weg zum Klosett mit seiner Toilettenpapierrolle durch diese Gruppe unter der Laube ging, blieb stehen, um zuzusehen oder zuzuhören, aber alle anderen sprachen zu laut, um das sanfte Plengpleng und das Nachklingen zu hören, wenn die Handfläche des Spielers die Schwingung des Instruments dämpfte.
Moreke verschwand mit seinen Freunden, als sie gingen, und kam zurück, nicht sehr spät. Seine Frau war ins Bett gegangen. Sie war müde, da sie das Baby stillte. Weil er dort am Fußende des Bettes stehenblieb und nicht anfing, sich auszuziehen, begriff sie, daß jemand bei ihm sein mußte.
»Mtembus Freund.« Der Kopf ihres Mannes zeigte zur anderen Seite der verglasten Tür.
»Was will er jetzt hier?«
»Ich hab ihn mitgebracht. Mtembu hat darum gebeten.«
»Warum?«
Moreke setzte sich auf das Bett. Er sprach leise zu ihrem Gesicht gewandt. »Er braucht einen Platz zum Schlafen.«
»Wo war er denn vorher?«

Moreke hob und senkte schwach seine Ellbogen auf eine Frage, die nicht gestellt werden durfte.

Das Baby verlor die Brustwarze und schnüffelte eifrig in der Luft herum. Sie führte seinen Mund. »Warum kann er nicht bei Mtembu bleiben? Du hättest Mtembu nein sagen können.«

»Er ist dein Vetter.«

»Gut. Ich werde ihm nein sagen. Wenn Mtembu einen Platz zum Schlafen braucht, muß ich ihn nehmen. Aber nicht jeden, den er von der Straße hereinbringt.«

Ihr Mann gähnte, wobei er jeden Muskel in seinem Gesicht anspannte. Plötzlich beugte er sich vor und fing an, die Seiten der Sonntagszeitung zusammenzulegen, die auf dem Fußboden verstreut waren. Er brachte sie mehr oder weniger genau übereinander, schlug und glättete die Falten.

»Na?«

Er sagte nichts, ging hinaus. Sie hörte die Stimmen in der Küche, aber nicht, was gesagt wurde.

Er öffnete die Tür wieder und schloß sie hinter sich. »Das hat nichts mit Vettern zu tun. Der hier hat Schwierigkeiten. Du liest keine Zeitung … die Sprengung dieser Polizeistation … weißt du, letzten Monat? Sie haben nicht alle gefangen … Es ist für Mtembu nicht sicher, ihn länger dazubehalten. Er muß in Bewegung bleiben …«

Ihre weichen Wangen verhärteten sich.

Ihr Mann beruhigte sie unbeholfen. »Ein paar Tage. Nur für ein paar Tage. Dann (eine Handbewegung) aus dem Land.«

Er nimmt seinen Goldohrring nie ab, nicht einmal, wenn er schläft. Er schläft auf dem Sofa. Er hat keine Decke mitgebracht, kein Handtuch – nichts – benutzt unsere Sachen. Ich weiß nicht, was der Ohrring bedeutet; als ich klein war, gab es Männer, die kamen, um in den Minen zu arbeiten, sie hatten Ohrringe, aber in beiden Ohren – Leute vom Land. Er ist ein Stadtmensch; noch einer, der Zeitungen liest. Er räumt die Decken weg, die ich ihm gegeben habe, und dann liest er den ganzen Tag Zeitungen. Er kann nicht hinausgehen.

Den anderen in Nummer 1907 Block C erzählten sie, der Mann sei Nanike Morekes Vetter, er sei gekommen, um Arbeit zu suchen und habe keinen Platz zum Schlafen. Leute in so einer Lage gibt es in jedem Haus. Keiner mit einem Dach über dem Kopf kann einem Blutsverwandten ›nein‹ sagen – jeder weiß das; Morekes Frau hatte das nicht abgestritten. Aber sie wollte wissen, was sie sagen sollte, wenn jemand nach dem Namen des Mannes fragte. Er selbst antwortete sofort, mit seiner starken, schlanken Hand drehte er den goldenen Ring in seinem Ohr wie ein Mädchen. »Shisonka. Sag ihnen Shisonka.«
»Und weiter?«
Ihr Mann antwortete. »Der Name genügt.«
Moreke und seine Frau benutzten den Namen untereinander nicht. Sie bezeichneten den Mann als ›er‹ oder ›ihn‹. Moreke redete ihn als ›Mfo‹, Bruder, an; sie nannte ihn einfach ›du‹. Moreke beantwortete Fragen, die keiner stellte. Er sagte zu seiner Frau in der Gegenwart des Mannes. »Was ist Blutsverwandtschaft? Hier, an diesem Ort? Wenn du nicht weiß bist, bist du hier mit

allen blutsverwandt.« Sie sah ihren Mann respektvoll an, wie sie es tat, wenn er ihr aus der Zeitung vorlas.

Die Untermieterin arbeitete in der Küche eines *Kentucky Fried Chicken*-Imbisses in der Stadt und war wie Moreke den ganzen Tag an ihrer Arbeitsstelle; am Wochenende schlief sie bei ihrer Mutter, wo ihre Kinder lebten, daher wußte sie nicht, daß der Mann Shisonka das Haus nie verließ, um Arbeit zu suchen oder aus irgendeinem anderen Grund. Ihr Liebhaber kam nur in ihr Zimmer, um das Bett zu teilen, und er schlich sich spät an welcher Gestalt auch immer vorbei, die auf dem Sofa schlief, und ging vor Tagesanbruch, um zu einer Fabrik in dem weißen Industriegebiet zu gelangen. Das einzige Problem war die Familie, die in der Garage wohnte. Der Mann mußte den Hof durchqueren, um die Toilette zu benutzen. Die Frau und die Mutter des Schlachthofreinigers würden bemerken, daß er da war, im Haus; daß er nie ausging. Es war Morekes Frau, die daran dachte und die der Frau in der Garage sagte, ihr Vetter sei krank, er sei gerade aus dem Krankenhaus entlassen worden. Und tatsächlich kümmerten sie sich um ihn, als wäre er wirklich krank – Moreke und seine Frau Nanike. Sie hatten nicht das Geld, um oft Fleisch zu essen, aber am Dienstag kaufte Moreke Innereien vom Schlachter bei dem Busbahnhof in der Stadt, der Mann setzte sich und aß mit ihnen. Moreke brachte Zigaretten nach Hause – der Mann bezahlte ihn – es war klar, daß er Zigaretten haben mußte, Zigaretten mehr brauchte als Essen. Und laß ihn nicht rausgehen, um Zigaretten zu kaufen oder zu Ma Radebe, um einen zu trinken, sagte er seiner Frau; *du* gehst, wenn er etwas braucht, *du* läßt alles stehen und liegen, schließt das Haus ab – gehst.

Ich wasche seine Sachen mit unserer Wäsche. Sein Hemd und Pullover haben Schilder in einer anderen Sprache, kommen aus einem anderen Land. Sogar die Buchstaben der Schrift sind anders. Ich gebe ihm mittags zu essen. Ich selbst esse im Hof mit dem Baby. Ich sage ihm, er soll die Musik spielen, drinnen, wenn er will. Er hörte sich Samsons Kassetten an. Wie konnte ich meine eigene Schwester vom Haus fernhalten? Als die ihn sah, sagte ich, er ist ein Freund von Samson – ein neuer Freund. Sie mag Hellhäutige. Aber das bedeutet, daß man dich bemerkt. Es muß schwer sein, sich zu verstecken. Er meinte nein. Er sieht nicht ängstlich aus. Der Bart wird ihn verstecken; aber wie lange muß ein Bart wachsen, wie lange, wie lange dauert es, bis er weggehen wird.

In der Woche redeten die beiden Männer jede Nacht. Nicht in dem Zimmer mit dem Sofa und dem Radiorecorder, wenn die Mieterin zu Hause war, sondern im Zimmer, wo die Morekes schliefen. Der Mann saß auf einem Küchenstuhl, den Moreke mitgebracht hatte, es war gerade Platz genug dafür zwischen dem großen Bett und dem Kleiderschrank. Moreke lag auf dem Bett, ein Kissen in den Nacken gestopft. Manchmal blieb seine Frau in der Küche, manchmal kam sie herein und saß mit dem Baby auf dem Bett. Sie konnte Morekes Gesicht und den Hinterkopf des Mannes in dem Schrankspiegel sehen, während sie redeten. Über einem dünnen Hals die runde, anschwellende Form des Kopfes, das Haar wie eine Pusteblume aus schwarzem Kapok. Tief darin war ein kleiner Flecken ohne Haar, eine Hautkrankheit oder eine geheilte Wunde. Von vorne zeigte sein schmales gelbes Gesicht wache Aufmerksamkeit, eine Zigarette, die wie ein Finger in den Mundwinkeln hin- und herwackelte, ein goldener Ring um das Läppchen eines der scharf hervorstehenden Ohren – er schien den Makel auf seinem Kopf nicht zu bemerken, wie etwas, das ihn unbeobachtet von hinten angriff.

Sie redeten über Dinge, die Moreke interessierten; die politischen Veranstaltungen, die als Gottesdienste ausgegeben wurden, über die er Berichte las, an denen er aber nicht teilnahm. Der Mann lachte und diskutierte geduldig mit Moreke. »Was hat es für einen Sinn, Mann? Wenn du nicht dazu stehst? Mit den Füßen da stehst wie mit deinem Kopf ... Ja, geh und laß dir auf den Kopf schlagen, wenn die Hunde und die *kerries* kommen. Seit 76 machen dir's die Jungen vor ... du weißt schon.«

Moreke wollte dem Mann erzählen, was er von den Stadträten hielt, die die Behörden zusammengestellt hatten, und von den Komitees, die die Leute selbst als Opposition gegründet hatten, so wie er, wenn er zufällig mit einem Sportfan zusammen war, seine Meinung über die augenblickliche Situation im Fußball sagen wollte. »Weißt du, mit den Stadtverordneten kann ich nichts anfangen. Die wollen nur gute Jobs und tolle Autos für sich. Ich bin ein armer Mann, ich werd nie ein Auto haben. Aber sie sagen, daß sie diese Gegend zu einem zweiten Jo'burg machen wollen. Vielleicht hört die Regierung auf sie ... Sie sagen, daß sie es schaffen können. Die Komitees – nicht? – die meinen genau wie *ich*, daß die *Verordneten nichts taugen* – aber sie selbst, was können die tun? Die wissen, daß das hier nichts bringt. Sie reden, sie sprechen darüber, sie gehen ins Gefängnis. Was bringt das? Was kann man denn schon tun?«

Der Mann sagte nicht, was er gemacht hatte. ›Das Polizeirevier‹ war da, gegenwärtig in ihren Gedanken, auf ihren Zungen; nicht erwähnt.

Der Mann lächelte Moreke an, lächelte über etwas, was er schon vorher oft gehört hatte und was er jetzt vielleicht für immer hinter sich lassen würde. »Dein Stadtrat. Diese Strohmänner. Siehst du diese *donga* da draußen, die man Straße nennt? Dieses Haus, das noch nicht einmal elektrisches Licht in den Zimmern hat? Du pflanzt schöne Gärten, die Blumen riechen gut ... und wieviel Leute müssen in dieses stinkende Loch in deinem Garten scheißen? Wieviel bekommst du dafür, die Erde umzugraben, die weißen Leuten gehört? Du hast mir gesagt, was du bekommst. ›Spitzenlohn‹: zehn Rand am Tag. Gerade genug für die Miete hier, und noch nicht einmal das Scheißhaus gehört dir, noch nicht einmal der Dreck, den du aus dem Garten mit deinen Schuhen reinbringst ...«

Moreke war wie befreit, aufgeregt. »Die Buspreise sind letzte Woche erhöht worden. Die Mieten sollen auch erhöht werden ...«

»Diese Strohmänner, das tun die für euch. Siehst du? Aber die Komitees sagen euch, daß ihr diese Miete nicht zahlen sollt, weil ihr nicht genug verdient, um in der ›schönen Stadt‹ zu leben, die diese Strohmänner euch versprechen. Das ist doch die Wahrheit, oder? Ist nicht das, was man *weiß*, die Wahrheit? Hörst du nicht auf die, die die Wahrheit sagen?«

Seit ein paar Minuten schon hatte Morekes Frau geguckt wie jemand, der unterbrechen möchte. »Ich geh zu Radebe und hol eine Flasche Bier, wenn ihr wollt.«

Die beiden Männer nickten einander zustimmend zu.

Moreke zählte das Geld ab. »Bring keinen mit nach Hause.«
Seine Frau nahm die Münzen, ohne aufzusehen. »Ich bin doch nicht dumm.« Das Baby schlief auf dem Bett. Sie schloß leise die Tür hinter sich. Die beiden Männer hatten einen Moment lang den Faden ihres Gesprächs verloren; Moreke füllte die Lücke: »Eine gute Frau.«

Wir sind alleine zusammen. Das Baby mag ihn. Ich stille es jetzt nicht jedesmal; gestern, als ich die Kohle holte, hat er ihr die Flasche gegeben. Ich frage ihn, ob er Kinder hat? Er lächelt nur, schüttelt den Kopf. Ich weiß nicht, ob das bedeuten soll, daß es dumm war zu fragen, weil jeder Kinder hat.
Vielleicht heißt es, daß er es nicht weiß, so tut, als ob er es nicht weiß – hält viel von sich selbst, ein kluger junger Mann mit einem goldenen Ring im Ohr hat viele Freundinnen, die Babys von ihm kriegen können.

Das Polizeirevier wurde nie erwähnt, aber der Mann erzählte den Morekes eines Nachts von fremden Orten, an denen er gewesen war – das mußte vor dem Polizeirevier gewesen sein. Er erzählte von der ältesten Stadt auf dem afrikanischen Kontinent, so alt, daß sie eine Stadt der Toten ebenso wie eine Stadt der Lebenden hatte – eine ganze Stadt mit Gräbern wie Häuser. Die Religion da war die gleiche wie die Religion des indischen Ladenbesitzers hier. Dann hatte er in einem anderen Land gelebt, wo es ein halbes Jahr oder länger Schnee gab. Bis zehn Uhr morgens war es dunkel und dann wieder von drei Uhr nachmittags an. Er beschrieb die Kleidung, die er bekommen hatte, um sich vor der

Kälte zu schützen. »Solche Leute, kann ich euch sagen. Ihr glaubt nicht, daß es solche Weißen gibt. Wenn unsere Leute da hinkommen ... man bekommt alles, was man braucht, die geben es einem einfach ... und da gibt's ein Museum, draußen auf dem Land, die haben da Boote, mit denen ihre Vorfahren vor mehr als tausend Jahren um die ganze Welt gesegelt sind. Die sind vielleicht sogar hierher gekommen ... Der Pullover ist noch von ihnen ... voller Löcher jetzt.«

»Guck dir das an, *hai!*« Moreke bewunderte die feinen Fäden der bunten Wolle mit einem Muster, das auf Naturerscheinungen beruhte, die er nicht erkannte – dunkle gefrorene Formen von Fichtenwäldern und Schneekristallen. »Sie wird ihn für dich stopfen.«

Seine Frau war dazu bereit, aber besorgt. »Ich werde versuchen, die gleichen Farben zu bekommen. Ich weiß nicht, ob ich sie hier finden kann.«

Der Mann lächelte über die Freundlichkeit seiner Leute. »Sie soll sich nicht so große Mühe machen. Ich brauch ihn sowieso nicht.«

Keiner fragte ihn, wo er diesen Pullover nicht brauchen würde; was für eine Stadt, in welchen Kontinent er gehen würde, wenn er wegginge.

Nachdem sich der Mann an dem Abend hingelegt hatte, las Moreke die Morgenzeitung, die er aus der Küche seines Arbeitgebers in der Stadt mitgebracht hatte. Er legte die Seiten leise hin und guckte im Zimmer umher, dann las er weiter. Das Baby war unruhig; aber darüber sagte er nichts.

»Es ist besser, nicht zu viel über ihn zu wissen.«

Seine Frau drehte das Baby auf den Bauch.

»Warum?«

Ihr Gesicht war unschuldig vor seinem, wie ein Spiegel, in den er nicht hineinsehen wollte. Er hatte den Mann ermuntert, mehr über das Leben in fremden Orten zu reden.
Die Schatten, die die Kerze warf, flackerten durch das Zimmer, neigten sich über Möbel und Körper, flogen über die Decke und beruhigten das staunende Baby.
»Weil nämlich ... wenn sie uns verhören, wir nichts haben, was wir sagen könnten.«

Er hatte doch etwas mitgebracht. Eine Pistole.
Er kommt jetzt in die Küche und hilft mir, wenn ich abwasche. Er kam heute morgen herein und steckte seine Hände in das seifige Wasser, sagte nichts und fing an, abzuwaschen. Unsere Hände waren in dem Fett und der Seife, ich konnte seine Finger nicht sehen, aber ich fühlte sie manchmal, wenn sie an meine stießen. Er kratzte den Topf aus und trocknete alles ab. Ich bedankte mich nicht. Sich bei einem Mann bedanken – ein Mann macht solche Arbeit nicht, vielleicht hätte er sich geschämt.
Er bleibt in der Küche – wir bleiben fast den ganzen Tag mit dem Baby in der Küche.
Er sitzt nicht mehr da drinnen und hört Kassetten. Ich gehe hinein und stelle das Gerät laut genug, so daß wir es auch in der Küche hören können.

Bis Donnerstag waren die Bartbüschel in dem Gesicht des Mannes dicker geworden und begannen, miteinander zu verwachsen. Samson Moreke versuchte, Mtembu zu finden, um zu hören, was es für Pläne gab, aber Mtembu antwortete nicht, wenn er jemanden zu ihm schickte, und war nirgends, wo Moreke ihn suchte. Als die Frau, in deren Garten er donnerstags arbeitete, weggegangen war, nahm Moreke die Gelegenheit wahr und rief von ihrem Haus bei Mtembus Arbeitsplatz an, ihm wurde aber gesagt, daß Angestellte in den Werkstätten keine Anrufe annehmen durften.

Er brachte Hühnerfüße für eine Suppe und Beinfleisch vom Rind mit nach Hause. Im Donnerstaggarten waren Feigen reif geworden, und er hatte ein paar in einer Zeitung mitbekommen. Er fragte: »Wann, meinst du, hörst du von Mtembu?«

Der Mann las die Zeitungsseite, die der milchige Saft der Feigenstiele befleckt hatte. Samson Moreke war selbst nie richtig im Gefängnis gewesen – nur die üblichen kurzen Aufenthalte wegen Paßvergehen –, aber von Leuten, die lange drinnen gewesen waren, wußte er, daß sie dieses Bedürfnis hatten, jeden Wisch Papier zu lesen, den man aus der Außenwelt bekommen konnte.

» – Na ja, ist egal. Du bist hier gut untergebracht. Wir machen einfach weiter. Ich schätze, Mtembu wird am Wochenende auftauchen.«

So, als ob er aus dieser Resignation Morekes Erwartung auf das übliche Sonntagsbier im Hof heraushörte, wurde er plötzlich Moreke und seiner Frau gegenüber energisch, zerknüllte die dreckige Zeitung und rieb seine Handflächen aneinander, um sie von dem klebrigen Zeug zu befreien. Sein schmales gelbes Gesicht war nun ganz und gar scharf umrandet mit schwarzem Haar, wie das eingerahmte Gesicht des Königs in Morekes abgenutztem Kartenspiel. Die schwarzen Augen und der Ohrring glänzten gleich feucht. Das adrett gebügelte Hemd, das er trug, war bis auf die Brust geöffnet, wie es alle attraktiven Männer in seinem Alter taten. »Hört zu.

Keiner darf herkommen. Am Sonnabend, Sonntag. Keine eurer Freunde. Ihr müßt hier abschließen. Haltet sie alle fern. Keiner darf von der *Shebeen* in den Hof kommen. Das ist *ausgeschlossen.*«
Moreke sah von dem Mann zu seiner Frau und wieder auf den Mann. Moreke hüstelte halb und lachte halb. »Und wie soll ich das machen, Mann? Wie soll ich sie daran hindern? Ich kann keine Gitter an meinem Tor aufbauen. Da sind noch die Leute in der Garage, die verkaufen Sachen.«
»*Du* bleibst drinnen. Hier im Haus, mit verschlossenen Türen. Hier laufen zu viele Leute herum am Wochenende. Laß sie denken, daß du weggefahren bist.«
Moreke lächelte immer noch, erstaunt, hilflos. »Und die da drinnen, mit ihrem Freund? Was wird die denken?«
Morekes Frau sagte schnell. »Sie ist bei ihrer Mutter.«
Und jetzt fiel in dem Plan alles an seinen Platz, jeder kannte seine Rolle. »O ja, Gott sei Dank. Vielleicht sollte ich heute abend zu Radebe gehen und sagen, daß ich am Sonntag nicht hier bin. Und Sonnabend werd ich sagen, daß ich zum Fußball gehe.«
Seine Frau schüttelte den Kopf. »Nicht zum Fußball. Deine Freunde wollen dann kommen und mit dir darüber reden.«
»*Hai, mama!* In Ordnung, eine Beerdigung, weit weg ...« Moreke lachte und unterbrach sich dann selbst mit einem verlegenen Hochziehen durch die Nase.

Während ich bügel, reinigt er die Pistole.
Ich hab gesehen, daß er noch einen Lappen brauchte und hab ihm einen gegeben.
Er bat um Öl, und ich hab Bratöl aus dem Schrank genommen, aber dann sah ich an seinem Gesicht, daß es nicht das war, was er wollte. Ich bin in die Garage gegangen und hab Feinöl von Nchabas Frau geliehen.
Er nimmt die Pistole nie raus, wenn Samson da ist. Er weiß, daß nur er und ich davon wissen.
Ich sagte, was ist da passiert, auf deinem Hinterkopf – diese wunde Stelle. Seine Hand ging dorthin, unter das Haar, er glaubt nicht, daß man es sieht. Ich werde ihm etwas dafür besorgen, irgendeine Salbe. Wenn er Montag noch hier ist.
Vielleicht ist er böse, weil ich darüber gesprochen habe.
Dann, als ich mit dem Öl zurückkam, saß er da und lachte mich an, lächelte, als ob ich ein junges Mädchen wäre. Ich hab's vergessen, ich hab mich wie ein Mädchen gefühlt. Aber ich mag eigentlich diese Art Gesicht nicht – sein Gesicht – hellhäutig. So ein Gesicht kann man nicht vergessen. Wenn man verhört wird, kann man nicht sagen, daß man sich nicht erinnert, wie so jemand aussieht.
Er nimmt das Baby hoch, als ob es seins wäre. Auch seins, während wir zusammen in der Küche sind.

An dem Abend redeten die beiden Männer nicht. Es schien, als ob sie nichts zu sagen hätten. Wie Verbrecher, die ihre letzte Breimahlzeit am Tag erhalten, bevor sie für die Nacht eingesperrt werden, gab ihnen Morekes Frau ihr letztes Essen vor der Dunkelheit. Dann gingen alle drei aus der Küche in Morekes Zimmer, wo alles

Licht, das hinter den Vorhängen hervorscheinen und so ihre Anwesenheit verraten könnte, auf einen Zaun fiel: einen hohen Wellblechzaun in einer Gasse voll von brusthohem Unkraut. Moreke teilte seine Zeitung. Als der Mann sie gelesen hatte, blätterte er durch schon gelesene Abenteuercomics und Werbebroschüren, die in den Supermärkten der Stadt verteilt werden und die Nanike Moreke aufbewahrte; er las das Handbuch »Wie man Versicherungspolicen verkauft«, in das irgendwann einmal sorgfältig ›Samson Moreke‹ hineingeschrieben worden war.

Es gab kein Bier. Morekes Frau kannte sich im Dunkeln in ihrer Küche aus, sie nahm die Literflasche Cola, die auf dem Küchentisch stand, und schenkte sich ein Glas ein. Ihr Mann lehnte das Angebot mit einer erhobenen Hand ab; die Trägheit des anderen Mannes über dem Handbuch wurde gerade soweit überwunden, daß er seinen Kopf ablehnend bewegte. Sie nahm wieder die Bettdecke hervor, die sie angefangen hatte, als sie ein wenig Zeit gehabt hatte, darauf gewartet hatte, daß dieses fünfte Kind geboren wurde. Gehäkelte Rosen, die einzeln in dem quadratischen Netz eines freieren Musters lagen, wurden getrennt gearbeitet und dann zu dem Ganzen zusammengefaßt, das sie langsam formten. Der winzige Schimmer ihrer Stahlnadel und das haardünne Gold seines Ohrringes blinkten im Kerzenschein auf. Ungefähr gegen zehn Uhr klopfte es an der Tür. Die Wände in diesen Häusern sind auf die billigste Bauweise hin angelegt, und ein Laut in irgendeinem Teil des Hauses hallt durch jedes Zimmer. Das schwarzumrahmte, gelbknochige Gesicht sah auf und hielt absolut bewegungslos über dem Handbuch inne. Moreke öffnete seinen Mund und erhob sich vom Bett, indem er seine Beine über die Seite schwang. Aber die Hand seiner Frau auf seiner Schulter ließ ihn wieder zurücksinken; nur das Bett quietschte leise. Die Schlankheit ihres Körpers von der Hüfte aufwärts wurzelte nur in ihren schweren matronenhaften Hüften und Schenkeln; mit einer Bewegung, die so leicht war wie ihr Ausatmen, beugte sie sich vor und blies die Kerzen aus.

Eine vernünftige Vorsichtsmaßnahme, irgend jemand könnte um die Mauern des Hauses herumgehen und nach einem Lebenszeichen suchen. Sie saßen im Dunkeln. Der Hund im Hof bellte nicht. Das Klopfen hörte auf. Moreke meinte, Gelächter gehört zu haben und das Scharren des Tores. Aber die *Shebeen* ist freitags laut, die Geräusche hätten von überall herkommen können. »Nur jemand, der ein paar Schluck gehabt hat. Das passiert oft. Manchmal wachen wir nicht einmal auf, nicht Nanike?« Morekes krächzendes Flüstern weckte seltsamerweise das Baby, dessen leises Wimmern, die Antwort auf das Gespenst in einem bösen Traum, sich im Wachen zu einer Bedrohung äußert, die in der bewußten Welt nicht abgewendet werden kann. Im Dunkeln gingen sie alle zu Bett.

Eine Stadt der Toten, eine Stadt der Lebenden. Es war besser, wenn Samson ihn dazu brachte, über solche Sachen zu reden. Weit entfernte Dinge können keinen Schaden anrichten. Wir werden nie ein Auto haben wie die Verordneten, und wir werden nie zu diesen weit entfernten Orten weglaufen müssen wie er. Zum Glück haben wir dieses Haus; viele, viele Leute beneiden uns darum. Ich habe nie gewußt, bis jetzt, wo das Haus so still ist, wieviel Lärm die Leute am Wochenende machen, ich hab nicht das Gelächter gehört, das Gerede in der Straße, die Musik bei Radebe, das schreckliche Geschrei von Leuten, die sich streiten.

Am Sonntag trug Moreke seinen linierten Notizblock und einen Briefumschlag zum Küchentisch hinüber. Aber seine Frau schälte einen Kürbis und schnitt Zwiebeln, es war kein Platz, und so ging er in das Zimmer zurück, wo das Sofa stand und sein Radiorecorder. Als erstes adressierte er den Umschlag an ihren zwölfjährigen Sohn auf der Missionsschule. Er brauchte den ganzen Morgen, um einen Brief zu schreiben, obwohl er so gut lesen konnte. Ein- oder zweimal fragte er den Mann, wie man ein Wort in Englisch buchstabierte.

Er lag rauchend auf seinem Bett, dem Sofa. »Warum auf Englisch?«

»Rapula spricht sehr gut Englisch. Es hilft ihm, wenn er Briefe bekommt ...«

»Du solltest ihn nicht von hier fortschicken, *baba.* Du glaubst, daß es sicherer ist, aber du irrst dich. Es ist wie mit dir und den Veranstaltungen. Je mehr du versuchst, sicher zu leben, desto schlimmer wird es für deine Kinder werden.«

Er starrte Moreke ruhig an. »Und guck, jetzt bin ich hier.«

»Ja.«

»Und ihr kümmert euch um mich.«

»Ja.«

»Und ihr habt keine Angst.«

»Ja, wir haben Angst ... aber vor vielen Dingen ... wenn

ich mit Geld nach Hause komme... Dreimal haben mich *tsotsis* überfallen und alles genommen. Hier siehst du, wo ich eine Narbe auf der Backe habe. Dieser Arm war gebrochen. Ich konnte nicht arbeiten. Noch nicht einmal den Rasenmäher schieben. Ich mußte irgendeinen Jungen bezahlen, der meine Jobs für mich gehalten hat.«

Der Mann rauchte und lächelte. »Ich versteh dich nicht. Im Ernst. Ich versteh dich nicht. Hol deine Kinder nach Hause, Mann. Wir sind im Ghetto eingeschlossen, um uns gegenseitig umzubringen. Das wollen sie in ihrer weißen Stadt. Deshalb schickst du deine Kinder weg; das wollen die auch. Um uns loszuwerden. Wir müssen zusammenhalten. Das ist die einzige Möglichkeit, uns freizukämpfen.«

An dem Abend fragte er, ob Moreke ein Schachspiel hätte. Moreke kicherte, gluckste vor Verlegenheit. »Das Brett mit den kleinen Puppen? Ich bin kein gebildeter Mann. Ich kenn diese Spiele nicht.«

Sie spielten das Spiel zusammen, das jeder kennt, das vor den Läden auf dem Fußweg und in Fabrikhöfen gespielt wird, mit einem Spielplan, der auf Beton oder Staub gemalt ist, und mit Kronenkorken als Steinen. Diesmal mußte es eine Handvoll getrockneter Bohnen aus der Küche tun und ein Spielplan, den Moreke auf einen Kartondeckel gemalt hatte. Er gewann ein Spiel nach dem anderen. Seine Frau hatte jetzt den Gaskocher im Zimmer, und sie machte Tee. Das Spiel wurde nicht wieder aufgenommen. Sie hatte in zwei Nächten drei vollständige Quadrate an ihre Bettdecke gefügt; nach dem Tee arbeitete sie nicht weiter daran. Sie saßen und lauschten dem Sonnabendabend um sie herum, wie er auf die hoh-

len Zementblöcke drückte, aus denen das Haus gebaut war. Manchmal schienen stapfende Schritte direkt an der Vorder- oder Hintertür halten zu wollen. Holz, wie es unter einem Schlagstock zersplitterte, das Zerbrechen von Fensterscheiben, dünnes Eis unter der Last der unruhigen Dunkelheit draußen, jede Sekunde war Wartezeit. Die Lider der Frau senkten sich, zart und leicht fettig, und zeigten genau die Umrisse der Augäpfel darunter, schlafend. Ihr Gesicht wurde schutzlos, wie das des Babys. Ab und zu zuckte sie zusammen, kam wieder zu sich. Aber ihr Ehemann und der Mann machten keine Anstalten, zu Bett zu gehen. Der Mann nahm ihre Häkelnadel und führte sie immer wieder unter jedem seiner Fingernägel hindurch, bis das Werkzeug seine Reinigungsaufgabe zufriedenstellend ausgeführt hatte.
Als der Mann schließlich im Licht des Feuerzeugs, das er mit seiner Hand abschirmte, um seinen Weg zum Sofa zu finden, ins Bett ging, sah er, daß sie einen Nachttopf aus Plastik auf den Boden gestellt hatte. Wahrscheinlich hatte der Ehemann daran gedacht.
Den ganzen Sonntagvormittag arbeiteten die beiden Männer an einem Defekt an Morekes Radiorecorder, obwohl sie ihn nicht mit aufgedrehtem Ton erproben konnten. Moreke konnte es sich nicht leisten, den Radiorecorder in eine Reparaturwerkstatt zu bringen. Anscheinend hielt der Mann den Defekt für sehr einfach; wie jeder andere Jugendliche in der Stadt war er mit solchen Geräten großgeworden. Morekes Frau kochte ein Maisgericht und bereitete eine Currysoße für das Sonntagsessen vor. »Soll ich zu Radebe gehen und Bier holen?« Sie war ihrem Mann in ihr Zimmer gefolgt, um ihn allein zu fragen.

»Willst du allen klarmachen, daß wir hier sind? Du weißt, was er gesagt hat.«

»Frag ihn, ob es etwas ausmacht, wenn ich geh – eine Frau.«

»Ich werd ihn nicht fragen. Hat er gesagt, daß er Bier will? Hab ich es gesagt?«

Aber am Nachmittag fragte sie doch etwas. Sie ging gleich zu dem Mann, nicht zu Moreke. »Ich muß raus zu dem Laden.« Es war sehr heiß in dem verschlossenen Haus, der Geruch des Currys vermischt mit dem Geruch des Babys in dem Mief seiner eigenen Wärme und Verpackung. Er verzog sein Gesicht, zeigte zusammengepreßte Zähne bei einem unterdrückten Gähnen; was für Läden – hatte sie vergessen, daß es Sonntag war? Sie verstand seine Reaktion. Aber es gab Eckläden, die das Nötigste auch sonntags verkauften, er mußte das wissen. »Ich muß Milch holen. Milch für das Baby.«

Sie stand da, in ihren ausgetretenen Latschen, ihrem alten Rock und einer billigen Bluse – eine Frau, die man unter anderen Frauen auf der Straße nicht erkennen würde. Er schlug es ihr nicht ab. Warum auch? Nicht nach der ganzen letzten Woche. Nicht wegen des Babys. Sie war nicht wie ihr Mann, loses Mundwerk, zu jedem freundlich. Er nickte; es war eine einfache Besorgung, die mit ihm nichts zu tun hatte.

So wie sie war, ging sie aus dem Haus, ihr Geld in der Hand. Moreke und das Baby schliefen in ihrem Zimmer. Die Straße sah neu aus, klar und erfrischend nach dem dunklen Haus. Ein kleiner Junge mit einem Spielzeugmaschinengewehr nahm sie unter Feuer und klapperte mit seinen kleinen weißen Zähnen rat-a-tat-ttt. Ma Radebe, die *Shebeen*besitzerin, ins Haar blaue und rote

Perlen geflochten, die schönen langen roten Fingernägel auf dem Lenkrad ruhend, fuhr gerade ihr Auto rückwärts aus ihrer Auffahrt. Sie bremste, um ihre Nachbarin vorbeizulassen und lehnte sich aus dem Fenster. »*Meine Liebe* (auf Englisch), ich hätte vor zwei Stunden hier weggefahren sein sollen. Ich muß zu einer großen Hochzeit, die schon vorbei sein wird ... Wie geht's? Ich hab deinen Mann seit ein paar Tagen nicht gesehen ... alles in Ordnung bei euch drüben?«
Morekes Frau stand da und nickte mit dem Kopf. Radebe war nicht eine, die mit Antworten rechnete oder auf sie wartete, wenn sie jemanden ansprach. Als das Auto weggefahren war, ging Morekes Frau die Straße hinunter und die nächste, am Laden vorbei, wo kleine Jungen sich rauften und zur Musik aus dem Radio des Ladenbesitzers tanzten, und weiter zu dem purpurfarbenen Gebäude mit dem Sicherheitszaun rundherum und einer wehenden Flagge. Ein Schwarzer stand draußen Wache, lässig angelehnt mit einer Maschinenpistole. Sie ging die Stufen hinauf in ein Büro, wo noch mehr Schwarze in Uniform waren, aber einer von *ihnen* verantwortlich war. Sie sprach in ihrer Sprache zu ihren Leuten, aber anscheinend glaubten sie ihr nicht. Sie wiederholten den Namen des anderen Polizeireviers, das in die Luft gejagt worden war, und fragten sie, ob sie sicher sei? Sie sagte, sie sei ganz sicher. Dann brachten sie sie zu dem weißen Polizeioffizier, und sie sagte auf Englisch – »Da, in meinem Haus 1907 Block C. Er ist seit einer Woche da. Er hat eine Pistole.«

Ich weiß nicht, warum ich es getan habe. Ich kann das jedem sagen, der mich fragen wird, aber keiner in diesem Haus fragt. Das Baby lacht mich an, wenn ich es wasche, starrt mich an, wenn wir alleine im Haus sind und ich es stille, und zu ihm sage ich es laut: ich weiß nicht warum.

Eine Woche, nachdem der Mann an jenem Sonntag von der Sicherheitspolizei abgeholt worden war, traf Ma Radebe Morekes Frau wieder auf der Straße. Die *Shebeen*besitzerin sah sie einen Augenblick an und spuckte aus.

Rendezvous des Sieges

Ein kleiner schwarzer Junge ließ sich von den Hunden in den Vorstädten der Weißen nicht einschüchtern, wenn er Telegramme austrug; Sinclair ›General Giant‹ Zwedu hat noch heute diese Bißwunden an den Beinen.
So steht es im ersten Absatz eines ›Porträts‹, ursprünglich für ein britisches Sonntagsblatt geschrieben, mit beidseitigem Einverständnis von Zeitungen in New York und Washington nachgedruckt, sogar in Australien übernommen und sowohl in *Le Monde* als auch in der *Neuen Zürcher Zeitung* übersetzt.
Aber wie auch alles andere, was er über sich lesen mußte, war das nicht ganz richtig. Schon von klein auf hatte er Hunde geliebt und den Hunden, die Fahrrädern hinterherjagten, hatte er auf seine Art zugepfiffen und sie hatten dagestanden, mit den langen Schwänzen gewedelt und waren sich komisch vorgekommen. Die Narben an seinen Beinen stammten von Wunden, die er erhalten hatte, als die weiße Kampfgruppe ihn fast gefangengenommen und eines seiner Verstecke im Busch zerstört hatte. Aber er verstand, warum der Journalist sich dazu entschlossen hatte, die Wunden als Hundebisse darzustellen – es gab der Geschichte irgendwie einen neuen Aufhänger und zeigte sofort, daß der Journalist nicht auf der Seite der Weißen stand. Es stimmte, derjenige, der Sinclair ›General Giant‹ Zwedu wurde, war im Trakt der Schwarzen auf der Zuckerrohrplantage eines Weißen geboren, im heißesten und rückständigsten Teil des Landes, und nach nur ein paar Jahren in einer

Schule, wo die Kinder Rechenaufgaben im Sand aufmalten, wurde er Postbote in der Stadt der Farmer. In dieser Stadt, die aus zwei Straßen bestand, mit dem Central Hotel der Weißen, der Autowerkstatt auf der Hauptstraße, den Supermärkten, dem Billardclub und der Eisenbahnstation, hatte er zum ersten Mal die Stimme des Bruders gehört, der Premierminister und Präsident werden würde, eine Stimme aus einer großen Flüstertüte auf dem Dach eines alten Transporters. Sie forderte ihn auf (es gab andere, die aber wurden nicht berühmt), zu einem Treffen in der katholischen Missionsstation der Siedlung ›Guter Wille‹ zu kommen – so nannten die weißen Farmer die Barackensiedlung der Schwarzen außerhalb ihrer Stadt. Und dort, in der Siedlung ›Guter Wille‹, übernahm der junge Postbote die örtliche Pfadfindergruppe, die zwar von weißen Pfadfindern organisiert, aber von ihnen getrennt war, und machte aus diesen Pfadfindern die Jugendgruppe der Nationalen Unabhängigkeitspartei. Ja – sagte er ihnen – ihr werdet bereit sein. Die Partei wird euch beibringen, ein Feuer zu legen, das die Regierung nicht löschen kann.

Als die Parteiführung das erste Mal verhaftet wurde, war er es, der mit dem zukünftigen Premierminister eingesperrt war und einer seiner Stellvertreter wurde. Er war es, der im Gefängnis Widerstandslieder erdachte, die bald danach bei Massenveranstaltungen gesungen wurden, der die Aufseher nachmachte, der eine der weiblichen Gefangenen, die die Fußböden schrubbte, schwängerte (obwohl ihr keiner glaubte, als sie das Kind stolz als seines präsentierte, er wußte, daß *das* wahr war) und der, nachdem er in ein anderes Gefängnis verlegt worden war, um seinen aufrührerischen Einfluß auf andere

politische Gefangene einzudämmen, schließlich drei Aufseher überwältigte und über die Grenze floh.
Diese Taten hatten ihm den Titel ›General Giant‹ eingebracht, so wie Propheten, Heilige, Gauner und Helden ihre Titel erhalten: durch Erzählungen einfacher Leute. Er kam erst zurück, nachdem er in der unvorstellbaren Kälte der Länder, die Unterschlupf und militärische Ausbildung anboten, älter geworden war, nachdem er in wohlhabenden Wüstenstädten die Nachfahren derjenigen, die Afrikaner als Sklaven verkauft hatten, um Geld gebeten hatte und nachdem er auf Inseln gefahren war, wo Arbeiter auf Zuckerrohrplantagen, wie sein Vater und seine Mutter es gewesen waren, nun mächtig genug waren, Waffen zu liefern. Er gehörte zur ersten Gruppe von Männern, die barfuß und mit leeren Händen das Land verlassen hatten und die mit AKM Sturmgewehren, Infrarot-Fernlenkgeschossen und Haftminen zurückgekommen waren.
Der zukünftige Premierminister wurde immer wieder verhaftet, flüchtete schließlich aus dem Land und führte die Partei aus dem Exil. Wenn Sinclair ›General Giant‹ ihn in London oder Algier traf, trug der zukünftige Premierminister einen dunklen Anzug, dessen Stoff im Licht mitternachtsblau schien. Er selbst trug die Buschkleidung, die ursprünglich von Männern zusammengestellt worden war, die kaum wie Menschen lebten, sondern eher wie Löwengruppen, verlaust, durstig in Dornendickichten wartend. Als die Männer zahlreicher und mutiger wurden und er zu ihrem Befehlshaber aufstieg, wurde diese Kleidung in eine Uniform umgewandelt, die seinem Stil, seinem Titel und seiner Leistung angemessen war. Zu Anfang des Krieges hatte er eine

verwilderte Gruppe angeführt, die Überfälle unternahm; nach vier Jahren und dem Verlust vieler Männer – seine eigene Unverwüstlichkeit wurde dadurch nur deutlicher – kontrollierten seine Leute ein Drittel des Landes, und er war der von der weißen Armee meistgesuchte Mann.

Wenn nun der zukünftige Premierminister vor der Organisation Afrikanischer Einheit oder den Vereinten Nationen sprach, mußte er vorher seinen Oberbefehlshaber der Befreiungsarmee, Sinclair ›General Giant‹ Zwedu zu Konsultationen kommen lassen. General Giant kam in seinem tschechischen Jeep aus dem Busch, mit unzähligen kleinen Flugzeugen von geheimen Landeplätzen, und bestieg dann einen Linienflug zusammen mit Ölleuten und Geologen, die meinten, neben einem dieser aufgedonnerten schwarzen Würdenträger eines unbedeutenden Staates zu sitzen, dessen Entwicklungsmöglichkeiten sie einmal erkunden müßten. Wenn das Gespräch in der ausländischen Hauptstadt beendet war, hielt sich ›General Giant‹ nicht lange mit offiziellen Cocktailparties auf, sondern verschwand, um das zu finden, was ihm die jeweilige Hauptstadt bieten konnte, um seine unersättliche Gier zu befriedigen: Männer ohne Furcht in den Kampf zu führen, Leute dazu bringen, lustige Streiche auszuführen, vor Vergnügen zu brüllen, zu trinken und zu streiten; Frauen zu berühren. Nach einer Nacht in einer Bar und dem Bett einer Frau (er brauchte nie dafür zu bezahlen, er fand immer gutsituierte, angesehene Frauen, schwarz oder weiß, deren Vergnügungssucht ganz einfach seiner entsprach) flog er zurück nach Afrika. Er wollte nie länger bleiben. Seinen Bruder, den zukünftigen Premierminister, beneidete er nie um seine Wohnung in London und die Einladungen auf Landsitze, um dort die Zukunft des Landes zu diskutieren. Er kehrte zurück, so wie Vögel nach Afrika ziehen und sich paaren, um das Überleben ihrer Art zu sichern, er reiste Tausende von Meilen, flog und fuhr immer tiefer dorthin, wohin er gehörte, bis er sein Hauptquartier wieder erreichte – von dem die weißen Truppen so oft behaupteten, es zerstört zu haben, das aber nicht zerstört werden konnte, denn sein Hauptquartier war der ganze Busch.

Der Krieg wäre ohne ›General Giant‹ nicht gewonnen worden. Während der Friedenskonferenz nahm er an den Beratungen nicht teil, war aber an der Seite seines Bruders, des zukünftigen Premierministers: eine Abschreckungswaffe, eine Drohung an die besiegte weiße Regierung, was passieren würde, wenn man nicht Frieden schlösse. Dann und wann räusperte er sich aus Langeweile; die weißen Delegierten waren erschrocken, als ob er gebrüllt hätte.

Die Verhandlungen über die Verfassung dauerten Wochen; natürlich gab es einen Waffenstillstand. Er wollte zurück – in sein Hauptquartier – nach Hause –, aber eine der Bedingungen des Waffenstillstandes war, daß er zurückgezogen werden sollte ›aus dem Feld‹, wie die offizielle Bezeichnung lautete, die aus Kriegen auf offenen Wiesen stammte. Er lief durch London. Er ging in Nachtclubs und wurde zu Parties geladen von Arabern, die, wie er später herausfand, keine Ahnung hatten, wo das Land lag, um das er gekämpft und das er für seine Leute befreit hatte; dieses Mal brüllte er wirklich – vor Lachen. Er lief durch Soho, aber er konnte nicht verstehen, warum man Paaren zusah, die sich auf der Kinoleinwand liebten, anstatt es selber zu tun. Er entdeckte das Museum für Naturgeschichte in South Kensington und war überwältigt von dem Leben, das existiert hatte, lange vor seiner angeborenen Vertrautheit mit der Natur, die die flachen Haftminen, die eisernen Abzugsringe der offensiven und defensiven Handgranaten und die sperrigen, von der Hitze metallblau schimmernden Sturmgewehre versteckt hatte. Er schickte seinen Kindern Postkarten von Mammuts und Schnecken. Sie waren immer noch bei seiner Frau, dort, wo sie während des Krieges gewesen waren – im Schwarzenviertel der Hauptstadt seines Heimatlandes. Da sie seine Frau war, hatte man sie polizeilich beobachtet und einige Male verhaftet, sie hatte aber überlebt, weil sie gesagt hatte, sie lebe von ihrem Mann getrennt. Das entsprach irgendwie schon der Wahrheit; ein Mann, der einen Guerillakrieg führt, hat keine Familie, er darf nicht an Mahlzeiten denken, die eine Frau für ihn bereitet hat, nicht an Nächte in einem Bett mit den zwei Mulden ihrer Körper und dem Schnüffeln des Babys daneben. Er schlief mit einer nicht mehr ganz jungen Sängerin aus Jamaika, sie trug eine rote Perücke und nicht den modischen Pferdeschwanz. Sie komponierte ein Lied über seinen Mut im Krieg in einem Land, das sie sich vorstellte, aber nie gesehen hatte. Sie sang es bei einer Siegesfeier, auf der alle Brüder aus dem Exil und die weißen Sympathisanten des Kampfes ihr applaudierten. In ihrer Wohnung hatte sie eine Kiste mit besonderem schottischen Whisky, zwölf Jahre alt, die ein Bewunderer ihr geschickt hatte. Sie sagte – sang für ihn –, laß ihn nicht noch älter werden. Da sie nur nachts arbeitete, verbrachten sie ganze Tage im Bett, wenn das Wetter

schlecht war – der große Mann, General Giant, ähnelte einer streunenden Katze im kalten Regen: er ging auf den Ballen seiner Schuhsohlen und schüttelte die Füße, wenn er sie aus der Nässe zog.
Wie er seinem Bruder, dem zukünftigen Premierminister, sagte, wartete er auf den Beschluß, in ihr Land zurückzukehren und seinen Posten als Befehlshaber des Verteidigungsheeres des neuen Staates aufzunehmen. Sein Titel würde dann offiziell bestätigt als höchster militärischer Rang, wie der der Befehlshaber in Großbritannien oder den USA – General Zwedu.
Sein Bruder wurde ernst, grüblerisch; er konnte ihm nicht folgen. Er sagte, daß die Zukunft der Armee ein schwieriges Kapitel sei, über das im Moment verhandelt werde. Die beiden Armeen, die schwarze und die weiße, die gegeneinander gekämpft hätten, müßten zu einer gemacht werden. Ein weiterer Punkt der Verhandlungen blieb unausgesprochen: die geschlagene weiße Regierung und die europäischen Mächte, die dem neuen schwarzen Staat Kredite für den Wiederaufbau versprochen hatten, bestanden darauf, daß Sinclair ›General Giant‹ Zwedu von jeglicher militärischen Macht entbunden würde. Er sei eine zu starke Persönlichkeit, zu sehr verbunden mit dem Triumph der Armee der Freiheitskämpfer, als daß er in der neuen regulären Armee etwas anderes sein könne als eine trennende Erinnerung an die Vergangenheit. Er solle sich für die ersten Parlamentswahlen nach dem Krieg aufstellen lassen, sein Ruf werde ihm einen Sitz garantieren. Dann könne der Premierminister ihm ein ungefährliches Ministerium geben.
Welches Ministeramt? Was? Damit beschäftigte sich der

zukünftige Premierminister, als General Giant ihm nicht mehr folgen konnte. ›Er weiß nur, wie man unser Land, für das er gekämpft hat, verteidigt‹, sagte der zukünftige Premierminister zu den Beratern, denen er vertraute, den britischen Anwälten und den Afrikaexperten amerikanischer Universitäten. Und während er dies sagte, wußten die anderen, daß er nicht wollte, es nicht zulassen konnte, daß sein Bruder Sinclair ›General Giant‹ Zwedu, dieser Herrscher der Wildnis, in Friedenszeiten die Ruhe in den Kasernen störte.
Er ließ ihn mit einer hastig erfundenen Aufgabe bis zu den Unabhängigkeitsfeiern in Europa zurück. Dann holte er ihn nach Hause in die alte Kolonialhauptstadt, die nun ihnen gehörte, und weinte vor Triumph und Gewissensbissen in seinen Armen, während Schulkinder sangen. Er gab ihm ein Ministeramt – Sport und Freizeit; harmlos.
General Giant sah in seine riesigen Hände, so als ob die Ernennung ein Gegenstand wäre, den er dort festhielt. Was sollte er damit tun? Die großen Lungen, die seiner sonoren Stimme Kraft gaben, versagten; mit dünner Stimme, freundlich, fast mitleiderregend, sprach er mit seinem Bruder, dem Premierminister.
Nun trugen sie beide dunkelblaue Anzüge. Zunächst erschien er, für jeden sichtbar, an der Seite des Premierministers, als stille Wiedergutmachung, um den Leuten zu zeigen, daß der Premierminister ihn immer noch als Mitbegründer der Nation und als ihren Volkshelden ansah. Auf der Zuckerrohrplantage hatte er als Kind auf einem Stück nackter Erde zwischen Torpfosten aus Zweigen Fußball gespielt, als Jugendlicher hatte er auf einem unbebauten Feld hinter der katholischen Mis-

sionsstation gespielt; als Mann hatte er Krieg geführt, ohne Zeit für Spiele. In den ersten Monaten genoß er es sogar, wichtige Spiele in offizieller Mission zu besuchen, von einer Ehrentribüne anzugucken und dann später in den Fernsehnachrichten sich dort sitzen zu sehen. Es war Feiertagsstimmung – Urlaubsfreuden; aber der Urlaub dauerte zu lange. Sein Kabinettsposten verpflichtete ihn kaum dazu, offizielle Reden zu halten, da aber sein Name weltweit bekannt war, sein Ehrenplatz in der historischen Liste der Guerrillakriege reserviert, kamen Journalisten zu ihm und baten ihn um Erklärungen zu allen möglichen Themen. Außerdem war er eine hervorragende Quelle: gesprächig, ehrlich, indiskret und gefühlsbetont. Immer wieder brachte er seine Regierung mit haarsträubenden Ansichten in Verlegenheit, die dem offiziellen Standpunkt widersprachen und die Probleme betrafen, die ihn nichts angingen. Die Parteikonferenz tadelte ihn wiederholt. Er antwortete mit seltener werdenden Besuchen der Konferenzen. Die Delegierten des Parteitages sagten, Zwedu (es wurde Zeit, daß der ›Titel‹ entfiel) sei zu eitel, errege Anstoß. Wieder wußte er, daß das, was vermutet wurde, nicht ganz der Wahrheit entsprach. Er langweilte sich auf Parteiversammlungen. Er sagte, er müsse die ganze Zeit gähnen, wie ein Nilpferd, das im Halbschlaf sein riesiges Maul in der Sonne öffnete, im schlickig braunen Wasser des Flusses in der Nähe seines früheren Hauptquartiers. Der Premierminister lachte darüber und, die Arme umeinandergelegt, tranken sie wie in alten Zeiten in der Jugendgruppe. Der Premierminister sagte zu ihm: »Im Ernst, Sport und Freizeit sind sehr wichtig für den Aufbau unserer Nation. Ich werde dafür sorgen, daß dein Ministerium im

nächsten Haushalt einen größeren Etat bekommt, dann kannst du planen. Du kannst junge Leute begeistern ... ich hab gehört, daß eine Mannschaft eines deiner Freiheitslieder hier am Ort im Fernsehen gesungen hat.«
Der Minister für Sport und Freizeit schickte jetzt seinen Stellvertreter, um an Sportveranstaltungen teilzunehmen, und er hörte nicht, wie sein Kriegslied zum Gesang von Fußballfans wurde. Die jamaikanische Sängerin war zu einem Engagement im Hilton gekommen, das gerade Konferenzräume, Bars, ein Spielkasino und einen Nachtclub eröffnet hatte, dort, oberhalb der Stadt, wo früher das Kolonialgefängnis gestanden hatte (das neue Gefängnis stand auf dem früheren Gelände des Peace Corps Lagers). Jeden Abend war er dort im Nachtclub, er trank die Marke Scotch, die sie in ihrer Londoner Wohnung gehabt hatte, und wiegte seinen Kopf, während sie sang. Das Hotelpersonal machte ausländische Gäste auf ihn aufmerksam – Sinclair ›General Giant‹ Zwedu, den General Giap, den Che Guevara eines schrecklichen Krieges, der in diesem Land geführt worden war. In Privatmaschinen hatten die Touristen den Tag damit verbracht, im – laut Katalog – herrlichen Naturpark des Landes Wild zu beobachten, der aber – der berühmte Freiheitskämpfer hätte es ihnen sagen können – das eigentlich nicht war, sondern sein Gebiet, sein Hauptquartier. Manchmal tanzte er mit einer der Frauen, deren weiße Zähne sich von der glänzenden, sonnenverbrannten Haut abhoben, fast so als seien sie schwarz. Einmal gab es Streit, er tanzte zu oft mit einer Frau, die das offensichtlich sehr genoß, deren Mann dies jedoch mißfiel. Der ›joviale Minister‹ hatte gelacht, den Mann beim Kragen seines weißen Leinenjacketts ge-

nommen und ihn in seinen Stuhl zurückgestoßen – so ein einheimischer Journalist –, aber die regierungseigene Lokalzeitung druckte weder seine Geschichte noch das Bild. Ein ausländischer Journalist, der diesen Zwischenfall als Vorwand benutzte, interviewte ›General Giant‹ und erfuhr einige Ansichten des Ministers, die nichts mit dem Nachtclubskandal zu tun hatten (er war tatsächlich jovial, lud den Journalisten zu hervorragendem Whisky ein, in das Haus, das er für die Sängerin aus Jamaika gemietet hatte).
Als wegen des Artikels einer amerikanischen Wochenzeitung über die internationalen Beziehungen des Landes im Parlament Fragen gestellt wurden, erhob sich ›General Giant‹ und brachte wieder Überzeugungen zum Ausdruck, die die Lokalzeitung nicht drucken konnte. Er sagte, die Verteidigung des Landes sei wahrscheinlich Neokolonialisten übergeben worden, die während des Krieges Feinde des Landes gewesen wären – und daß er keine Möglichkeit besaß, etwas dagegen zu unternehmen. Aber er würde das Gesetz in die eigenen Hände nehmen, um eines der Ziele der Nationalen Unabhängigkeitspartei, die Volksdemokratie, zu verteidigen (bei dieser Gelegenheit benutzte er den alten Namen, obwohl der neue kurz Nationalpartei lautete). Hatte er nicht gekämpft, hatten die Brüder nicht ihr Blut vergossen, um die alten Gesetze und die alten Bosse, die sie zu einem *Nichts* gemacht hatten, loszuwerden? Hatten sie nicht für neue Gesetze gekämpft, unter denen sie Menschen sein konnten? Er würde lieber Blut vergießen als zusehen, wie die Partei im Namen angeblich sinnvoller Bündnisse und der nationalen Einheit verraten würde.

Die internationalen Berater der Regierung beurteilten diese Rede zwar als aufrührerisch, aber auch als so verworren, daß sie am besten zu ignorieren sei. Kabinettskollegen forderten den Premierminister auf, ihn abzuschieben. General Giant Zwedu? Wie? Wohin? Tiefe Verärgerung drückte der Premierminister immer mit tiefster Trauer aus. Er war wütend auf seine Kabinettskollegen und auf seinen Genossen, ohne den sie nie im Parlament gesessen hätten. Er lud Zwedu vor. (Der mußte sich nun mit diesem Namen abfinden, er lehnte es einfach ab, sich an irgend etwas anzupassen, er wollte unlogischerweise auch nicht auf das ›Sinclair‹ verzichten, obwohl *dies* der Name des Zuckerfarmers war, für den seine Eltern gearbeitet hatten, und niemand hielt mehr an diesen Sklavennamen fest.)
Zwedu: so lässig und gutaussehend in seinem Ministeranzug (es war nicht mehr der alte blaue, sondern ein Nadelstreifenanzug aus Flanell, den die Sängerin aus Jamaika auf seinen Wunsch bestellt und aus London mitgebracht hatte), daß man kaum glauben konnte, wilde und gefährliche Worte könnten aus diesem Mund kommen. Er sah so gut aus, daß er irgendwo einen diplomatischen Posten hätte einnehmen können ... Undenkbar. Voller Trauer und mit viel nachdenklichem Schweigen sagte der Premierminister ihm, er müsse aufhören zu trinken. Er müsse aufhören, Interviews zu geben. Der Ministerposten wurde nicht erwähnt, der Premierminister sagte seinem Bruder nicht, daß er den Forderungen nicht nachgeben werde, ihn von seinem Amt, von dem Ministeramt, das er nie hatte haben wollen, das aber das einzig mögliche war, zu entbinden. Er würde es ihm nicht wegnehmen – wenigstens so lange nicht, bis man

dies in annehmbarer Weise unter dem Vorwand einer Kabinettsumbildung tun konnte. Der Premierminister mußte seinem Bruder sagen: du darfst mich nicht enttäuschen. Was er hätte sagen wollen, war: was hab ich dir getan?
Es gab eine Mißernte und Ärger mit den Bergbaugewerkschaften; nach der Kabinettsumbildung nahm die Presse kaum zur Kenntnis, daß der Minister für Sport und Freizeit abgelöst worden war. Mr. Sinclair Zwedu hatte kein anderes Ministerium bekommen, aber er wurde nun als ehemaliger Minister bezeichnet, als sein Name den Aufsichtsräten multinationaler Industriefirmen hinzugefügt wurde, deren Vorstände den Befehl zur Afrikanisierung gegeben hatten. Man konnte sich darauf verlassen, daß er auch bei diesen Versammlungen nicht erschien. Mit seinem Direktorengehalt bezahlte er Kisten von Whisky, manchmal gab er es seiner Frau, zu der er nie zurückgekehrt war, oder seinen halbwüchsigen Kindern, mit denen er unvermittelt in den besten Läden der Stadt erschien und das kaufte, worauf sie schweigend zeigten. Seine alten Freunde gaben der Sängerin aus Jamaika und nicht dem Premierminister die Schuld für sein Verschwinden aus der Öffentlichkeit. Sie ging nach England zurück – ihre Motive waren sexueller Art und ehrlich, sie sah ein, daß sie zu alt für ihn war; aber seinen alten Lebensstil nahm er nicht wieder auf, er konnte nicht mehr leben wie im Krieg, als ein Drittel des Landes sein Gebiet war, nachdem die weiße Regierung die Kontrolle darüber an ihn verloren hatte und die schwarze Regierung noch nicht existierte.

Das Land hat sich politischen Gesandtschaften und Handelsmissionen aus Ost und West geöffnet, beschränkt sich nicht auf die Verbündeten der alten weißen Regierung. Der Flughafen ist ausgebaut worden. Die neue Empfangshalle ist eine Skulpturausstellung mit zurückgelehnten Menschen, zwischen Topfpflanzen müde auf Anschlußflüge an Orte wartend, deren Richtungen kreuz und quer zu der früheren kolonialen Nord-Süd-Achse stehen. Ein ehemaliger Stabschef der weißen Armee, der als oberster militärischer Ratgeber des Verteidigungsministeriums geblieben ist, nachdem die schwarze Regierung die Macht übernahm, verbrachte kürzlich einige Stunden in der Abflughalle, als er auf einen Flug wartete, der ihn im Rahmen eines Regierungsauftrages nach Europa bringen sollte. Ein Journalist, der nach einem ziemlich enttäuschenden Besuch des Landes den gleichen Flug nach London gebucht hatte, kam zu ihm. Ja, meinte er zu dem Soldaten, als sie zusammen Wodka-Tonic tranken, wer liest schon gerne etwas über Reisanbauprojekte anstatt über Anti-Guerilla-Operationen. Dies war eine elegante Anspielung auf die Erfolge des ehemaligen Stabschefs zu Anfang des Krieges, eine Anspielung, die in dem gemütlichen Niemandsland einer Abflughalle ungefährlich war, außerhalb der Hörweite der schwarzen Sicherheitsbeamten, die aufmerksam alles überwachten, was auf einen Coup der weißen Siedler und der restlichen weißen Truppe deuten könnte.
Ein melodischer Gong ertönte vor der Ansage der voraussichtlichen Ankunft des verspäteten British-Airway-Fluges. Ein Swami fand irgendwo in seinem safrangelben Gewand Süßigkeiten und teilte sie unter den Reisenden mit der Botschaft von Frieden und Liebe aus.

Geschäftsleute nutzten die Zeit, um auf den Aktenkoffern, die sie auf den Knien geöffnet hatten, Berichte zu schreiben. Schwarze Kinder klebten wie Kletten an den Röcken ihrer Mütter. Weiße Kinder liefen zur Bar und kauften Kartoffelchips und Erdnüsse. Der Journalist bestand auf einer weiteren Runde.

Hin und wieder wurde der Abflug eines anderen Flugzeuges bekanntgegeben, und die Ansammlung von Gruppen und Individuen veränderte sich; einige verschwanden, während ein neuer Strom durch die Paßkontrolle hineingelassen wurde und sich in veränderter Zusammenstellung niederließ. Diejenigen, die immer noch auf verspätete Flüge warteten, wurden sozusagen Teil einer permanenten Ausstellung; unter ihnen war eine religiöse Gruppe aus Kanada, die mit der gleichen Inbrunst ihre Bibelsprüche las wie andere Leute ihre Taschenbuchkrimis, eine uralte Frau, vertrocknet wie der Fisch in ihrer gewebten Tragtasche und ein elegant gekleidetes, wohlhabendes schwarzes Paar. Der ehemalige Stabschef und der Journalist saßen nicht weit entfernt hinter diesen beiden, die flirteten und sich streichelten wie Weiße – man sah selten, daß sich solche Leute so in der Öffentlichkeit benahmen. Beide Weißen bemerkten dies, obwohl sie nur den Hinterkopf des Schwarzen sehen konnten und das Profil der jungen Frau, schön, geschminkt und schamlos, wie sie mit der Zunge sein kleines schwarzes Ohr liebkoste und mit ihren dunkelrot lackierten Fingern seinen kräftigen Hals träge streichelte.

Der ehemalige Stabschef machte keine Bemerkung, es interessierte ihn nicht – was übersah man nicht alles in diesem Land, nachdem sie es übernommen hatten. Der

Journalist war der Mann, der kurz nach dem Krieg ein Porträt verfaßt hatte: *ein kleiner schwarzer Junge ließ sich von den Hunden in den Vorstädten der Weißen nicht einschüchtern* ... Plötzlich beugte er sich vor und starrte auf den Hinterkopf des Schwarzen. »Das ist General Giant! Ich kenne diese Ohren!« Er stand auf und ging zur Bar, wobei er sich unauffällig am Tresen umdrehte, um das Paar von vorne zu beobachten. Er kaufte noch zwei Wodka-Tonic und ging, das Eis in den Gläsern schwenkend, zu seinem Gesprächspartner zurück. »Er ist es. Ich hab's gewußt. Ich kannte ihn gut. Klar, das ist er. Dick, trägt Wildlederschuhe. Und diese Nutte ... wo er die wohl aufgegabelt hat?«
Die Uniform des ehemaligen Stabschefs mit dem breiten Ordensband auf der Brust und der tief auf den feinen Augenbrauen liegenden Mütze, schien ihn eher vor der Hitze zu schützen als ihn zu beengen, der Journalist jedoch war verwirrt und schien zu ersticken, als der Wodka, nun wieder zu Schweiß destilliert, sich bemerkbar machte und er nicht wußte, ob er einfach zu ›General Giant‹ hingehen (jetzt mußte man nicht Sekretärinnen und Sicherheitsbeamte überwinden) und um ein Interview bitten sollte. Wäre irgend jemand daran interessiert, es zu lesen? Könnte er es irgend jemandem verkaufen? Eine Ansage, die wiederholt jene zwei Passagiere, die Flug soundso aufhielten, mahnte, sofort zum Flugzeug zu kommen, lenkte ihn davon ab, sich zu entscheiden. Niemand bewegte sich. ›General Giant‹ (es gab keinen Zweifel) signalisierte einfach, mit seiner riesigen Hand durch die Luft fahrend, wenn er neue Drinks für sich und sein Mädchen haben wollte, und der Barmann sprang herbei, obwohl es eine Selbstbedie-

nungsbar war. Noch ehe der Journalist sich entscheiden konnte, eilte eine Stewardess, deren Strümpfe an ihren Oberschenkeln hörbar aneinander rieben, herein und blieb, zornig auf das schwarze Paar herabblickend, stehen. Der Journalist konnte nicht verstehen, was sie sagte, aber sie stand entschlossen da, während das Paar sich Zeit ließ aufzustehen und das Mädchen lässig seinen Arm von dem Mann zurückzog; sie lachten, als sie ihr Handgepäck über die Schultern schlangen.

Wohin *brachte* er sie?

Das Mädchen setzte eine hochhackige Sandale vor die andere wie ein Mannequin auf dem Laufsteg. Sinclair ›General Giant‹ Zwedu folgte ihr, so wie ein Mann einer Frau folgt, die er aushält, sein verschlossenes, glänzendes Gesicht schien von ihr keine Notiz zu nehmen, und der ehemalige Stabschef und der Journalist wußten nicht, ob er sie erkannte, ob er sie überhaupt sah, als er ohne Hast an ihnen vorbeiging und das Flugzeug auf sich warten ließ.

Brief seines Vaters

Mein lieber Sohn,

Du hast mir einen Brief geschrieben, den Du nie abgeschickt hast.

Er war nicht für mich – er sollte von der ganzen Welt gelesen werden. (Du mit Deinen Anweisungen, daß alles verbrannt werden sollte. Ha!) Du warst mir gegenüber nie offen und ehrlich – das ist, wie Du sagst, eine der Klagen, die ich Dir gegenüber immer vorgebracht habe. Du schreibst das in dem Brief, von dem Du nicht wolltest, daß ich ihn lese – also wie hört sich *das* an, he? Aber ich habe jetzt den Brief gelesen, ich habe ihn trotzdem gelesen, ich habe alles gelesen, obwohl Du gesagt hast, ich lege Deine Bücher auf den Nachttisch und berühre sie nie. Du weißt, wie das ist, hier, wo ich bin: nicht etwas, das jemandem erklärt werden kann, der nicht hier ist – man hat früher über Geheimnisse geredet, die man mit ins Grab nahm, aber das Seltsame ist, daß es hier überhaupt keine Geheimnisse gibt. Wenn es etwas gab, was man wissen wollte, hätte wissen sollen, wenn es einen nicht ruhen läßt, dann *kann man es erfahren*, von hier aus. Ja, so viel hast Du mir zugebilligt, Du hast gesagt, ich sei ein richtiger Kafka, mit der »Stärke, Redebegabung, Ausdauer, einer gewissen Art, Dinge großartig zu erledigen«, und ich bin nie damit zufrieden gewesen, nur zu verfaulen. In dieser Hinsicht bin ich immer noch der Mann, der ich war. Der Draufgänger. Ruhelos. Ruhelos. Ergriff jede Möglichkeit, die sich mir bot. Es gibt jetzt nichts, das Du vor mir als verborgen ansehen kannst.

Ob Du nun sagst, ich habe es ungelesen auf dem Nachttisch gelassen, oder ob Du nicht Manns genug warst, sogar mit sechsunddreißig Jahren nicht, mir einen Brief zu zeigen, der für mich bestimmt war.

Ich schreibe Dir, nachdem wir beide gestorben sind. Während Du Dich nicht rührst. Es wird keine Antwort von Dir geben, das weiß ich. Du hast den Brief damit angefangen zu sagen, daß Du Furcht vor mir hattest – und dann hattest Du Furcht davor, mich ihn lesen zu lassen. Und nun bist Du ganz und gar geflohen. Denn ohne die Kafka-Willenskraft kannst Du Dich aus dem Nichts und dem Nirgends nicht melden. Ich wollte es eine Wüste nennen, aber wo ist der Sand, wo sind die Kamele, wo ist die Sonne – ich bin noch *Mensch* genug, um einen Witz zu reißen – merkst Du das? Oh, entschuldige, ich habe vergessen, daß Du meine Witze nicht mochtest, nicht mochtest, daß ich mit Kindern herumalberte. Mein armer Junge, unglücklicherweise hattest Du kein Leben in Dir, in all den Büchern und Tagebüchern und Briefen (die, die Du abgeschickt hast an Fremde, an Frauen) hast Du es hundertmal gesagt, ehe Du die Worte in meinen Mund gelegt hast, auf Deine literarische Art, in dem Brief; Du selbst seist ›zum Leben untauglich‹. Also kommt der Tod, wie würdest Du das sagen, ziemlich natürlich. So ist das nicht bei einem Mann voller Lebenskraft, wie ich es war, das kann ich Dir sagen, und deshalb bin ich hier und schreibe und rede … Ich weiß nicht, ob es hierfür ein Wort gibt. Auf jeden Fall ist es *Hermann Kafka*. Ich habe Dich hier überlebt, genau wie in Prag.

Das ist es, was Du mir wirklich vorwirfst, nicht auf sechzig oder mehr Seiten (ich merke, daß die Länge des

Briefes von Sprache zu Sprache ein wenig schwankt, selbstverständlich wurde er in jede – ich weiß nicht welche – übersetzt – Hottentot, Isländisch, Chinesisch, obwohl Du ihn für mich auf Deutsch geschrieben hast). Ich habe Dich überlebt, nicht um sieben Jahre, als ein alter, kranker Mann, nachdem Du gestorben warst, sondern als Du jung und am Leben warst. Sonnenklar geht es hervor aus den Beispielen, die Du gibst, vor mir Furcht zu haben, aus der Zeit, als Du ein kleiner Junge warst: Du hattest keine Furcht, Du warst neidisch. Zuerst, als ich Dich zum Schwimmen mitnahm und Du sagtest, Du fühltest Dich wie ein Nichts, mager und schwach, neben meinem großen, starken, nackten Körper in der Umkleidekabine – nun gut, Du hast auch gesagt, Du seist so stolz auf Deinen Vater gewesen, einen Vater mit einem schönen Körperbau ... Und darf ich dich daran erinnern, daß Vater sich die Mühe machte und sich die Zeit nahm, die wenigen Stunden, die er vom Geschäft fernbleiben konnte, zu versuchen, etwas aus dem *Nebbich* zu machen, seine Muskeln zu entwickeln, Fleisch auf diese armseligen Knochen zu bekommen, so daß er kräftig werden würde? Aber sogar noch vor Deiner Barmizwe verändert sich bei Dir der Stolz, den jeder Junge für seinen Vater empfindet, in Eifersucht. Du konntest nicht so sein wie ich, also hast Du beschlossen, daß ich nicht gut genug für Dich war: grob, geschwätzig, schnitt meine Fingernägel bei Tisch, reinigte meine Ohren mit einem Zahnstocher. O ja, Du kannst nun nichts vor mir verbergen, ich habe alles gelesen, all die Tausende und Tausende von Wörtern, die Du benutzt hast, um Deiner eigenen Familie Schande zu bereiten, Deinem eigenen Vater, vor der ganzen Welt. Und mit

Deiner Wortgewandtheit verdrehst Du alles und beweist, wie ein Zauberer im Zirkus, es sei Liebe, das Stück schmutziges Papier sei eine schöne seidene Flagge. *Du liebtest Deinen Vater zu sehr* und deshalb – was denn? Sag *Du* es mir. Du konntest nicht so sein wie er? Wolltest Du so sein wie *er*, der Schreier, der Fresser? Ja, mein Sohn, diese »unbedeutenden Einzelheiten«, die Du schreibst und dann abtust – diese Einzelheiten schmerzen. Auf ewig. Schließlich bist Du unsterblich geworden, dadurch, daß Du, wie Du es ausdrücklich betonst, nur über mich, »alles über Dich Vater«, geschrieben hast; einhundert Jahre nach Deiner Geburt soll der tschechische Jude, der Sohn von Hermann und Julie Kafka, einer der größten Schriftsteller sein, der je gelebt hat. Deine Werke werden gelesen, solange es Menschen gibt, sie zu lesen. Das sagen sie überall, sogar die Deutschen, die Deine Schwestern und meine Enkel in Öfen verbrannten. Einige sagen, Du warst auch eine Art Prophet (Gott weiß, was Du dachtest, eingeschlossen in Deinem Zimmer, während der Rest der Familie abends Karten spielte); nachdem Du gestorben warst, bauten einige Länder Lager, wo die Dinge getan wurden, die Du Dir für Deine Geschichte *In der Strafkolonie* ausgedacht hast, und seitdem hat es Länder in verschiedenen Teilen der Welt gegeben, wo das Teufelszeug, das Dir in den Sinn kam, immer noch ausgeführt wird – ich will darüber nicht nachdenken.

Du warst nicht damit gesegnet, mit Deinem Genie der Welt irgendwelches Glück zu schenken, mein Sohn. Zu Hause auch nicht. Nun gut, wir mußten hinnehmen, was Gott gab. Hältst Du jemals inne, um nachzudenken, ob es für mich nicht schmerzlich war (denk nicht

daran – dieses eine Mal – wie Du Dich fühlst), daß Deine zwei Brüder, die hätten heranwachsen können, um Deiner Mutter und mir Freude zu bereiten, als Kinder starben? Und Du saßt immer da beim Essen mit einem blassen, jämmerlichen, mürrischen Gesicht, kein einziges Wort der Erklärung, während Du in Deinem Essen herumstochertest ... Du hast nicht vergessen, daß ich immer eine Zeitung hochhielt, um das nicht sehen zu müssen. Du bist nachtragend. Du hast es allen erzählt, aber Du denkst nicht daran, was in dem Herzen eines Vaters vorgeht. Von Anfang an. Ich mußte es hinter einer Zeitung verstecken. Deinetwegen.
Weil Du nie wie irgendein anderes Kind warst. Du gibst es zu: wie auch immer wir versucht hätten, Dich zu erziehen, Du seist ein »schwächlicher, ängstlicher, zögernder Mensch« geworden. Welcher kleine Junge tobt nicht gern ein bißchen mit seinem Vater. Aber wenn Du im Alter von sechsunddreißig Jahren schreibst, daß Du Dich nur daran erinnerst, daß Du Furcht hattest, wenn ich Dich aus Spaß um den Tisch jagte, und daß Deine Mutter dazukam, Dich von mir zur Seite zog, während Du schriest. Um Gottes willen, was ist daran so furchtbar? Ich wollte, ich hätte solche Erinnerungen an meine Kindheit! Ich weiß, Du hast nie gern davon gehört, es langweilte Dich, Du ersparst mir nicht die geschriebene Nachricht, daß es »Furchen in Deinem Gehirn zog«, aber als *ich* sieben Jahre alt war, mußte ich den Karren meines Vaters von Dorf zu Dorf fahren, im Winter mit offenen Wunden an meinen Beinen. Niemand gab mir Leckerbissen, die ich auf dem Teller herumschob, wir waren glücklich, wenn wir Erdäpfel bekamen. Du machst mich zu einem Schaustück, wenn Du mich nach-

ahmst, wie ich diese Dinge immer gesagt habe. Aber war es nicht richtig, daß ich Dir und Deinen Schwestern – die ich versorgte und die wie Gott in Frankreich lebten, weil ich zwölf Stunden im Geschäft stand – das erzählte? Was wußtest Du von solchen Dingen? Was wußte irgend jemand, was ich als Kind erlitten habe? Und dann ist es eine Sünde, wenn ich meinem eigenen Sohn ein bißchen Freude geben wollte, die ich nie gehabt habe.

Und diese andere Angelegenheit, die Du aus der Vergangenheit ausgegraben hast. Die Nacht, in der ich Dich auf der *Pawlatsche* ausgesperrt haben soll. Deinetwegen kennt die ganze Welt das tschechische Wort für die Art Balkon, die wir in Prag hatten! Ja, die ganze Welt kennt auch die Geschichte. Auch ich bin berühmt. Du machtest mich berühmt als Vater, der sein Kind ein für allemal einschüchterte: für das ganze Leben. Vielen Dank. Ich will Dir sagen, daß ich mich nicht einmal mehr an diesen Vorfall erinnere. Ich sage nicht, daß es nicht passiert ist, obwohl Du schon immer eine Phantasie gehabt hast, wie niemand vorher oder nachher, he? Aber es kann nur das letzte Mittel gewesen sein, das Deine Mutter und ich ergriffen hatten – Du weißt, daß Deine Mutter Dich verwöhnt hat, *in Watte gepackt hat,* würde man heute sagen. Du kannst Dich unmöglich daran erinnern, wie ungezogen Du nachts warst, was für ein kleiner Tyrann Du warst, wie Du an jede Ausrede dachtest, um uns wachzuhalten. Für Dich war das nicht schlimm. Du als kleines Kind konntest tagsüber schlafen, ich hatte mein Geschäft, ich mußte den Lebensunterhalt verdienen, ich brauchte etwas Schlaf. Ein Stück Brot, ein besonderes Spielzeug, das Du haben wolltest, pinkeln, noch eine Decke haben, eine Decke weniger haben, ein Glas Wasser – Deine Tricks und Dein Winseln waren endlos. Ich nehme an, daß ich es nicht länger aushalten konnte. (Du hast zugegeben, daß ich Dich nie geschlagen habe, Dir nur Furcht einjagte, wenn ich meine Hosenträger abnahm und so tat, als wollte ich Dich damit schlagen.) Also hab ich Dich aus dem Weg geschafft. In dieser Nacht. Nur ein paar Minuten. Es kann nicht mehr als eine Minute gewesen sein. Als ob Deine Mutter zugesehen hätte, wie Du Dich erkältet hättest. Gott behüte. Und Du hast mir das Dein ganzes Leben lang nachgetragen. Es tut mir leid, ich muß es wieder sagen, mein alter Spruch, der Dich so sehr aufregte: ich wünschte, ich hätte Deine Sorgen.

Alles, was bei Dir schiefging, ist meine Schuld. Du schreibst es auf ungefähr sechzig Seiten nieder, und gleichzeitig sagst Du mir »Ich glaube, Du bist völlig unschuldig an unserer Entfremdung!« Ich war ein »richtiger Kafka«. Du hattest mehr Ähnlichkeit mit der Familie Deiner Mutter, der Löwy-Seite, usw. – das einzige, was Du von mir geerbt hast, Deiner Meinung nach, waren Deine schlechten Eigenschaften, aber ohne meine Vitalität zu haben. Ich war »zu stark« für Dich. Du konntest nichts dafür, ich konnte nichts dafür. Na und? Du wolltest nur, *daß ich das zugab,* und danach hätten wir angeblich in Frieden leben können. Du warst der Richter, Du warst die Geschworenen, Du warst angeklagt; Du verurteiltest Dich zuerst. »Beim Schreibtisch, das ist mein Platz, den Kopf in meinen Händen, das ist meine Haltung.« (Und das ist, was Deine arme Mutter und ich ansehen mußten, das war unser Stolz und unsere Freude, unser einziger überlebender Sohn!) Aber auch ich war angeklagt; Du warst auch in meinem Prozeß der

Richter, Du warst die Geschworenen. Stimmt's? Nach welchem Recht? Galanteriewaren – Du hast das Familiengeschäft verachtet, das uns alle ernährte, das Deine Ausbildung bezahlte. Was ging es Dich an, wie ich meine Angestellten behandelte? Du hast Dich nur dafür interessiert, damit Du urteilen konntest, urteilen. Es war ein Fehler, Dich Jura studieren zu lassen. Du hast nichts mit Deinem Abschluß gemacht, Dein teures Studium, für das ich mich abrackerte und meine Gesundheit ruinierte. Nichts, außer mich zu verurteilen. – Was wollte ich sagen? O ja. Überleg genau, was ich Deiner Meinung nach zugeben sollte, unterhalb der schönen Worte des großen Dichters. Wenn etwas schiefgeht, muß irgend jemand schuld haben, wie? Wir waren keine Marionetten, die von oben an Fäden gezogen werden. Einer von *uns* mußte schuld haben. Und sag mir nicht, daß Du glaubst, Du könntest es sein. Der Stärkere hat immer schuld, so ist das doch, oder? Ich bin kein tiefer Denker wie Du, nur ein Händler in Galanteriewaren, aber ist das nicht das Gesetz des Lebens? »Für die Wirkung, die Du auf mich hattest, konntest Du nichts.« Du meinst wohl, ich würde glauben, daß Du mir ein Kompliment machst, indem Du mir vergibst, wenn Du mir doch die schlimmste Beleidigung zufügst, die ein Vater erfahren kann? Wenn das, was ich bin, schuld hat, dann habe ich schuld, bis zum letzten Blutstropfen meines Herzens und was immer es auch ist, das meinen Leib überlebt hat, das, was *ich bin,* dafür, daß ich lebte und einen Sohn gezeugt habe! Dich! Ist es das? Deinetwegen hätte *ich* überhaupt nicht gelebt haben dürfen.

Du hattest immer eine besondere Begabung (vergiß im Moment Deine schriftstellerische), mich aufzuregen.

Und Du wußtest, daß das für mein Herz schlecht war. Nun, was macht das schon … aber, Gott ist mein Zeuge … Du ärgerst mich … Du bringst mich zum … Nun gut.
Alles, was ich weiß, ist, daß ich auf ewig schuld habe. Dafür hast Du gesorgt. Es ist geschrieben und nicht allein von Dir. Es gibt viele Leute, die Bücher schreiben über Kafka, Franz Kafka, ich habe sogar schuld an dem Namen, den ich weitergegeben habe, unseren Familiennamen. *Kavka* ist tschechisch für Dohle, also ist das vielleicht der Grund für Deine fixe Idee mit Tieren. *Daffke!* Insekt, Affe, Hund, Maus, Hirsch, als was hast Du Dich nicht selbst gesehen? Man sagt, die Käfergeschichte sei ein großes Meisterwerk, dank meiner – ich bin derjenige, der Dich wie eine niedere Art behandelt hat, der Dich inspiriert hat … Du wächst als Käfer auf, Du hältst einen Vortrag als Affe. Überlegt irgendeiner dieser wunderbaren Gelehrten, was dies für mich bedeutet, einen Sohn zu haben, der nicht genug Selbstachtung hatte, sich als Mensch zu fühlen?
Du hast solch eine Vorliebe für Tiere, aber darf ich Dich daran erinnern, als Du in Zürau mit Ottla wohntest, hast Du Dich noch nicht einmal vor der Katze ausziehen wollen, die sie hereingeholt hatte, um die Mäuse loszuwerden …
Aber Du hast Dir vorgestellt, daß ein Drache in Dein Zimmer kommt. Er sagte (auch noch ein gebildeter Drache): »Durch Deine Sehnsucht herangezogen, schiebe ich mich von weither heran … Gerne komme ich, gerne biete ich mich Dir an.« Dein Verlangen, Franz: pfui, nach Ungeheuern, nach Perversion. Du beschreibst jemanden (Dich natürlich) in der verrückten Vorstellung,

mit einem Pferd zusammenzuleben. Hör Dir einmal selbst zu: »... ich habe ein Jahr lang mit einem Pferde gelebt derart, wie etwa ein Mensch mit einem Mädchen, das er verehrt, von dem er aber abgewiesen wird, leben würde.« Du hast sogar dem Pferd den Namen eines Mädchens gegeben, Eleonor. Ich frage Dich, ist das die Geschichte, die sich ein normaler junger Mann ausdenkt? Ist es anständig, daß Leute solche Dinge lesen sollen, lange, nachdem Du gestorben bist? Aber es ist veröffentlicht, alles ist veröffentlicht.

Und, am allerschlimmsten, was ist mit dem Tier in der Synagoge? Irgendeine Art Ratte, ein Wiesel, ein Marder nennst Du es. Du erzählst, wie es überall hinrannte, während der Gebete, es rannte am Gitter der Frauenabteilung entlang und kletterte sogar hinunter zum Vorhang vor der Bundeslade. Eine *Schande*, ein Tier, das während des Gottesdienstes herumrennt. Auch wenn es nur eine Geschichte ist – nur Du kannst Dir so etwas ausdenken. Kein Respekt.

Auf mehreren Seiten schreibst Du (in dem geheimen Brief) darüber, daß ich vulgäre jiddische Ausdrücke benutze, über meine »paar Nichtigkeiten des Judentums«, die »ausschließlich gesellschaftlicher« Natur waren, und daher bedeuteten, daß wir »uns beide nicht im Judentum finden« konnten, wenn schon in nichts anderem. Dies von Dir! Als Du ein Junge warst und ich Dich einmal im Jahr zum Jom-Kippur-Gottesdienst schleppen mußte, saßest Du da und dachtest Dir Geschichten aus von unreinen Tieren, die sich der Bundeslade näherten, dem heiligsten Gegenstand des jüdischen Glaubens. Als Du dann erwachsen warst, bist Du genau einmal in die Altneu-Synagoge gegangen. Die Leute, die über

Dich Bücher schreiben, sagen, es muß gewesen sein, um mir einen Gefallen zu tun. Ich wäre erstaunt. Als Du dann plötzlich entdecktest, daß Du doch Jude warst, war Dein Judentum natürlich höchst intellektuell, hatte nichts gemeinsam mit den jüdischen Bräuchen, die man mich in dem *Shtetl* meines Vaters gelehrt hatte, als ich mit sieben die Karre schob. Dein Judentum wurde im Jiddischen Theater gelernt. Das ist ein *netter* Haufen! Diese reisenden Schauspieler, die unrein leben, mit denen Du Dich im Savoy-Café anfreundetest. Dein Freund, der Schauspieler Jizchak Löwy. Nicht verwandt mit der Familie Deiner Mutter, Gott sei Dank. Ich würde gar nicht erst zulassen, daß so ein Mann mit ihr zusammenkommt. Du hattest die Respektlosigkeit, ihn in die Wohnung Deiner Eltern zu bringen, und ich merkte, daß es meine Pflicht war, so mit ihm zu sprechen, daß er es nie wagen würde, noch einmal zurückzukommen. (Ha, ich hab vom Fenster hinuntergesehen und beobachtete ihn, wie er in der Kälte herumlungerte, draußen vor dem Haus auf Dich wartete). Und diese Tschissik, diese *Naffke,* eine seiner Schauspielerinnen – ich habe herausbekommen, daß Du geglaubt hast, Du seist in sie verliebt, eine verheiratete Frau (wenn man die Art, wie diese Leute leben, Ehe nennen kann). Abgesehen von Fräulein Bauer hast Du nie jemanden gemocht, außer diesem Typ von gewöhnlicher Frau. Ich sage es immer wieder, wie ich es damals gesagt habe: Wenn Du Dich mit Hunden niederlegst, stehst Du mit Flöhen auf. Du hast die Nerven verloren (ja, Du, diesmal). Du wurdest wütend auf Deinen Vater, als er das sagte. Und als ich Dich an mein Herz erinnerte, hast Du Dich wieder gerechtfertigt wie üblich, Du hast gesagt (ich erinnere mich daran, als ob es gestern wäre): »Ich strenge mich an, mich zurückzuhalten.« Aber nun habe ich Deine Tagebücher gelesen, die Toten brauchen nicht in Dein Schlafzimmer zu schleichen und sie hinter Deinem Rükken zu lesen (wie Du Deiner Mutter und mir vorgeworfen hast), ich habe gelesen, was Du danach geschrieben hast, was Du in mir, Deinem Vater, zu fühlen glaubtest: »Wie immer in solchen äußersten Augenblicken das Dasein einer Weisheit, von der ich nur einen Atemzug erfassen kann.« Also *wußtest* Du, während Du Dich mir widersetztest, Du wußtest, daß ich recht hatte.

Tatsache ist, daß Du antisemitisch warst, Franz. Du hast Dich nie dafür interessiert, was mit Deinem eigenen Volk geschah. Die Angriffe der Schläger auf Juden in den Straßen, auf Wohnungen und Läden, die stattfanden, als Du aufwuchst – ich sehe kein Wort darüber in Deinen Tagebüchern, Deinen Notizbüchern. Du hast Dir nur Juden *vorgestellt.* Vorgestellt, wie sie gefoltert wurden an Orten wie Deiner *Strafkolonie,* vielleicht. Ich will nicht darüber nachdenken, was das bedeutet.

Richtig, gegen Ende hast Du Hebräisch studiert, Du und Deine Schwester Ottla hatten irgendeinen wilden Traum, nach Palästina zu gehen. Du, damals kaum noch imstande zu atmen und in einem Kibbuz Kartoffeln ausgraben! Das jüngste Buch über Dich sagt, daß Du gegen die »Krämerseelenmentalität« der Juden, wie Dein Vater einer war, revoltiert hast; aber es war der Krämer-Vater, es waren die Knöpfe und Spangen, Litzen, Bänder, Schmuckkämme, Druckknöpfe, Strumpfbänder, Modeartikel und Kurzwaren, die für Dich das Brot zum Träumen verdienten. Du warst antisemitisch, Franz, wenn es für einen Juden möglich ist, sich in zwei Hälften zu schneiden. (Für Dich, vermute ich, ist alles möglich.) Du hast Ottla gesagt, den *Goi* Josef David zu heiraten sei besser, als zehn Juden zu heiraten. Als Dein großer Freund Brod ein Buch ›Jüdinnen‹ schrieb, hast Du geschrieben, es gäbe darin zu viele davon. Du hast sie als Eidechsen angesehen. (Schon wieder Tiere, niedere Tiere.) »Wenn es uns auch glücklich macht, eine einzige Eidechse auf einem Fußweg in Italien zu beobachten, so wären wir doch entsetzt, Hunderte von ihnen in einem Einmachglas übereinander kriechen zu sehen.« Woher hast Du solche Ideen? Nicht von zu Hause, das weiß ich.

Und sieh mal, wie jüdisch Du bist trotz Deiner Verachtung für uns – Juden, Deine jüdische Familie! Du beantwortest Fragen mit Fragen. Ich habe entdeckt, daß das Dein Stil ist, Dein berühmter literarischer Stil: Dein Judentum. Hast Du die folgende Geschichte geschrieben, das Stückchen, dieses Dingsbums, oder nicht? Dein Freund Brod hat jedes Gekritzel aufgehoben und Du wußtest genau, er würde nicht einmal einen Fetzen verbrennen. »In einer spiritistischen Sitzung meldete sich einmal ein neuer Geist und es wickelte sich mit ihm folgendes Gespräch ab: Der Geist: Verzeihung. Der Wortführer: Wer bist du? Geist: Verzeihung. Wortführer: Was willst du? Geist: Fort. Wortführer: Du bist doch erst gekommen. Geist: Es ist ein Irrtum. Wortführer: Nein, es ist kein Irrtum. Du bist gekommen und bleibst. Geist: Mir ist eben schlecht geworden. Wortführer: Sehr? Geist: Sehr. Wortführer: Körperlich? Geist: Körperlich? Wortführer: Du antwortest mit Fragen, das ist ungehörig. Wir haben Mittel, dich zu strafen, antworte also lieber, denn dann werden wir dich bald entlassen. Geist: Bald? Wortführer: Bald. Geist: In einer Minute? Wortführer: Benimm dich nicht so kläglich ...«

Fragen ohne Antworten. Rätsel. Du hast geschrieben: »Ich kann immer nur im Widerspruch leben. Aber das trifft zweifellos auf jeden zu, denn lebend stirbt man, sterbend lebt man.« Sprich für Dich selbst. Nun, wer warst Du, Deiner Meinung nach, als diese Laune Dich überfiel – ihr Prophet, Jesus Christus? Was *wolltest* Du? Das *goische* himmlische Jenseits? Was hast Du gemeint, wenn ein Verirrter weit weg von seinem Heimatland irgend jemandem, den er trifft, sagt: »Ich bin in euerer Hand«, und der andere sagt: »Nein. Du bist frei und dadurch bist Du verloren.« Was hat es für einen Sinn, über eine Frau zu schreiben »Ich lauere ihr auf, um ihr nicht zu begegnen«? Es gibt nur eins Deiner Rätsel, von dem ich glaube, daß ich es verstehe, und das auch nur, weil ich zweiundvierzig Jahre, Gott steh mir bei, mit Dir zu tun hatte. »Ein Käfig ging einen Vogel suchen«, das bist Du. Der Käfig, nicht der Vogel. Ich weiß nicht warum. Vielleicht fällt es mir ein. Ich sage immer, wenn ein Mensch es will, kann er alles wissen, hier.

All dieses Gerede vom Weggehen. Du nanntest Dein Zuhause (weitere Rätsel) »Meine Gefängniszelle – meine Festung«. Du murrtest – in gedruckter Form, alles endete in gedruckter Form, mein Sohn –, daß Dein Zimmer nur ein Flur war, ein Durchgang zwischen dem Wohnzimmer und dem Schlafzimmer Deiner Eltern. Du beklagtest Dich, daß Du mit einem Bleistift schreiben mußtest, weil wir Deine Tinte weggenommen hatten, um Dich vom Schreiben abzuhalten. Es ging um Dein Wohl, Deine Gesundheit. Du warst schon ein erwachsener Mann, ein fertiger Rechtsanwalt, aber Du weißt, daß Du nicht selbst für Dich sorgen konntest. Die halbe Nacht hättest Du herumgekritzelt und wärst dann zu müde gewesen, vormittags ordentlich zu arbeiten, und Du hättest Deine Stellung bei der Assicurazioni Generali verloren (oder war es da schon die Arbeiter-Unfall-Versicherungs-Anstalt für das Königreich Böhmen, mein Gedächtnis wird nicht besser, hier). Und ich war nicht aus Geld gemacht. Ich konnte nicht jeden auf ewig unterstützen.

Du hast jede kleine Unstimmigkeit in der Familie veröffentlicht. Es war schlimm, Deiner Meinung nach, daß wir nicht wollten, daß Du bei schlechtem Wetter hinausgingst. Deine arme Mutter wollte, daß Du Dich warm anzogst. Du mit Deiner schwachen Gesundheit, immer kränklich – Du hast nicht meine Konstitution geerbt, es war nur ein Leben harter Arbeit, das Geschäft, die Fürsorge für die Familie, die mich am Ende schafften! Du hast niedergeschrieben, daß Du nicht spazierengehen konntest, ohne daß Deine Eltern sich aufregten, aber mit achtundzwanzig Jahren lebtest Du noch zu Hause. Weggehen. Mein armer Junge. Du konntest kaum von einem Zimmer in ein anderes gehen. Du schlossest Dich ein, wenn Leute zu Besuch kamen. Krochst immer zurück ins Bett, schliefst tagsüber (o ja, Du konntest nachts nicht schlafen, nicht wie alle anderen), hast Dein Leben verschlafen. Du hast *Amerika* erfunden, anstatt den Mut zu haben, auszuwandern, aus dem Bett aufzustehen, die Sachen zu packen und dorthin zu gehen, ein neues Leben anzufangen. Sogar dem Mädchen, das Du zweimal sitzengelassen hast, gelang das. Weißt Du, daß Felice noch irgendwo lebt, jetzt drüben, in Amerika? Sie ist eine alte, alte Frau mit Urenkeln. Sie brachten sie nicht in die Todeslager, von denen diese hochgebildeten Leute sagen, Du habest von ihnen gewußt, ehe sie kamen. Nach Amerika gingst Du nie, von Spanien hast Du geträumt … Weiß Gott, Dein Onkel Alfred wollte Dir dort Arbeit verschaffen, auf Madeira, auf den Azoren … Gott weiß, wo sonst noch. Weil Du der Enkel eines rituellen Schlachters warst, eines *Schochet,* deshalb konntest Du kein Fleisch essen, sagen sie, und das machte Dich schwach und unentschlossen. Also war auch das meine Schuld, weil mein armer Vater seinen Lebensunterhalt verdienen mußte. Wenn Deine Mutter nicht in der Wohnung war, hättest Du Dich zu Tode gehungert, wäre ich nicht dagewesen. Und was kam dabei heraus? Du hast das, womit ich Dich versorgte, so sehr abgelehnt; Du bist hingegangen und hast Deinen Magen auspumpen lassen! Wie jemand, der vergiftet worden ist! Du hast auch nicht vergessen, das aufzuschreiben. »Ich glaube, daß ekelhafte Dinge herauskommen werden.«

Was immer ich für Dich getan habe, war *Dreck.* Du hast Dich »verachtet, verurteilt, von mir niedergeschlagen« gefühlt. Aber Du hast *mich* verachtet; der einzige Unterschied war, daß ich nicht so leicht niederzuschlagen war, nicht? Wie oft hast Du versucht, Dein Zuhause zu verlassen und konntest nicht gehen? Es steht alles in Deinen Tagebüchern, in den Büchern, die man über Dich schreibt. Wie steht es mit Deinem anderen Meisterwerk *Das Urteil.* Ein Vater und ein Sohn streiten sich, und dann geht der Sohn und ertränkt sich und sagt: »Liebe Eltern, ich habe Euch doch immer geliebt.« Die wunderbare Entdeckung der Geschichte, das wirst Du sicher gern hören, beweist, daß Hermann Kafka höchstwahrscheinlich nicht wollte, daß sein Sohn erwachsen und ein Mann wurde, genau wie sein Sohn nicht ohne den Schutz der Familie zurechtkommen wollte. Der *Meschuggener*, der das schrieb, soll er reich daran werden! Ich möchte es ihm nicht wünschen, zu versuchen, mit Dir zu leben, so wie wir es mußten, das ist alles. Als Dein buckliger Freund einen Deiner anklagenden Briefe heimlich Deiner Mutter zeigte, um Dich von der Pflicht zu befreien, in die Asbestfabrik zu gehen, um dem Mann Deiner eigenen Schwester zu helfen, hielt Brod eine Sache, die Du geschrieben hast, zurück. Aber nun ist alles veröffentlicht, alles, alles, all die furchtbaren Dinge, die Du über Dein eigen Fleisch und Blut gedacht hast. »Ich hasse sie alle«: Vater, Mutter, Schwestern.

Du konntest nicht ohne uns zurechtkommen – ohne mich. Du bist erst ausgezogen, als Du fast zweiunddreißig warst, zu einer Zeit, in der jeder *Mann* schon eine Frau und Kinder hat, ein eigenes Zuhause.

Du warst immer von irgend jemandem abhängig. Dein Freund Brod, armer Teufel. Wenn es nicht den Buckligen gegeben hätte, wer würde heute von Deiner Existenz wissen? Zwischen den Verbrennungsöfen, die Deine Schwestern töteten und dem Feuer, das Deine Manuskripte verbrennen sollte, wäre nichts übriggeblieben. Die Sorte Männer, die Du erfunden hast, die Gestapo, beschlagnahmte alle Papiere, die es von Dir in Berlin gab, und von ihnen gibt es keine Spur, nicht einmal die großen Kafka-Experten, die ihre Nasen in alles stecken, haben sie gefunden. Du hast gesagt, Du hättest Max Brod mehr geliebt, als Dich selber. Das versteh ich. Dir gefiel das Bild, das er von Dir hatte, von dem Du

wußtest, daß es nicht Dein Selbst war (siehst Du, manchmal bin ich nicht so *grob*, ungebildet, unwissend, außer über Galanteriewaren, vielleicht habe ich durch Dich einige »Einsichten« bekommen). Sicher, ich würde meinen eigenen Sohn in Brods Schilderung nicht erkennen: »Es ging etwas ganz ungewöhnlich Starkes von ihm aus, was ich nie wieder angetroffen habe, auch bei Begegnungen mit sehr bedeutenden und berühmten Männern nicht ... die niemals aussetzende Dichtigkeit seiner Einfälle duldete überhaupt keine Lücke, nie sprach er ein unbedeutsames Wort. Was von ihm kam, war ... ein kostbarer Ausdruck seiner ganz besonderen, geduldigen, lebenswilligen, den Narrheiten der Welt gegenüber ironisch nachsichtigen, daher schmerzlich humorvollen ... Betrachtungsweise.«
Ich muß sagen, Deine Mutter, die Deine Schrullen erduldete, wenn sie nach einem Tag im Geschäft zurückkam, Deine Schwestern, die in Deinen Stücken spielten, um Dir zu gefallen, Dein Vater, der sein Herz zugrunde richtete für seine Familie – wir genossen nie die Gunst Deiner Toleranz. Deine Schwestern (außer Ottla, bei der Du zugibst, daß Du einen schlechten Einfluß auf sie hattest, die Du ermutigt hast, den Laden zu verlassen und auf einem Bauernhof zu arbeiten wie eine Landarbeiterin, um zusammen mit Dir an Kaninchenfutter zu verhungern, diesen Goi zu heiraten) waren kichernde Idioten in Deinen Augen. Deine Mutter empfand nie den Trost der Stärke ihres Sohnes. Du hast uns nie etwas gegeben, worüber wir lachen konnten, etwas Trauriges oder sonst etwas. Und Du hast überhaupt kaum mit mir gesprochen, nicht einmal ein beiläufiges Wort. Wessen Schuld war es, daß Du der Mensch warst, den Du be-

schreibst: »der auf der Insel im Teich umherschweift, wo es weder Bücher noch Brücken gibt, der die Musik hört, aber nicht gehört wird.« Du würdest keine Straße überqueren, geschweige denn eine Brücke, um den Tag damit zu verbringen, nett zu anderen Menschen zu sein, Du hast Dich in Deinem Zimmer eingeschlossen und hast Deine Ohren mit Oropax verstopft gegen die Musik des Lebens, ja, gegen die Geräusche des Kochens, der Menschen, die kamen und gingen (was hätten wir tun sollen, durch die geschlossenen Türen gehen?), sogar das Singen der Kanarienvögel störte Dich, Gelächter, die gelegentlichen Familienstreitereien, das quietschende Bett, in dem ein normales Ehepaar sich liebte.

Was ich gerade gesagt habe, mag überraschen. Der letzte Teil, meine ich. Aber da ich 1931 gestorben bin, weiß ich, daß die Welt sich sehr verändert hat. Leute, sogar Väter und Söhne unterhalten sich über Dinge, über die man sich nicht unterhalten sollte. Die Leute schämen sich nicht, alles zu lesen, sogar private Tagebücher, sogar Briefe. Es gibt kein Schamgefühl, nirgends. Auch damit warst Du Deiner Zeit voraus, Franz. Du schämtest Dich nicht, das in Deinem Tagebuch zu schreiben, das Dein Freund Brod veröffentlichen würde – Du mußt gewußt haben, daß er alles veröffentlichen würde, sich mit uns seinen Lebensunterhalt verdienen würde – Dinge die dazu geführt haben, daß einer der Kafka-Gelehrten die Geräusche in unserer Familienwohnung in Prag *studierte*. Er schreibt über mich: »Es wäre untypisch für Hermann Kafka gewesen, wenn er irgendwelche Geräusche unterdrückt hätte, die er gern während des Beischlafs machte, es wäre untypisch gewesen für Kafka, der auf Geräusche überempfindlich reagierte und der mit diesen Geräuschen aufgewachsen war, das Leiden zu erwähnen, das sie ihm verursachten.«

Du hast für alle lesbar hinterlassen, daß der Anblick der Schlafanzüge und Nachthemden Deiner Eltern auf dem Bett Dich anwiderte. Laß mich auch frei wie alle anderen reden. Du wurdest in dem Bett gezeugt. Das widert Dich an: Dein Ekel über einen Ort, der Dir heilig sein sollte, einen Ort, den man sehr respektieren sollte. Dennoch bist Du es, der sich über meine Grobheit beklagte, als ich vorschlug, Du solltest eine Frau finden – eine kaufen, eine mieten – aber nicht, um Dich endlich als Mann zu beweisen, mit achtunddreißig irgendeine jüdische Prager Nutte heiraten, die ihre Titten in einer dünnen Bluse schwenkte. Ja, ich spreche von dieser Julie Wohryzek, der Schuhmachertochter, Deiner zweiten Verlobten. Du hast sogar die Frechheit besessen, mir diese Bemerkung entgegenzuhalten, in dem Brief, den Du nicht abgeschickt hast, den ich aber trotzdem gelesen habe, ich habe jetzt alles gelesen, obwohl Du gesagt hast, ich hätte *In der Strafkolonie* auf den Nachttisch gelegt und das Buch nie wieder erwähnt.

Ich muß noch über eine andere Sache reden, die wir nicht besprochen haben, Vater und Sohn, während wir beide lebten – gut, es war meine Schuld, vielleicht hast Du recht, wie gesagt, die Zeiten waren anders … Frauen. Ich muß das zur Sprache bringen, weil – mein armer Junge – die Ehe der »größte Schrecken« Deines Lebens war. Du schreibst das. Du sagst, Deine Versuche zu erklären, warum Du nicht heiraten konntest – auf denen beruht der »Erfolg« des ganzen Briefes, den Du nicht abgeschickt hast. Deiner Meinung nach war Heiraten, eine Familie gründen, »das Äußerste, das einem

Menschen überhaupt gelingen kann«. Dennoch konntest Du nicht heiraten. Wie soll das irgendein normaler Mensch verstehen? Du hast mehr als eine Viertelmillion Worte an Felice Bauer geschrieben, aber Du konntest nicht ihr Ehemann sein. Du hast Deine Eltern zu der Zeremonie gezwungen, nach Berlin zu reisen für eine Verlobungsfeier (es gibt das Foto, das Du hast machen lassen, das glückliche Paar, übrigens in den Büchern, die sie über Dich schreiben). Die Verlobung wurde aufgeschoben, erneuert, abgesagt. Soll man sich darüber wundern? Jeder, der in einen Buchladen geht oder in eine Bibliothek, kann lesen, was Du Deiner Verlobten geschrieben hast, als Deine Schwester Elli unseren ersten Enkel geboren hatte. Du fühltest nichts außer Bosheit, Neid Deinem Schwager gegenüber, weil »ich nie ein Kind haben werde«. Nein, nicht mit dem Bauer-Mädchen, nicht in einer anständigen Ehe, wie der Sohn irgendeines anderen; aber ich habe herausbekommen, daß Du doch ein Kind hast, Brod behauptet das, von einer Frau Grete Bloch, die die beste Freundin des Bauer-Mädchens gewesen sein soll, die sogar die Heiratsvermittlerin für Euch spielte. Was sagst Du dazu? Vielleicht ist Dir das neu? Ich weiß nicht. (Das zeigt, wie verantwortungslos Du warst.) Man sagt, sie sei weggegangen. Möglicherweise hat sie es Dir nie erzählt.
Was die nächste betrifft, die Du zu heiraten versuchtest, die, um die Du soviel Trara gemacht hast wegen meiner Bemerkung über Prager Jüdinnen und die Bluse usw. – diesmal bist Du zur Vernunft gekommen und hast nur zwei Tage ehe sie stattfinden sollte, die Hochzeit abgesagt. Nicht, daß ich Dich hätte beeinflussen können. Wann hättest Du je berücksichtigt, was Deine Eltern

dachten? Als Du mir sagtest, daß Du die Tochter des Schuhmachers heiraten wolltest – war ich natürlich bestürzt. Wenigstens kam das Bauer-Mädchen aus einer guten Familie. Was ich über die Bluse gesagt hab, ist mir so herausgerutscht, ich bin schließlich menschlich. Aber ich war Dir gegenüber ehrlich, Mann zu Mann. Du warst kein kleiner Junge mehr. Ein Mann braucht kein Nichts zu heiraten, das mit jedem geht.

Ich hab gemerkt, um was es bei dieser Heirat ging, mein armer Sohn. Du wolltest eine Frau. Niemand hat das besser verstanden als ich, glaube mir, ich war genug Mann, nicht? Es gab Orte in Prag, wo man eine Frau bekommen konnte. (Ich glaube, was immer auch geschehen ist, es gibt sie immer noch, wird sie immer geben.) Ich hab versucht, Dir zu helfen; ich hab angeboten, selber mit Dir zu gehen. Ich habe es vor Deiner Mutter gesagt, die – ja, und Du schreibst, es schockierte Dich – mir zustimmte. Wir wollten Dir so gerne helfen, sogar Deine Mutter war bereit, so weit zu gehen.

Aber in dem Brief, von dem Du dachtest, ich würde ihn nie sehen, klagst Du mich an, Dich gedemütigt zu haben, und ich weiß nicht, was noch. Du wolltest eine Nutte heiraten, aber warst beleidigt bei dem Gedanken, eine zu kaufen?

Als Du den Brief schriebst, nur einige Tage, nachdem Du Deinen zweiten Heiratsversuch aufgabst, sechsunddreißig Jahre alt, fandest Du, daß Dein Vater, als ein Mann von Welt, nicht nur Dir gegenüber bei der Gelegenheit »Verachtung« zeigte, sondern daß er, als er mit Dir früher als junger Mann wie ein verständnisvoller Vater sprach, als er Dir Auskünfte gab, den ganzen lächerlichen Kram in Gang setzte, auf Grund dessen Du nie fähig sein würdest zu heiraten, nie. Schon zwanzig Jahre vor dem Streit über Julie Wohryzek machte Dein Vater mit »ein paar offenen Worten« (wie Du das nennst) Dich unfähig, eine Frau zu nehmen und stieß Dich hinunter »in diesen Schmutz, so als wäre ich dazu bestimmt«. Du erinnerst Dich an einen Spaziergang mit Deiner Mutter und mir auf dem Josephsplatz, als Du Neugier zeigtest über, na, die Gefühle der Männer und Frauen, und ich war offen und ehrlich mit Dir und sagte, ich könne Dir einen Rat geben, wohin Du gehen könntest, so daß diese Dinge gefahrlos getan werden könnten, ohne irgendeine Krankheit nach Hause zu bringen. Du warst sechzehn Jahre alt, körperlich ein Mann, kein Kind, oder? War es nicht Zeit, über solche Dinge zu reden?

Soll ich Dir sagen, woran *ich* mich erinnere? Irgendwann fingst Du mit Deiner Mutter und mir einen Streit an, weil wir Dich nicht sexuell aufgeklärt hatten – Deine Worte. Nun beschwerst Du Dich, weil ich versuchte, Dich in solchen Angelegenheiten zu leiten. Ich tat es. Ich tat es nicht. Entscheide Dich. Sieh es, wie Du willst. Was immer ich auch getan habe, Du glaubtest, es wäre *wegen der Dinge, die ich tat,* daß Du Dich nicht entschließen konntest zu heiraten. Als Du dachtest, Du wolltest das Bauer-Mädchen, hab ich nicht nachgegeben, um Dir einen Gefallen zu tun? Obwohl Du finanziell nicht in der Lage warst, zu heiraten, obwohl ich Deine zwei verheirateten Schwestern finanziell unterstützen mußte, obwohl ich Sorgen genug hatte, ein kranker Mann, hattest Du mir nicht genug Ärger bereitet, indem Du mich überredet hattest, in eine *Mechulah* Asbestfabrik zu investieren? Hab ich nicht nachgegeben? Und als das Mädchen nach Prag kam, um Deine

Eltern und Schwestern kennenzulernen, hast Du geschrieben »Meine Verwandten haben sie fast lieber als mir lieb ist«. Also so weit ging es: Dir konnte nichts gefallen, was wir mochten, war das der Grund, warum Du sie nicht heiraten konntest?

Vor langer Zeit, lange her ... ach, alles wird schwach ...

Aber ich bin noch nicht fertig. Warte.

Du sagst, Du hast Deinen Brief geschrieben, weil Du erklären wolltest, warum Du nicht heiraten konntest. Ich schreibe diesen Brief, weil Du versucht hast, ihn für mich zu schreiben. *Du würdest sogar das Deinem Vater wegnehmen.* Du hast Deinen eigenen Brief beantwortet, ehe ich es konnte. Du hast das, was Du Dir als meine Antwort vorstelltest, zum Teil Deines Briefes gemacht. Um mir die Mühe zu ersparen ... Brillant, wie man sagt. Mit Deinen großen Gaben als berühmter Schriftsteller drückst Du alles besser aus, als ich es könnte, Du bist schnell da mit einer Antwort, ehe ich es sein kann. Du nimmst mir die Worte aus dem Mund: während Du Dir selbst in meinem Namen den »Vorwurf der Unaufrichtigkeit, der Liebedienerei, des Schmarotzertums« machst, indem Du mir Dein Leben zum Vorwurf machst, bist Du – noch einmal, ein letztes Mal – schließlich doch zu unaufrichtig, zu liebedienerisch, zu schmarotzend mit diesem Trick, Deinem Vater die Chance zu nehmen, sich zu verteidigen. Ein Genie. Was kann ich noch über Dich sagen, wenn – wie gut Du Dich kennst, mein Junge, es ist furchtbar – Du Dich selbst eine Art Ungeziefer nennst, das nicht nur sticht, sondern gleichzeitig auch Blut saugt, um sich am Leben zu halten? Und nicht einmal das ist das Ende der Verdrehung, des Betrugs. Du beichtest dann, daß diese ganze »Korrektur«, »Einwurf«, wie Du, ein teuer ausgebildeter Mann, es nennst, seinen Ursprung nicht in Deinem Vater, sondern in Dir selbst, Franz Kafka, hat. Also, siehst Du, hier ist der Beweis, etwas, was ich *weiß*, das Du, mit Deinem ganzen Intellekt, nicht *für mich* wissen kannst: Du sagst, Du hast immer über mich geschrieben; es war alles über mich, Deinen Vater; aber es war alles über Dich. Das Insekt. Der Käfer, der auf seinem Rücken lag und mit den Beinen in der Luft wedelte und nicht aufstehen konnte, um Amerika oder die Chinesische Mauer zu sehen. Du, Du, selbst, selbst. Und in Deinem Brief, nachdem Du mich gegen Dich verteidigt hast, als Du zum Schluß beichtest – wieder richtig, wieder im Recht, immer –, hast Du das letzte Wort, als Beweis Deiner Heiligkeit, von der ich nichts wissen konnte, sie nicht verstehen konnte, ein Geschäftsmann, ein Ladenbesitzer. Das ist Deine »Wahrheit« über uns, von der du gehofft hast, sie könne »uns Leben und Sterben leichter machen«.

Wie Du geendet bist, Franz. Die letzte Frau, die Du Dir ausgesucht hast. Es war nicht unser Wunsch, weiß Gott. Mit dieser Ostjüdin zu leben und in Sünde. Wir schickten Dir Geld; das war alles, was wir tun konnten. Wenn wir gekommen wären, Dich zu besuchen, wenn wir unseren Stolz vergessen hätten, wenn wir diese Frau getroffen hätten, hätte unsere Gegenwart Dich nur kränker gemacht. Es liegt in allem, was Du geschrieben hast, in allem, was sie über Dich schreiben: alles, was Dich mit uns verband, deprimierte Dich und machte Dich krank. Wir wußten, daß sie Dich falsch ernährte, wenn sie wie eine Zigeunerin auf einem Spiritusherd kochte. Sie hielt Dich in einer unbeheizten Absteige in Berlin …

Gott verzeih mir (Brod hat es der Welt erzählt), ich mußte ihr den Rücken kehren auf Deiner Beerdigung.

Franz ... Als Du damals vom Kurt Wolff Verlag Exemplare Deines Buches *In der Strafkolonie* erhieltst, gabst Du mir eins, und ich sagte: »Leg's auf den Nachttisch.« Du hast gesagt, ich habe es nie wieder erwähnt. Nun gut, verstehst Du nicht, ich bin kein Literat. Ich sage es Dir jetzt. Ich habe ein bißchen gelesen, ein oder zwei Seiten auf einmal. Wenn Du das Buch gesehen hättest, da war ein Bleistiftstrich alle zwei oder drei Seiten, so daß ich das nächste Mal wissen würde, wo ich aufgehört hatte. Es war nicht wie die Bücher, die ich kannte – ich hatte nicht viel Zeit zum Lesen, weil ich, seit ich klein war, wie ein Sklave gearbeitet habe, ich war nicht wie Du, ich konnte mich nicht mit Büchern in ein Zimmer einschließen, als ich jung war. Ich wäre verhungert. Aber das weißt Du. Kannst Du nicht verstehen, daß ich – ja – nicht besonders stolz – beschämt war, Dich wissen zu lassen, daß ich es nicht leicht fand, Deine Art zu schreiben zu verstehen, es war mir alles fremd.

Ha! ich weiß, ich bin kein Intellektueller, aber ich habe zu leben gewußt!

Noch einen Augenblick ... laß mir Zeit ... es verschwimmt schon ... Ja – kannst Du Dir vorstellen, wie wir uns gefühlt haben, als Ottla uns gesagt hat, Du hättest Tuberkulose. Oh, wie konntest Du es übers Herz bringen, mich daran zu erinnern, daß ich, wütend, einmal einem umständlichen Verkäufer, der durch den ganzen Laden hüstelte (Du hättest Dich mal mit diesen faulen *Goims* abgeben sollen) gesagt habe, er solle verrecken, der kranke Hund. Konnte ich wissen, daß auch

Du Tuberkulose bekommen würdest? Es war nicht unsere Schuld, daß Deine Lungen verfaulten. Ich habe versucht, Deinen Brustkasten zu vergrößern, als Du klein warst, ich hab Dir Schwimmen beigebracht; Du hättest nie Dein Zuhause verlassen sollen, die Fürsorge Deiner Eltern, um in dieses Rattenloch im Schönbornpalais zu gehen. Und diese Absteige in Berlin ... Es gab auch ein paar gute Zeiten, nicht, Franz? Als wir Bier und Würstchen nach den Schwimmstunden hatten? Wenigstens hast Du Dich an das Bier und die Würstchen erinnert, als Du im Sterben lagst.

Noch eines. Es liegt mir auf der Seele, ich muß es sagen. Ich weiß, daß Du nie antworten wirst. Du hast einmal geschrieben: »Sprache ist nur möglich, wo man lügen will.« Du warst zu *überempfindlich*, um mit uns zu reden, Franz. Du hast die Wahrheit verschwiegen: die, die Karten spielten, sich im Bett auf der anderen Seite der Wand umdrehten – es war das Geräusch lebender Menschen, das Du nicht mochtest. Deine Rache, die Du zu feige warst, zu nehmen, als Du lebtest, hast Du hier genommen. Wir können nicht in Frieden in unseren Gräbern liegen; ausgegraben, unserer Leichentücher beraubt, durch Deinen Ruhm. Das Grab Deiner Eltern zu entweihen, wie ihr Bett, schämst Du Dich nicht? Schämst Du Dich nicht – jetzt? Nun, es ist sinnlos, zu streiten. Wir liegen zusammen in einem Grab – Du, Deine Mutter und ich. Wir sind so geendet, wie wir immer hätten sein sollen, vereint. Ruhe in Frieden, mein Sohn. Ich wünschte, Du hättest mich in Frieden ruhen lassen.

Dein Vater,

Hermann Kafka

Überzeugungstäter

Anscheinend waren sie einander im selben Moment aufgefallen, als sie am dritten Tag des Prozesses die Stufen des Bundesgerichts heruntergingen. Bis dahin haben Gelegenheitsbesucher, die kommen, um die Angeklagten zu sehen – um mit eigenen Augen zu sehen, wer Gefängnismauern um den Körper für Ideen im Kopf riskiert –, ihre Neugier befriedigt; nur diejenigen mit irgendeinem besonderen Interesse kommen Tag um Tag. Er hätte Journalist sein können; oder ein Repräsentant einer westlichen Macht, die politische Prozesse in Ländern »beobachtet«, die außenpolitisch problematisch sind und deren Einhaltung der Menschenrechte in Westeuropa und Amerika von einflußreichen Gruppen gefordert wird. Er trug einen ungewöhnlich geschnittenen Kordanzug. Aber als er redete, merkte man, daß er wie sie ein Einheimischer war, er hatte den Akzent und benutzte die lässigen Redewendungen der Umgangssprache. »Was für eine Verhandlung. Meine Güte ... Nach zwei Stunden fühlt man sich schmierig, all das Papier ... gespenstisch ...«
Bei ihr gab es keinen Zweifel. Sie war eine junge Frau, deren kultiviert sanfter Gesichtsausdruck und deren abgetragener, selbstgemachter Kleidungsstil in dieser Umgebung weder an transzendentale Meditation, an Umweltschutzgruppen oder an Modestudios erinnerte, sondern ein Zeichen der Solidarität mit der Menschlichkeit derjenigen war, die nichts besaßen und sich selbst in Gefahr brachten. Das einzige Schmuckstück, das sie

trug, eine Kette aus winzigen Scheiben von Straußeneierschale, dicht auf einen Faden gezogen, bewegte sich eng anliegend unten an den Halssehnen, als sie ihm lächelnd zustimmte. »Die Anwälte arbeiten eben so … Ich kenn das schon. In den ersten Tagen geht es darum, die Gegenseite aus dem Konzept zu bringen.«
Ein paar Tage später tranken sie Kaffee in der Mittagspause der Verhandlung. Er machte ein paar naive Bemerkungen über den Prozeß, schien sich seiner Unwissenheit aber sehr bewußt zu sein. Warum lud der Staatsanwalt Zeugen vor, die ganz offen sagten, daß das Regime ihre Meinung unterdrückte und ihre ganz normalen Ambitionen unmöglich machte? Diese Art Aussage war doch sicher günstig für die Verteidigung, da es um Überzeugungstäter ging? Sie schüttelte ihr feines Haar, das so nachgiebig wie Mohair war. »Moment, Moment. Das machen die, um Glaubwürdigkeit zu schaffen. Um ihre Anteilnahme an dem Angeklagten, ihre genaue Kenntnis darüber, was er getan und gesagt hat, zu beweisen, um den Angeklagten mit Dingen zu *belasten*, die die Verteidigung abstreiten wird. Verstehen Sie das nicht?«
»Jetzt wird's mir klar.« Er lächelte über sich selbst. »Früher, als ich hier gelebt habe, hab ich mich kaum für Politik interessiert … aktive Politik, so nennt man das, glaub ich. Erst seitdem ich aus dem Ausland zurück bin …«
Sie fragte das, was in so einer Konversation von ihr erwartet wurde: wie lange er weggewesen sei?
»Fast fünf Jahre. In der Werbung, dann Computer …« Das abrupte Ende der Antwort deutete auf das mangelnde Interesse hin, mit dem diese Karrieren ausgelau-

fen waren. »Vor zwei Jahren hatte ich einfach das Gefühl, ich müßte zurück. Ich hatte eigentlich keinen richtigen Grund. Ich mach hier die gleiche Arbeit – ich hab dieses Jahr ein Seminar in Betriebswirtschaft an der Universität gegeben – und langsam find ich heraus, *warum* ich es wollte. Zurückkommen wollte. Ich glaub, es hat was mit Dingen wie dem hier zu tun.«

Sie hatte ein Gesicht, in dem man ablesen konnte, wie sie den Gedanken anderer folgte; ihr Mund und ihre Augenbrauen drückten stummes Verständnis aus.

»Ich kann mir vorstellen, daß sich das für Sie alles sehr oberflächlich anhört. Ich glaube nicht, daß Sie jemand sind, der sich mit einer Zuschauerrolle zufriedengibt.«

Ihre dünnen, knubbeligen, kleinen Hände lagen wie Werkzeuge auf der Kunststofftheke in der Kaffeebar. Da sie im Moment untätig waren, fummelten sie mit den Zuckertüten, als sie antwortete: »Wie kommen Sie darauf?«

»Sie wissen anscheinend so viel darüber. Als ob Sie so etwas selbst mal durchgestanden hätten ... Oder vielleicht ... studieren Sie Jura?«

»Ich? Um Gottes willen, nein.« Nach ein paar Schlukken Kaffee gab sie eine freundliche Antwort. »Ich arbeite für eine Fernschule.«

»Lehrerin.«

Sie lächelte wieder. »Ich unterrichte Leute, die ich nie sehe.«

»Das paßt eigentlich gar nicht zu Ihnen. Sie sehen aus wie jemand, der mit Menschen zu tun haben müßte.«

Zum ersten Mal wandelte sich höfliches Interesse,

wurde wärmer. »Ist es das, was Ihnen in London gefehlt hat? Nicht mit Menschen gearbeitet zu haben?«
Bei diesen Treffen nannte er einen Namen, und sie sagte, wie sie hieß.

Der Name lautete Derek Felterman. Es war sein richtiger Name. Er *hatte* fünf Jahre in London gelebt, *hatte* für eine Werbeagentur gearbeitet und danach Informatik an einer guten Universität studiert, und in London war er von einem Botschaftsangehörigen angeworben worden, der kein Diplomat war, sondern ein Mitarbeiter der Abteilung für Innere Sicherheit. Keiner weiß, wie die Geheimpolizei ihre Leute erkennt, es ist so rätselhaft wie die Geschlechtsbestimmung bei Hühnern. Aber falls die entscheidende Eigenart, die gesucht wird, vorhanden ist, wird der anwerbende Agent sie erkennen, wie sehr auch immer jemand seine Kandidatur vor sich selbst zu verheimlichen versucht.
Er war nicht eingestellt worden, um in Flüchtlingsgruppen einzudringen, die im Ausland arbeiteten. Man hatte beschlossen, daß er »sauber« zurückkehren sollte, seine Arbeit im politischen Hinterland einer Küstenstadt, in einer Universitätsstadt, aufnehmen sollte. Dann wurde er nach Norden geschickt, in das Bergbau- und Industriegebiet des Landes; man befahl ihm, einen unauffälligen Job in der Wirtschaft, ohne Verbindung zur Universität, zu suchen, und als unbekanntes Gesicht dort Kontakte aufzunehmen, wo die Informationen, die seine Arbeitgeber haben wollten, am ehesten zu finden waren – bei linksorientierten Kulturveranstaltungen, in demonstrierenden Protestgruppen, auf der Zuschauertribüne von politischen Prozessen. Seine Arbeitgeber

gingen davon aus, daß er wußte, wie er sich beliebt machen konnte; dies war eine der Eigenschaften, um derentwillen er ausgewählt worden war – so wie eine Frau ihn wegen einer anderen Eigenschaft auswählen würde, die er nicht beeinflussen konnte, die Art, wie ein Mundwinkel sich hob, wenn er lächelte, oder wegen des braunen Glanzes in seinen Augen.
Er wiederum hatte sie schnell erkannt – zunächst als Typ und dann, am dritten Tag, als er vom Gericht fortging, um weitere Informationen über sie aus den Polizeiakten zu bekommen, als die junge Frau, die heimlich eine unter Hausarrest stehende Freundin besucht hatte; danach hatte sie eine dreimonatige Gefängnisstrafe dafür abgesessen, daß sie sich geweigert hatte, in einem Prozeß gegen diese Frau wegen Nichteinhaltung des Hausarrestes auszusagen. Sie hatte gesagt, sie heiße Aly. Alison Jane Ross. Eine direkte Verbindung zwischen Alison Ross' Interesse am laufenden Prozeß und den Angeklagten konnte nicht gefunden werden; aber vom Standpunkt seiner Nebenbeschäftigung schloß dies nicht die mögliche Zusammenarbeit mit einer größeren Organisation oder einer unterstützenden Gruppe aus, die subversive Aktionen der Art ausführte, wie sie in der Anklageschrift genannt wurden.
Felterman zog buchstäblich in ihre Freundschaft ein, als er eine schwere Bücherkiste und einen tragbaren Grill schleppte. Er hatte sie gefragt, ob sie am Sonnabend mit ihm ins Theater gehen würde. Schade, sie müsse am Sonnabend umziehen; wollte er nicht statt dessen kommen und helfen? Diesen Vorschlag fügte sie mehr als Scherz, lächelnd über ihre eigene Unverschämtheit, hinzu. Er kam pünktlich. Ihre versammelten Freunde,

die mit Abkürzungen ihrer Namen vorgestellt wurden, stellten einen alten Transporter, einen Kombi ohne Stoßdämpfer, Fertigmahlzeiten und liebevolle Energie zur Verfügung, womit sie den Umzug von einer Mietswohnung in ein winziges Häuschen mit einer uralten Palme bewerkstelligten. Die Palme füllte den Garten aus, und ihre vertrockneten Blätter raschelten im Wind, als ob ein riesiges Insekt seine Beine aneinander rieb. Einen Monat später schliefen sie zum ersten Mal miteinander zu der Nachtmusik dieses Tieres. Obwohl die Robs und Jimbos und Ricks, sowie die Jojos, Bets und Lils alle ihre Freundin Aly küßten, schien kein Liebhaber zu existieren, der nun verdrängt worden wäre. Auf dem besonderen, zarten Pfad der Intimität, auf dem sie ihn mitnahm, oder den sie vor ihm auslegte, war nur Platz für sie beide. Anfangs, als sie sich einander öffneten, noch bevor sie miteinander geschlafen hatten, hatte sie von selbst über die Erfahrung ihrer Gefängniszeit gesprochen, aber sie sprach davon immer in banalem oberflächlichem Sinn – daß die Decken nach Desinfektionsmittel rochen und die Katze der Oberaufseherin die Kontrollrunden mit ihrer Besitzerin machte. Sie fragte ihn jetzt nicht nach anderen Frauen, obwohl er manchmal – in unfreiwilligen, warm fließenden Gegenströmen, um den anderen Strömungen zu entsprechen – indirekt durch Anekdoten Affären zugab, Frauen, die ihren Ort und ihre Zeit gehabt hatten. Als ihr der rechte Moment gekommen schien, erzählte sie, ohne sich zu schämen, ohne Groll und Eitelkeit, daß sie gerade ein Jahr »allein« verbracht hatte, weil sie wußte, daß sie es brauchte, nachdem sie drei Jahre mit jemandem zusammengelebt hatte, der schließlich zu seiner Frau zurückgegangen war. In der jüngsten Vergangenheit hatte es ein oder zwei kurze Affären gegeben – »Manchmal – findest du nicht auch – wird ein alter Freund plötzlich etwas anderes – nur für kurze Zeit, als ob ein Gesicht eine andere Form annimmt? Und am nächsten Tag ist es so wie früher. Nichts hat sich verändert.«

»Freunde sind für dich das Wichtigste, nicht? Ich meine, jeder hat Freunde, aber du ... Du würdest *alles* machen. Für deine Freunde. Nicht?«

Ihre Reaktion und nicht so sehr seine Frage schien es zu sein, die auf die drei Monate anspielte, die sie im Gefängnis verbracht hatte. Sie schob ihren gelockten Pony zur Seite und die Sommersprossen verschwanden, als sie errötete: »Und sie für mich auch.«

»Es geht nicht nur um Freundschaft – ich versteh das natürlich – Genossen, eine Gruppe von Brüdern ...«

Sie stellte sich ihn als Kind vor, wie er durch das Fenster auf andere Kinder starrte, die zusammen spielten. Sie beugte sich vor, nahm seine Hand und küßte ihn mit einer Zärtlichkeit, die sie vorher noch nie ausgetauscht hatten, auf jedes Lid.

Trotzdem wurden ihre Freunde seinetwegen ein bißchen vernachlässigt. Er wäre gerne enger in die Gruppe aufgenommen worden, aber es ist für zwei leidenschaftlich Verliebte ganz natürlich, sich eine Zeitlang von anderen fernzuhalten. Es hätte komisch ausgesehen, darauf zu drängen, sich anders zu verhalten. Es war ihnen auch klar, daß Felterman kaum mehr als Bekannte vernachlässigte: fünf Jahre im Ausland und zwei Jahre in der Küstenstadt waren Erklärung genug. Er belebte Hobbys für sie, die sie als Schülerin aufgegeben hatte: er lief mit

ihr Wasserski und nahm sie zum Bergsteigen mit. Zusammen gingen sie in Wohltätigkeitsaufführungen im Theater – es war ein Teil des kulturpolitischen Kurses, den sie ihm – nicht durch Fernstudium – erteilte, ohne sich darüber bewußt zu sein, daß sie es tat, und ohne dem einen so pompösen Namen zu geben. Er konnte sie nicht überreden, in eine Diskothek zu gehen, aber einer der wertvollen Kontakte, die er zu der Gruppe ihrer verschiedenfarbigen und verschiedenrassigen Freunde gewann, bestand darin, daß er sie zu Partys begleitete, auf denen sie viel besser tanzte als er, weil Schwarze ihr gezeigt hatten, wie sie ihren Körper zur Musik bewegen mußte. Von dort, wo er trank und sie und ihre Freunde beobachtete, sah sie wild und fast schön in dieser Verwandlung aus. Hin und wieder kam sie zu ihm zurück, ein Angebot, wie das Essen und der Drink, die sie trug. Nach einigen Monaten konnte er bestimmte Muster in ihren Freundschaften erkennen; sie reichten über ihr gemeinsames Leben hinaus zu verbotenen Orten und zu Leuten, mit denen Kontakt per Gesetz untersagt war – wie die Frau, für die sie ins Gefängnis gegangen war. Langsam gewann sie das Vertrauen, ihn Risiken auszusetzen, sie sprach nie darüber, versuchte aber offensichtlich und immer mit großem Einfühlungsvermögen zu erfahren, wie sehr er wirklich herausfinden wollte, ob die Frage, »warum er zurückkommen wollte«, mit »Sachen wie dieser« zusammenhing.
Es wurde immer schwieriger, sie alleine zu lassen, sogar nur für eine Nacht, wenn er spät fortging, alleine unter dem trockenen, kalten Rascheln der alten Palme hindurch, die in ihren Akten wühlte. Aber obwohl er wußte, daß sein Platz nun bei ihr in diesem Häuschen

war, mußte er zurück in seine Wohnung, die jetzt kaum mehr als ein Büro war, unbenutzt, bis auf den Stuhl und den verstaubten Tisch, an den er sich setzte, um seine Berichte zu schreiben: er konnte sie ja kaum in dem Haus schreiben, das er mit ihr teilte.
Sie sprach oft über die Zeit im Gefängnis. Sie war es, die Stichworte für dieses Thema fand. Aber sogar jetzt, wenn sie umschlungen zusammenlagen, fern und unerreichbar für jede Nachforschung, jede Überwachung, schien sie nicht fähig zu sein, über die Erfahrung zu sprechen, die tief in ihrem Innersten lag, worüber sie sprechen mußte: warum sie Risiken einging, wem und welcher Sache sie sich verpflichtet fühlte. Sie schien sehnsüchtig darauf zu warten, das Stichwort, den Schlüssel hierzu von ihm zu erhalten. Von ihm.
Es war ein Kennwort, das er nicht kannte. Es war ein Code, den er nicht besaß.
Und dann, eines Nachts, fand er ihn; er fand einen eigenen Code; in dieser Nacht mußte er reden: »Ich habe dich bespitzelt.«
Ihr Gesicht zog sich in einen Moment der Konzentration zusammen, ähnlich wie in der Tierwelt, wo ein bedrohtes Lebewesen sich in eine stachelige Kugel verwandeln oder aus angespannten Muskeln und grellen Abwehrfarben ein schreckliches Aussehen zusammensetzen kann.
Der Moment schwand aus ihrem Gesicht ebenso plötzlich, wie er gekommen war. Er hatte sich davon abgewandt, wie ein Mann, dem man eine Pistole in den Rücken hielt.
Sie schob sich seitlich über das Bett, nahm seinen Kopf in die Hände, hielt ihn.

Sünden des dritten Alters

Jeder der beiden kam aus einem anderen Land und sie trafen sich in einem weiteren, während eines Krieges. Nach dem Krieg wohnten sie in einem vierten Land und heirateten dort und hatten Kinder, die mit einem nationalen Erbe und einer Fahne aufwuchsen. Die offizielle Bezeichnung des Krieges war der Zweite Weltkrieg, aber Peter und Mania nannten ihn ›unseren Krieg‹, offensichtlich zur Unterscheidung von den Kriegen, die folgten. Es war auch ein Abstecken des Territoriums, in dem ihr gemeinsames Leben angefangen hatte. Unter der linken Manschette des frischgebügelten Hemdes, das er jeden Tag anzog, war eine Nummer auf sein Handgelenk eingebrannt, ihre Hände, die Nägel, die einmal wöchentlich mit Dusty Rose Nr. 1 fachmännisch manikürt und lackiert wurden, hatten kein Zeichen von dem Wühlen – frostig und blutend – nach gefrorenen Rüben, die sie einst am Leben gehalten hatten, zurückbehalten. Keiner von beiden hatte noch Verwandte, mit Ausnahme ihrer eigenen Nachkommenschaft und natürlich einander. Sie hatten einander. Sie hatten einander immer gehabt in ihrer beider scharf umrissenen Leben – eine Kindheit, der man nicht entwächst, sondern aus der man im Kreuzfeuer der Armeen herausgeschossen wurde, zerstört zugleich die Theorie von der Kindheit als Grundlage, auf die sich eine erwachsene Person immer bezieht. Die Zerstörung von Orten, Wohnungen, ist die Zerstörung des Prüfsteins, der in ihnen liegt. Es gab keine stehengebliebene Kirche, kein Schulgebäude, keinen Baum, der Peter oder Mania auf eine Pilgerfahrt hätte zurückbringen können. Es gab kein Gesicht, in dem man ein jüngeres Gesicht entdecken könnte, an das man sich aus der Höhe des Kindes erinnerte. Unmöbliert, von der Vergangenheit unbevölkert war ihr gemeinsames Leben.

Es war ein gut gestaltetes Leben. Es geschah nicht; es war sorgfältig aufgebaut. Gleich von Anfang an, als sie kein Geld hatten und eine neue Sprache lernen mußten in jenem vierten Land, das sie als ihr Zuhause gewählt hatten, beschlossen sie, nie die Kontrolle über ihr Leben zu verlieren, wie in ihrem Krieg, als sie keine andere Wahl gehabt hatten. Sie waren begeistert, energisch, fleißig, gemäßigt, ehrgeizig, und das war Teil ihrer Liebe. Sie arbeiteten mit- und füreinander, verbesserten ihre Beherrschung der Sprache, während sie sich unterhielten und liebkosten, während sie Geschirr spülten oder zusammen kochten, und sie murmelten beruhigende Lügen, während sie einander – die Stimmen undeutlich in den Kissen, zwischen Liebe und Schlaf – die Probleme und die Einsamkeit gestanden, die sie in ihren Berufen antrafen.

Sie war als Dolmetscherin bei einer Konferenzzentrale beschäftigt. Er schleppte eine Sammlung medizinischer Geräte durch die Praxen der Ärzte und Zahnärzte der Stadt und studierte wie geplant an einer Abendschule Elektronik als Vorbereitung auf die technischen Neuerungen, die vorauszusehen waren. Als die Kinder geboren wurden, verteilten die jungen Eltern ihre Arbeitszeit, so daß sie ihre Arbeit nicht aufgeben mußte. Sie sparten Geld für eine Eigentumswohnung, aber sie hatten zu viele Verluste hinter sich, um auf die einzige

Gewißheit unmittelbarer Genüsse zu verzichten, und sie legten auch jede Woche einen kleinen Betrag für Unterhaltung beiseite.
Mit den Jahren konnten sie sich Abonnements für die Oper und Konzerte leisten. Sie kauften etwas Besseres als eine Eigentumswohnung – ein kleines Haus mit einem Zimmer im Keller, das sie an einen Studenten vermieteten. Peter wurde stellvertretender Verkaufsleiter einer multinationalen Gesellschaft; Mania hatte hin und wieder die Gelegenheit, mit einer Gruppe von Dolmetschern zu reisen, die zu internationalen Konferenzen geschickt wurden. Ihre Kinder bekamen Gitarrestunden, lernten Skifahren und erhielten Stipendien an Universitäten, wo sie gegen Kriege in Asien, Lateinamerika, im mittleren Osten und in Afrika demonstrierten, Kriege, die sie selbst nicht erleben mußten. Eben diese Kinder wurden volljährig, um gegen die Regierung des Landes zu stimmen, das ihre Eltern gewählt hatten, und von der die Kinder sagten, sie sei autoritär, neo-kolonialistisch in ihrer Behandlung der ›Gastarbeiter‹ aus ärmeren Ländern und auf dem Wege, faschistisch zu werden. Ihre Eltern waren antiautoritär, antikolonialistisch, antifaschistisch, wie konnten sie es nicht sein mit ihrer Vergangenheit? Aber wenn eine sozialistische Regierung an die Macht käme, würden die Steuern erhöht werden, und so stimmten sie für die bestehende Regierung. Weiß nicht jeder über vierzig, daß es nicht die wirklichen Ausbeuter, die Mächtigen und die Reichen sind, sondern die Mittelklasse, die bescheidenen Planer, die Sparer auf einen angenehmen und unabhängigen Ruhestand, die unter den Maßnahmen litten, die den Wohlstand verteilen und die Gesellschaft gerechter machen sollten?

Es gab Diskussionen während der Abendessen, zu denen die Kinder, die nicht mehr im Haus wohnten, oft mit ihren Freunden oder Freundinnen erschienen, hungrig und zornig.
»Ihr wärt nie geboren worden, wenn es nicht das gute Sozial- und Gesundheitssystem gegeben hätte, das diese Regierung in den letzten zwanzig Jahren aufgebaut hat.« Peters oft wiederholte Erklärung war als letztes Wort gedacht.
Sie weckte einen Aufschrei gegen Eigennutz, Selbstzufriedenheit, Ausverkauf. Einmal löste sie eine scherzhafte Unverschämtheit aus. Die geliebte blonde, einzige Tochter war da. Sie schaute aus dem privaten Versteck ihrer Locken heraus und wog zufrieden die Brüste in den Armen, die sie über ihr T-shirt kreuzte. »Also hast du doch darüber gelogen, woher die Kinder kommen, Mama.« Mania unterstützte Peter. »Es ist wahr – wir hätten es uns nicht leisten können, euch großzuziehen. Ihr hättet sicherlich nicht auf die Universität gehen können.«
Selbst in dem Lebensabschnitt, in dem sich die Kinder gegen einen wandten, hatten sie wenigstens immer einander.

Manias Arbeit als Dolmetscherin hatte sie an Orte geführt, die so weit entfernt waren von ihren Plänen wie Abidschan (Elfenbeinküste, WHO Konferenz über Krankheiten, die durch Wasser übertragen werden), Atlanta, Georgia (Internationaler Kongreß der Bibliothekare) und, seit den siebziger Jahren, OPEC-Tagungen in neuen Städten, die sie in langen Briefen an Peter als klimatisierte, in die Wüste gesetzte Supermärkte beschrieb.

Aber sie war auch mehrfach nach Rom und Mailand geschickt worden, und Peter hatte Billigflüge gebucht und sie dort getroffen, wann immer ihr Einsatz an ein langes Wochenende oder seinen Jahresurlaub grenzte. Dann mieteten sie gewöhnlich ein kleines Auto und fuhren jedesmal durch einen anderen Teil von Italien. Sie empfanden die übliche Begeisterung der Nordländer für die Toskana und den Süden; erst als sie eines Jahres von Mailand aus eine mäandernde Route über die Turiner Landstraße nach Genua durch die Seealpen fuhren, verwandelte sich dieses touristische Vergnügen, das akzeptiert war als etwas, das man mit der Urlaubskleidung bis zum nächsten Mal ablegte, in die Möglichkeit einer dauernden Verbindung mit einem fünften Land.

Zuerst war es eine jener Visionen, die wie der Anfang einer Liebesaffäre durch den seltsamen Zauber eines Nachmittags auf dem Platz eines kleinen piemontesischen Städtchens hervorgerufen wurde. Sie hatten nie davon gehört; waren zufällig darauf gestoßen. Sie saßen auf dem Platz, auf den die Maulwurfsgänge von Gassen provinzielle Italiener ergossen, die mit ihrem eigenen Leben beschäftigt waren. Niemand ging auf Kundenfang, niemand bot seine Dienste als Fremdenführer an. Die Ladenbesitzer ließen ihre Rolläden hochfliegen, als sie nach der Siesta zum Verkauf öffneten. Kleine Kinder, die in ihren Stiefeln stelzten, aßen Kuchen, während sie von der Schule nach Hause gebracht wurden. Alte schwarzgekleidete Frauen bildeten an den Ecken Gruppen von Schicksalsgöttinnen und erklommen langsam die Stufen der Kirche, wobei jedes Bein gehoben und niedergesetzt wurde wie ein Pfahl. Um fünf Uhr, als

Peter und Mania zwischen Kübeln von roten Geranien saßen und Eis aßen, schwang sich die Figur eines Mohren mit einem Wams und einem goldenen Turban steif unter einem schwarz-goldenen Baldachin an der Spitze des Kirchturms hervor und schlug mit seiner heidnischen Hand die Stunde. Niemand lief mit Postkarten von ihm herum; um sechs, als Peter und Mania sich noch nicht gerührt hatten, sondern von Eis zu Campari-Soda übergegangen waren, sahen sie, wie Einheimische ihre Uhren mit seinem pünktlichen Wiedererscheinen verglichen. Es gab ihm zu Ehren eine Art Kuchen, wie die Reisenden später entdeckten; rund, mit der bittersüßen Schokolade überzogen, die Mania am liebsten mochte; dieser Konfekt hieß ›Mohreneier‹, und mit ihnen wurden artige Kinder belohnt.

Peter und Mania fanden eine *pensione* mit Blick auf Kastanienwälder und einen von Berggipfeln umschlossenen Horizont, auf denen der Schnee des letzten Jahres glänzte, weit entfernt in Zeit und Raum. Sie leuchteten blaßrot im Zwielicht. Peter sagte: »Wo immer man wohnt, hier in der Gegend würde man überall die Berge sehen können. Von der kleinsten Hütte.« Mania hatte Italienisch gelernt, als sie sich weitergebildet hatte, um eine bessere Stelle zu bekommen. Sie begann, sich mit dem Besitzer der *pensione* zu unterhalten und hörte sich seine Klagen darüber an, daß die Bodenpreise fielen – die Leute auf dem Land starben langsam aus, die Jungen zogen weg nach Turin oder Mailand. Als Peter und Mania im folgenden Jahr in die Stadt zurückkehrten, zum Platz mit *il moro* in seinem Turm, zur gleichen *pensione*, nahm der Besitzer sie mit zu Besuch bei seinem Schwager in ein kleines Bauernhaus mit einer eisernen, von

Trauben behangenen Veranda, sie tranken selbstgemachten Wein auf gelben Plastikstühlen zwischen riesigen, an einer Ranke hängenden Kürbissen und zum Trocknen ausgelegten orangefarbenen Pilzen.

Im gleichen Jahr war Mania wieder in Mailand, und wenn sie ein freies Wochenende hatte, fuhr sie mit dem Zug und dem Bus in die Stadt; nur um zwischen den Einheimischen auf dem Platz zu sitzen und den Mohr das Fortschreiten der Zeit anzeigen zu lassen (in ein paar Jahren würde sie sich zur Ruhe setzen), nur um einen Abend auf dem Balkon des nun vertrauten Zimmers in der *pensione* zu verbringen. In den mittleren Jahren fiel es ihr schwer, ohne Brille irgend etwas in der Nähe zu sehen. Sie wurde langsam immer weitsichtiger; aber hier war ihr Blick befreit, sogar so hoch und weit wie der Schnee der Vergangenheit, der nun bald mit dem Schnee des kommenden Winters verschmelzen würde. In seiner, wie üblich, langen Erzählung der Mißgeschicke der Familie, sprach der Besitzer über die Notwendigkeit, den Besitz seines Schwagers zu verkaufen. In der Nacht blieb Mania in ihrem Zimmer in der *pensione* bis zwei wach und berechnete die Ausgaben für den Haushalt und die Ersparnisse im Laufe der Jahre, die sie auswendig kannte. Als sie nach Haus zurück zu Peter kam, mußte sie nur die Zahlen für ihn niederschreiben und wie sie errechnet worden waren. Er rechnete noch einmal alleine nach; sie besprachen ausführlich, welchen Spielraum sie in ihren Berechnungen für die Auswirkungen der Inflation auf ein festes Einkommen lassen mußten. In den hohen Fünfzigern war er hager geworden, während sie zur Rundlichkeit neigte. Bekleidet hatte er den flachen Bauch und die schlanke Taille eines

Jungen, aber nackt wirkte er dem anderen Ende des Lebens näher, und er wurde langsam schwerhörig. Seine tiefliegenden Augen und die länger gewordene Nase ließen sie in Ähnlichkeiten blicken, die sie nie erkennen würde, weil keine Fotos überlebt hatten. Aber sie wußte jetzt, was er dachte; und er sah es und lächelte: er dachte daran, daß es dort keine einzige Behausung gab, und war sie noch so klein, von der aus man nicht den Horizont der Alpen vor Augen haben würde.
Sie nahmen eine Hypothek auf ihr Haus auf und kauften das Bauernhaus in Italien. Es war kein Traum, keine verrückte Idee, sondern Teil einer vollkommenen vernünftigen Vorbereitung auf den Ruhestand. Der italienische Besitz war ein gutes Geschäft, und sobald sie ihr Haus verkaufen konnten, konnten sie damit rechnen, genug übrig zu haben, um die Hypothek abzuzahlen und den Umzug ins Ausland zu finanzieren. Das Leben war billig in dem sicheren, unmodernen Teil Italiens, weit weg von politischen Entführungen und schicken internationalen Exilanten. Ihre Pensionen (voll übertragbar unter den Vorschriften der Devisenkontrolle, wie sie sich vergewissert hatten) würden viel mehr wert sein als zu Hause. Sie würden einen Teil ihrer Lebensmittel selbst anbauen und ihren eigenen Wein machen. Er würde Forellen räuchern. In der Zwischenzeit hatten sie ein kostenloses Ferienhaus während der Jahre des Wartens – und der Vorfreude. Nachdem sie es gewagt hatten, das Bauernhaus zu kaufen, wußten sie, daß von dem Nachmittag an, an dem sie zum ersten Mal an dem Platz von *il moro* gesessen hatten, dies der Ort geworden war, auf den sie ihr ganzes gemeinsames Leben lang hingearbeitet hatten, um ihn zu verdienen, ihn zu genießen. Die Vor-

bereitungen wurden zusammen mit Detto, dem Besitzer der *pensione* und seiner Frau fortgesetzt, sie versorgten Bauernhof und Garten, wofür sie den Ertrag von dem erhielten, was sie für sich angebaut hatten, und Peter und Mania verbrachten jeden Urlaub damit, das Anwesen anzustreichen, zu reparieren und zu restaurieren. Bis zu Peters Pensionierung hatte Mania sogar mit neuen Farben die verschimmelten gemalten Girlanden unter den Dachtraufen mit ihrem Bauernmuster aus Blumen und Früchten nachgezogen.

Peter wurde achtzehn Monate vor Mania pensioniert. Sie hatten die ganze Zeit schon dementsprechend geplant; er würde zuerst nach Italien umziehen, sich mit den Haushaltsgeräten niederlassen, während sie weiterhin in den gläsernen Käfigen der Dolmetscher saß und – jedesmal dem letzten Mal näher – die Streitgespräche und Überlegungen der Welt hörte, die ihre Ohren erfüllt hatten seit dem Ende des Bombenlärms vor langer Zeit, in dem Land, in dem Peter und sie angefangen hatten. Sie sparte Geld, wo sie nur konnte. Sie arbeitete den Sommer hindurch. Er hackte gerade Holz, sagte er am Telefon, als Vorrat für den Winter, er habe entdeckt, daß es einen kleinen Kulturkreis in der Stadt gab, und sei mutig beigetreten, um sein Italienisch zu verbessern. Sie wurde nach Washington geschickt und schrieb, daß sie jeden Tag Gott danke, daß es das letzte Mal sei; die Hitze sei infernalisch, sie wäre nicht überrascht gewesen, wenn sie träge Krokodile am Ufer des Potomac gesehen hätte – oh, der Himmel, der sich zu den Alpen erhob! Er schrieb, daß der Kulturkreis ein Schauspiel von Goldoni vorbereitete und – er war nicht stolz – er gemeinsam mit fünfzehnjährigen Jugendlichen Kulissenschieber sei! Es ist immer leichter, in einem Brief Gefühlen nachzugeben als von Angesicht zu Angesicht, der Empfänger braucht keine Erwiderung zu heucheln. Sie schrieb und sagte ihm, daß sie ihn immer wegen seiner unprätentiösen Art bewundert habe, seiner Bereitschaft zu lernen und sich anzupassen.

Sie wußte, daß er wußte, daß sie sagte, sie liebe ihn für diese Dinge, die noch in ihnen waren, obgleich sie dicke Fesseln hatte und seine biegsamen Muskeln auf seinen Knochen zusammengeschrumpft waren.

Nach Washington war es Sydney, und dann kehrte sie im Herbst in das Zimmer zurück, das sie in der Kellerwohnung ihrer Tochter bewohnte, nun da das Haus in der Stadt verkauft worden war. Sie kratzte das süß riechende Geflecht von faulendem, nassen Laub ab, das an den Absätzen ihrer Schuhe klebte; nächstes Jahr um diese Zeit würde sie in Italien leben. In alten Pullovern würden sie und Peter in die Stadt gehen und heißen Kaffee trinken und warten, daß der Mohr zwölf schlug.

An jenem Abend wollte sie gerade die *pensione* anrufen und die Nachricht für Peter hinterlassen, daß sie zurückgekommen sei (sie hatten noch kein Telefon in dem Bauernhaus), als er die Wohnung betrat. Mutter und Tochter stießen ihn wie zwei blonde Hirtenhunde in ihrer Aufregung beinahe um. Wie viel besser als ein Anruf! Ehemann und Ehefrau waren in den mittleren Jahren zu weit fortgeschritten, um jedes Wiedersehen damit zu besiegeln, daß sie miteinander schliefen, aber im Bett, als sie anfing, sich auf ein langes Gespräch im Dunkeln einzustellen, nahm er ihre massigen Brüste, durch die er früher ihre Rippen hatte fühlen können und manipulierte bewußt ihre Brustwarzen wie ein Kombinationsschloß, was sowohl ihn als auch sie erregen sollte. Nachdem sie sich geliebt hatten, schlief er ein, sie lag an seinem Rücken; sie hoffte, daß ihre Tochter nichts gehört hatte.

Am Morgen ging ihre Tochter zur Arbeit und sie beschäftigten sich während eines langen Frühstücks mit praktischen Angelegenheiten, die das Bauernhaus in Italien und ihren Wohnsitz dort betrafen – Steuern, Genehmigungen, Haus- und Krankenversicherung. Die Dachreparaturen würden früher oder später gemacht werden müssen und würden mehr als erwartet kosten – »Gut, daß ich beschlossen hatte, im Sommer zu arbeiten.« Detto hatte jedoch vorgeschlagen, daß Peter die Reparaturen selbst ausführen sollte. Detto bot seine Hilfe an, dank seiner Umsicht hatte Peter die nötigen Materialien billig gekauft und gelagert. »Warte bis zum nächsten Jahr, wenn ich auch da bin, um dir zu helfen, oder regnet es diesen Winter durch?« »Eine dicke Plastikplane, sagte Detto, und der Schnee hält sie nieder ... Ich komm schon zurecht.« Und während sie ihr Haar wusch, ging Peter in die Stadt, um sich nach einer Methode zu erkundigen, Mauern zu isolieren, über die er in Italien keine Auskunft bekommen konnte – zumindest nicht im Herrschaftsbereich des Mohren.

Mania fönte gerade ihre Haare, als sie hörte, daß er zurückkam. Sie rief ihm etwas zu, konnte aber wegen des Sturms, der um ihren Kopf wehte, seine Antwort nicht verstehen. Er kam sofort ins Schlafzimmer mit einer Handvoll Prospekte und blieb auf der Schwelle stehen. Er gab ihr ein Zeichen, abzuschalten, sie lächelte und tat es, bereit, Ratschläge zu hören, die er über Schimmelbefall bekommen hatte. Was er sagte, war: »Ich will dir sagen, warum ich gekommen bin.«

Sie lächelte wieder und war sofort instinktiv verlegen, bei dem Lächeln und seiner Bedeutung: um hier zu sein, als ich zurückkehrte.

Er ging ins Zimmer, als ob sie ihn vorgeladen hätte; Mania saß da mit ihrem blondgetönten Haar, aufgesteckt in Lockenwicklern, den Fön noch in der Hand.

»Ich habe jemanden kennengelernt.«

Mania sagte nichts. Sie blickte ihn an und wartete darauf, daß er weiterredete. Das tat er nicht, und ihr Blick wurde unsicher und senkte sich, sie sah ihren eigenen großen Busen, der sich hob und senkte mit immer schnelleren Atemzügen. Der Fön begann in ihren Händen zu zittern. Sie legte ihn auf das Bett.

»Bei dem Stück. Ich hab dir erzählt, daß sie ein Schauspiel von Goldoni einstudiert haben.«

In ihrem Gehirn lagerten sauber Tausende von Wörtern in fünf Sprachen, aber sie konnte an nichts denken, was sie sagen wollte, nichts, was sie fragen wollte, sie nickte langsam: du hast mir von dem Schauspiel erzählt.

Er wartete darauf, daß *sie* sprach. Sie waren zwei fremde Leute, die einander gerade mit den Worten *Ich habe jemanden kennengelernt* vorgestellt worden waren, und sie wußten nicht, welches gemeinsame Thema sie hatten.

Er kämpfte um Anerkennung. »Was willst du tun.« Er machte daraus eine Feststellung, keine Frage.

»Ich. *Ich* tun?«

Sie schob eine der metallenen Nadeln hoch, die ihre Lockenwickler festhielten, und er sah die rote Delle, die sie auf ihrer rosafarbenen Stirn zurückgelassen hatte.

Er beharrte still: »All die Sachen sind da … die Möbel, alles. Das Grundstück. Das neue Material für das Dach.«

»Du willst weggehen.«

»Das geht nicht. Die Person – sie muß sich um ihre Großmutter kümmern. Und sie hat ein kleines Kind.«

Mania atmete rasch mit offenem Mund, wie sie es jetzt tat, das wußte sie, da sie dick war, wenn sie zusammen einen Berg bestiegen. Sie wußte auch, daß, als sie klein war, tiefen, schnellen Atemzügen Tränen gefolgt waren. Bevor das geschah, mußte sie schnell sprechen. »Was soll ich tun. Was willst du?«

»Es ist so schwierig. Weil alles geregelt ist … schon lange. Alles hier verkauft.«

Ihr Leben war an einen Stillstand gekommen, so wie der Fön abgestellt worden war, hier in einem Zimmer, im Leben ihrer Tochter würde sie bleiben.

»Ich könnte Sachen zurückbringen.«

Er betrachtete den halben Zentimeter Grau, der unter dem Blonden einen Streifen bildete in dem aufgerollten Haar. »Ich nehme sie nicht mit zum Bauernhof.«

Mania hatte eine Vision von ihm, so wie sie ihn kannte, nackt, in dem Schlafzimmer, seine dünnen Schenkel – und zum ersten Mal eine junge Italienerin mit schwarzem Haar und einem Kruzifix.

»Woher kommt sie?«

»Woher? Du meinst, wo sie wohnt … in der Stadt. Direkt in der Stadt.«

Ach ja, in der Nähe des Platzes – der Mohr schlug immer wieder an – all diese kleinen Gäßchen, die auf den Platz führten, eine dieser Gassen, die vom Platz abgingen.

Plötzlich vergaß Mania alles andere; erinnerte sich. Ihr Gesicht schwoll an, trunken vor Scham. »Warum hast du das getan ... gestern abend? Warum? Warum?«

Er stand dort und sah zu, wie sie schluchzte.

Sie sagte der Tochter nichts. Die Diskussionen über das Bauernhaus, den Besitz in Italien, setzten sich fort, wie Geschäfte unter ernannten Vollstreckern, nachdem die Besitzer gestorben sind. Einige Bücherkisten waren beim Spediteur; auch Manias Nähmaschine – man konnte den Lauf der Dinge jetzt nicht anhalten. Man konnte nicht zulassen, daß Schimmel die Wände des Hauses heraufkroch, was immer auch geschah – es gab schon ein paar braune Flecken auf deinem Fries, bemerkte Peter –, und er nahm die nötigen Chemikalien mit, die in die Ziegel gespritzt werden sollten.

Seine und ihre Briefe waren fast die gleichen wie vorher – der Austausch seiner Neuigkeiten über das Bauernhaus und den Garten gegen ihre über die erwachsenen Kinder und ihre Arbeit. Sie unterschrieben weiter mit »Dein Peter« und »Deine Mania«, weil dies eine Formel geworden war für eine Bindung, die schon lange durch etwas anderes als durch Besitz ausgedrückt worden war und die so nichts bedeutete. Sie vertagte jede Entscheidung, jeden Gedanken an eine Entscheidung über das, was sie nach ihrer Pensionierung tun würde. Ein Jahr war eine lange Zeit, wie die eine Freundin, der sie sich anvertraute, ihr immer wieder sagte, in einem Jahr kann viel geschehen. Ihr wurde in weiblicher Weisheit geraten, die Affäre von selbst auslaufen zu lassen. Aber kurz bevor das Jahr vorüber war, kam sie zu einer Entscheidung, die sie niemandem anvertraute. Sie schrieb Peter und sagte, sie würde wie geplant nach Italien kommen, wenn er nichts dagegen hätte, und er könne die Person, die er gefunden habe, weiterhin besuchen (»mit ihr zusammen sein«, nannte sie es). Sie würde keine Vorwürfe machen oder sich einmischen. Er schrieb zurück und erwähnte, was sie ziemlich verletzte, die Person nicht, so als ob dies eine so persönliche und kostbare Angelegenheit sei, daß er nicht wollte, daß sie sich diesem Teil seines Lebens auch nur mit toleranten Worten näherte. Er drückte seine Zustimmung durch die Bemerkung aus, er glaube sicher, daß er alles mehr oder weniger eingerichtet habe; sie könne sich darauf verlassen, Haus und Garten in einem recht guten Zustand vorzufinden.

Mania wußte, daß sie genügend Selbstbeherrschung besaß – sie trug sich nun wie in militärischer Haltung oder mit den Beinen eines Matrosen, der an Seegang gewöhnt ist –, um ihr Versprechen über Vorwürfe und Einmischung zu halten. Sobald sie mit ihm im Bauernhaus zusammen wohnte, sah sie ein, daß diese Absicht ausgedehnt werden mußte, um Blicke, gewichtige Pausen, sogar den Ausdruck körperlicher Gleichgültigkeit einzubeziehen – wenn sie wegen Kopfschmerzen stiller als gewöhnlich war, mußte sie aufpassen, diese Stimmung nicht wie etwas anderes aussehen zu lassen. Peter schlief nie wieder mit ihr, und sie erwartete es nicht. Damals – das war das letzte Mal.

Sie nahm an, daß er einen Ort hatte, um die Person zu treffen. Vielleicht hatte Detto, die einfache gute Seele und natürlich selbst ein Mann, der solch ein verständnisvoller Freund des Ausländerpaares geworden war, Peter geholfen, irgendwo etwas zu finden, genauso, wie er ihr geholfen hatte, das Bauernhaus zu finden, mit dem die ferne Verzückung der Alpen ebenso selbstverständlich verknüpft war wie ein Haustier, das man im Hof hielt. Peter mußte irgendeinen Ort gefunden haben, wenn die Person eine Großmutter und ein Kind hatte, die bei ihr lebten ... aber fromme alte Frauen in Schwarz, Kinder mit dicken, in Stiefel geschnürten Waden, diese Gedanken waren verboten für eine Frau, die sich selbst behauptete wie Mania. Sie erlaubte es sich auch nicht, nach Zeichen zu suchen (wie sollten sie auch aussehen? Alle hatten schwarzes Haar und Kruzifixe) unter den jungen Frauen, die Einkaufstaschen, aus denen herrliches Gemüse herausblühte, über den Platz des Mohren trugen.

Peter fuhr mit ihr zum Einkaufen in die Stadt. Ein angenehmer, unveränderter Rundgang. Das Postamt wegen der Briefmarken und die Bank, wo ein junger Kassierer, glatt wie die Filmstars ihrer Jugend, Millionärsbündel von Lira auszählte, womit sie etwas Obst kaufen konnten von dem alten Mann, zu dem sie immer auf den Markt gingen, und Brot von der Frau mit früh ergrautem Haar und den glänzenden Wangenknochen, die neben ihrem mehligen Vater oder Ehemann bediente. Es war Herbst, und ja, manchmal gingen sie tatsächlich zu Fuß und trugen ihre alten Pullover. Sie tranken Kaffee an einem der Tische draußen, wenn die Sonne schien, und standen auf, um zurückzuschlendern bei dem angenehmen Zeichen von *il moro,* wenn er seinen Stab zwölfmal schlug. Aber Peter ging nicht allein aus, und in den ersten Wochen nach ihrer Ankunft dachte sie, daß dies eine altmodische Rücksicht oder pflichtschuldiger Respekt sei: sobald sie sich eingewöhnt hatte und er wußte, daß sie sich nicht als Neuankömmling in ihrem Status als Einwohnerin fühlte, würde er das wieder aufnehmen, was er gefunden hatte.

Er schien überhaupt unwillig zu sein, irgendwo hinzugehen. Detto kam vorbei, um ihn zum Pilzesammeln mitzunehmen, oder Wildschweine in den Bergen zu jagen, etwas, worüber Peter während all der Jahre der Vorfreude gesprochen hatte (warum nicht?); er gähnte, saß in seinen Pantoffeln da und blickte hinaus in den leichten Dunst, der Haus und Alpen in eine einzige Stille hüllte und sah zu, wie der alte Mann allein darin verschwand. Einer ihrer Pläne für den Ruhestand war es gewesen, Skilanglauf zu betreiben, dazu mußte man nicht jung sein, und es gab einen Bus in ein kleines Skigebiet, nur eine Stunde entfernt. Der Schnee kam; sie schlug eine Tagestour vor. Er lächelte, blies durch die Lippen und ließ angesichts dieser Unterbrechung sein Buch in den Schoß fallen. Sie fühlte sich wie ein Kind, das nörgelte, weil es zur Schaukel gebracht werden wollte. Sie blieben zu Hause vor dem Fernseher, den er zusammen mit dem Feuer flimmern ließ.

Es stimmte schon, daß er auf dem Besitz alles mehr oder weniger geordnet hatte. Als sie ihn fragte, was er als nächstes zu tun gedenke – neue Reben pflanzen, die kleine Räucherkate bauen, von der sie gesprochen hatten, um die hervorragenden Forellen der Gegend zu räuchern – sagte er, offenbar als Scherz: »Bin ich pensioniert oder nicht?« Und als der Frühling kam, tat er nichts, er sah immer noch den größten Teil des Tages fern. »Das verbessert mein Italienisch.« Sie beschäftigte sich damit, Vorhänge und Stuhlbezüge zu machen. Sie zog sich warm an, um spazierenzugehen, und wenn sie nach Hause kam, erwartete sie, daß er die Gelegenheit ergriffen haben könnte, auszugehen. Noch bevor sie das Haus betrat, sah sie durch das Fenster das harte, streifige Licht, das über den Schirm des Schwarz-Weiß-Fernsehers floß, eine Flut, die auf dem Glas unaufhörlich aufstieg und zurückfiel. Er war immer da.

Sie fand winzige weiße Veilchen im Wald. Sie ging an jenem Tag zu ihm, der in seinem Stuhl saß, und hielt den zerbrechlichen Strauß unter seine Nase, kalt und süß. Es belebte ihn, er sah ihr in die Augen, er schien an einem Ort zu sich gekommen zu sein, der so fern war wie die Berggipfel, wo der Schnee nie schmilzt.

Sie machte Kaffee, und er schürte das Feuer. Sie saßen gemütlich und tranken, sie rührte in ihrer Tasse und sagte: »Ich hätte nicht kommen sollen.«

Er blickte von seiner Zeitung auf, als ob sie eine Bemerkung über das Wetter gemacht hätte.

Es war eine Anstrengung, wieder zu sprechen: »Du kannst ausgehen, weißt du?«

Er sagte hinter der Zeitung. »Ich habe diese Person aufgegeben.«

Sie fühlte, wie sie in eine Trostlosigkeit gezogen wurde, die sie nie vorher gekannt hatte. Sie stand ruhig, taktvoll auf und ging in die Küche, als ob sie dort etwas zu tun hätte, aber was auch immer sie an jenem Tag tat, das Gefühl, jede Hoffnung verloren zu haben, verließ sie nicht. Sie dachte nicht an Peter. Nur, daß Peter, trotz der Sache, die er ihr gesagt hatte, nichts für sie tun konnte; nichts konnte für sie getan werden, obgleich die

Voraussage weiblicher Weisheit in Erfüllung gegangen war. Sie fuhr fort mit dem, was sie geplant hatte: machte die Vorhänge fertig und paßte die Stuhlbezüge an, und es kam ein Tag, an dem sie befreit wurde von dem, was sie ergriffen und nicht verstanden hatte, und sie ging zu Dettos Frau, um – wie versprochen – zu lernen, wie man Kürbisblumen in Teig backte. Ein streunender Hund adoptierte Peter und sie und begleitete sie freudig auf ihren Spaziergängen. Es hatte keinen Zweck zu versuchen, Peter dazu zu bringen, mitzugehen; er blieb im Bauernhaus, während ein Bauunternehmer das Dach reparierte, und er hörte sich Dettos Geschichten an, während Detto neue Reben pflanzte und den Garten versorgte. Sie gingen aber in die Stadt, um zusammen für den Haushalt einzukaufen, und manchmal, an Sommerabenden, saßen sie auf dem Platz, bis der Mohr sich herausschwang, um neun zu schlagen. Eines Abends ging die Frau aus dem Bäckerladen mit zwei Eistüten vorbei. »Das war die Person«, sagte Peter. Sie hatte kein schwarzes Haar und trug kein Kruzifix, sie war die Große mit den glänzenden, traurigen Backenknochen und dem vorzeitig ergrauten, im Pagenstil geschnittenen Haar. Sie waren oft zusammen im Bäckerladen gewesen – Peter und Mania –, Tag für Tag und hatten Brot aus ihren Händen genommen, und es hatte nie ein Zeichen gegeben von dem, was gefunden und wieder verloren worden war.

Sauftour

Rose wohnt im Hinterhof. Sie wohnt da seit der Zeit, als sie noch die Windeln der Kinder des Hauses, die nun auf der Universität studieren, gewaschen hat. Ihr Mann war verschwunden, bevor sie die Stelle angenommen hatte. Ihr Liebhaber, Ephraim, der für den Zerberus-Sicherheitsdienst arbeitet, hat bei ihr im Hinterhof gewohnt, solange alle im Haus zurückdenken können. Er war Nachtwächter in einem Parkhaus, und die Kinder, die morgens zur Schule gingen, nachdem Rose für sie Frühstück gemacht hatte, trafen ›Roses Mann‹ in seiner Khaki-Drillichuniform, wenn er sein Fahrrad, von der Schicht kommend, durch das Tor schob. Seine Ohrläppchen waren weit heruntergezogene Ringe, die früher Schmuckstäbchen getragen haben mußten, sein Lächeln wurde durch schiefe Schneidezähne noch freundlicher, deren er sich aber in seiner Unbefangenheit kaum bewußt war.

Daran erinnern sie sich, an dem Tag, als sie hören, daß er tot ist. Die Nachricht kommt mündlich, wie anscheinend jede Nachricht in den Hinterhöfen des Vororts; wer im Gefängnis ist, ohne Paß ertappt wurde und gegen Kaution freigekauft werden muß, wem gesagt worden ist, er müsse seinen Job und den Hinterhof zum Monatsende verlassen, wer von der Geburt eines Kindes gehört hat, draußen auf dem Lande während des Jahresurlaubs gezeugt. Man hört Geheul und Wehklagen aus der Waschküche und die Dame des Hauses denkt, daß Rose wieder auf Sauftour ist. In ihren Vierzigern bekam

Rose das, was die Familie und ihre Freunde Probleme mit dem Alkohol nennen. Es wurde aber nichts dagegen unternommen. Die Dame des Hauses meinte, es könne an den Wechseljahren liegen und ließ Rose von ihrem eigenen Arzt untersuchen. Er stellte fest, daß sie hohen Blutdruck hatte, behandelte sie dagegen und sagte ihrer Arbeitgeberin, daß das Trinken unbedingt unterbunden werden müsse, es verstärke den Bluthochdruck. Die Dame des Hauses hörte sich um, erfuhr von einer methodistischen Kirche, die als Teil eines Gemeindeprogramms eine rassisch ungebundene Gruppe der Anonymen Alkoholiker hatte, und fuhr Rose mit dem Auto zu den wöchentlichen Treffen in einem Kirchensaal. Rose nennt die AA beschönigend ›meinen Verein‹, ist nicht mehr jeden Abend betrunken und jongliert dann nicht mehr mit den Schüsseln während der Mahlzeit der Familie, aber sie geht immer noch etwa alle zwei Monate auf ihre einwöchige Sauftour. Dagegen kann man nichts tun, die Dame des Hauses, die Familie, die erwachsenen Kinder – für die Rose die Unschuld ihrer Kindheit ist – können sie nicht auf die Straße setzen. Sie kann nirgendwo hingehen. Wenn sie entlassen wird, was für ein Zeugnis kann man ihr geben? Man kann über die wichtigste der drei Bedingungen künftiger Arbeitgeber keinen Meineid schwören: Ehrlichkeit, Fleiß, Nüchternheit.

Im Laufe der Jahre war Ephraim in die Gespräche über Roses Trunksucht einbezogen worden. Wenn irgend jemand ihr helfen kann, sollte es natürlich er, ihr Geliebter, sein. Obgleich, von den beiden als Liebespaar zu sprechen … Die Männer müssen immer eine Frau haben, die Frauen finden anscheinend immer einen Mann;

wenn es nicht dieser ist, tut es ein anderer. Die Dame des Hauses ist die Autorität, die hin und wieder in den Hof hinausgegangen ist, um mit Ephraim zu sprechen. Der Hausherr hat weder die Zeit noch das Taktgefühl für häusliche Angelegenheiten.

Ephraim, was sollen wir mit Rose machen?

Ich weiß, Madam.

Kannst du sie nicht dazu bringen aufzuhören? Kannst du nicht dafür sorgen, daß sie nichts von dem Zeug in ihrem Zimmer aufbewahrt?

(Es ist ein kleines Zimmer, mit zwei großen Menschen, die darin wohnen, Rose und Ephraim, kann nicht viel Platz übrig sein, um Schnaps und Bierflaschen zu verstecken.)

Aber sie geht um die Ecke.

(Natürlich. *Shebeens* in jeder Gasse.)

Also, was sollen wir tun, Ephraim? Kannst du nicht mit ihr reden?

Was kann ich tun? Ich rede mit ihr. Ich trinke selbst nicht. Hat Madam mich je betrunken gesehen?

Ich weiß, Ephraim.

Und nun ist Ephraim tot, sagen sie, und Rose weint und keucht in der Waschküche. Die Dame des Hauses weiß nicht, ob Rose in der Waschküche war, als einer von Ephraims Brüdern (wie Rose seine Kollegen nennt) vom Zerberus-Sicherheitsdienst mit der Nachricht kam, oder ob die Waschküche, dieser feuchte Ort mit schmierigen Seifenstücken, Drahtbügeln und Spinnenweben ihr Zufluchtsort ist, wie jeder einen Platz hat, an dem das Jammerpaket alleine ausgepackt werden kann, nachdem es zugestellt worden ist. Rose sitzt auf einem umgedrehten Eimer und das Wasser aus ihren Augen und der Nase formt in ihrer Faust Papiermaché-Köpfe aus den parfümierten Papiertaschentüchern, die sie einfach aus dem Badezimmer der Dame des Hauses mitnimmt (nach so einer langen Beschäftigungszeit kann man das nicht stehlen nennen). Ephraim ist schon eine Woche tot, obwohl die Nachricht erst jetzt kommt. Er ist vorige Woche auf Urlaub in sein Dorf in der Nähe von Umzimkulu gefahren. Der Bus, mit dem er fuhr, stürzte um, und er war unter den Toten. Sein Fahrrad, mit einer Kette und einem Schloß am Hinterrad, ist dort, wo er es für seine Rückkehr sicher abgestellt hatte – angelehnt an die Waschmaschine mit ihrem trüben Unterwasserauge.

Es ist eine delikate Angelegenheit, wie man nun mit Rose umgehen soll. Das normale menschliche Verhalten – ihr zu sagen, sie brauche nicht ins Haus zurückkommen, um das Essen zu machen, sie solle ein paar Tage freinehmen und sich von dem Schock erholen – ist für sie kein menschliches Verhalten. Unter ihrem Bett mit seinen Beinen aus Ziegeln wird es schnell eine Kiste mit Flaschen von wohlmeinenden ›Freunden‹ geben; es ist ganz natürlich, daß jemand mit ihrem Vorleben sich der Flasche zuwendet. Also macht die Dame des Hauses eine Kanne Tee und bittet Rose sanft auf ihr einziges gemeinsames Terrain, die Küche, und sitzt mit ihr eine Weile, trinkt Tee mit ihr bei dieser seltenen Gelegenheit, genauso, wie sie einen Freund, den sie jahrelang nicht gesehen hat und der im Sterben liegt, besuchen würde, oder pflichtgemäß bei einer Hochzeit in irgendeinem Zweig der Verwandtschaft erscheinen würde, von dem sie sich in gesellschaftlichem Status, Geschmack und Interessen entfernt hat.

Fleisch und Tränen scheinen auf Roses Gesicht natürlich zu verschmelzen; ein Anblick, der dafür sorgt, daß das Gesicht von neuem gesehen wird, losgelöst von einer so langen Vertrautheit, hier in der Küche, betrunken und nüchtern, wenn sie eine Lammkeule zubereitet, wie nur sie es kann, oder im Staube kriechend, wenn kleine geflochtene Hörner aus stumpfem Haar herausgucken unter der Achtbarkeit ihrer verrutschten Dienstmädchenhaube, wenn sie sich soweit vergißt, in peinlicher, alkoholisierter Reue, und versucht, die Hand der Dame des Hauses zu küssen. Dieses Gesicht – Roses Gesicht – hat sich verändert, die Dame des Hauses bemerkt es, genauso wie sie täglich das Altern ihres eigenen Gesichts untersucht. Auf dicken braunen Wangen ruhen zwei vertiefte Flecken, die die Farbe einer schlechtgewordenen Bananenschale haben. Das Trinken hat dort sein Gift abgelagert, seine Erschöpfung und sinnlose Reue. Der Körper ist das, was man kürzlich vom Meer entdeckt hat: ein Ganzes, in das kein Abfall weggeworfen werden kann, ohne daß er an irgendeiner Stelle wieder an die Oberfläche kommt.

Rose fragt nicht, was soll ich für heute abend machen? Nicht heute abend. Sie schält Kartoffeln, hat T-bone Steaks aus dem Kühlschrank genommen, als ob dies ein Ritual anstelle des Trauerns darstelle. Es ist das beste, sie gewähren zu lassen, in der Ruhe ihrer alltäglichen Arbeit. Als sie zu unterschiedlichen Zeiten später am Nachmittag oder am Abend kommen, gehen die erwachsenen Kinder eines nach dem anderen zurück in die Kindheit, um ihre Arme um Rose zu legen, dieses eine Mal, und wieder in der Küche, und sie weint wieder. Sie sprechen über Ephraim, wie er frühmorgens über den

Hof nach Hause kam, gerade, wenn sie in die Schule gingen, und sie lacht tatsächlich, ein sich überschlagendes Schluchzen, und sagt: für ihn hab ich immer etwas Brot und Eier in dem Fett gebraten, das von eurem Speck übriggeblieben war – ein Geheimnis zwischen den Kindern und dem Dienstmädchen über etwas, das die Dame des Hauses nicht wußte oder vorgab, nie gewußt zu haben. Die erwachsenen Kinder erinnern sich für Rose, wie irgendeiner von ihnen auf dem Motorrad oder im Auto erst neulich an ihm vorbeifuhr, wobei er ein paar Schritte hervortrat, winkte und ihm einen Gruß nachrief aus der uniformierten Gruppe auf dem Transporter des Zerberus-Sicherheitsdienstes. Die Tochter des Hauses betrat vor kurzem zufällig das Hauptquartier einer Bergwerksgesellschaft, wo er Dienst machte im gläsernen Foyer mit einem schäbigen Wolf von Schäferhund, der zusammengesunken neben ihm lag. Sie hatte ›armes Ding‹ gesagt, eine Hand ausgestreckt, um ihn zu streicheln und Ephraim hatte geschickt den Hund in sichere Entfernung zurückgerissen und gelacht, während der knurrend lebendig wurde. Er kann sehr gut mit den Hunden umgehen, sagt Rose, der Hund läßt niemanden sonst an sich heran, *niemanden* …

Aber es ist vorbei: Ephraim ist schon beerdigt, es ist alles vorbei. Sie hat von seinem Tod erst gehört, nachdem er beerdigt worden ist, weil sie nicht diejenige ist, die offiziell benachrichtigt werden muß. Er hat – hatte immer – eine Frau und Kinder dort, woher er kam, wohin er zurückging, als er starb. O ja, Rose weiß davon. Die Dame des Hauses, die Familie weiß davon; es war normal, ein junger Mann kommt, um in einer Stadt zu arbeiten, er verbringt sein ganzes Leben dort, fern von seinem Zuhause, weil er Geld verdienen muß, um es nach Hause zu schicken und ist deshalb – wie die Familie im Haus insgeheim für sich schloß – sein Zuhause nicht in Wirklichkeit der Hinterhof, wo seine Stadtfrau lebt? Als soziopolitisches Konzept ist dieses Leben (wie das erwachsene Kind weiß, das Sozialwissenschaften studiert hat) ein Beispiel für das Zerbrechen von Familien als Folge des Systems der Wanderarbeit. Und das System (der, der Politologie studiert hat, weiß es) gewährleistet, daß Schwarze als Arbeitseinheiten funktionieren, anstatt als Menschen mit dem Recht, ihre Familien mit sich zu bringen und mit ihnen in der Stadt zusammenzuleben.

Aber Ephraim machte sich anscheinend vor, daß dieser Hinterhof, der so sehr sein Zuhause war, nicht sein Zuhause war, und Rose fand sich anscheinend mit seiner Selbsttäuschung ab. Dies war natürlich nicht das erste Mal, daß er nach Hause zu seiner Frau und seinen Kindern gefahren war. Manchmal hatte die Familie im Haus seine Abwesenheit überhaupt nicht bemerkt, bis er zurückkam. Rose kochte dann ein seltsames Durcheinander zusammen: Ephraim hatte einen Klumpen von einem geschlachteten Tier für sie mitgebracht; sie knabberte ein Zuckerrohr, das er ihr geschenkt hatte, und spuckte Fasern aus. Arme alte Rose. Kein Wunder, daß sie zu trinken anfing (ja, die Dame des Hauses hatte das insgeheim gedacht), von einem Mann ausgenutzt zu werden, der von ihr lebte und der seinen Lohn seiner Frau und den Kindern schickte. Nun stirbt der Mann und Rose ist nichts. Niemand. Die Frau beerdigt ihn, die Frau trauert um ihn. Ihre Kinder bekommen das Fahrrad; einer seiner Brüder vom Zerberus-Sicherheitsdienst

kommt, um es aus der Waschküche zu holen und es mit braunem Papier, aus der Küche organisiert, für den Bahntransport nach Umzimkulu einzupacken.
Als der Bus Ephraim hinauswarf und er hinabrollte und in dem glänzenden Zuckerrohrfeld starb, wollte er nach Hause fahren, weil es Schwierigkeiten wegen des Landes gab. Wegen welchen Landes? Es war das Land seines Vaters, das Land seines Bruders, sein Land. Rose gibt eine verzerrte Darstellung, die jeder im Haus, wo täglich mindestens zwei Zeitungen gelesen werden, deuten kann: der langjährige Angestellte des Zerberus-Sicherheitsdienstes sollte in einem Streit um Stammesland, das ihnen von dem örtlichen Häuptling zugeteilt worden war, für seine Familie sprechen. Grenzlinien wurden von Vermessungsbeamten der Regierung gezogen, auf der einen Seite ist eine neue Flagge gehißt worden, wurden neue Uniformen angezogen, Reden gehalten – das Teil des Gebietes des örtlichen Häuptlings, das auf diese Seite fällt, gehört nicht mehr zu Südafrika. Das Teil, das auf der anderen Seite bleibt, gehört jetzt der südafrikanischen Regierung und wird an weiße Farmer verkauft – das Land von Ephraims Vater, das Land seines Bruders, sein Land. Sie sollen eine Entschädigung bekommen – Geld, das für Schulgebühren und Lebensmittel verschwindet, nicht Land, das für immer bleibt.
Die Dame des Hauses erfährt nie wirklich, was geschehen ist, jetzt, da Ephraim tot ist. Rose sagt es nicht; wird nicht danach gefragt, wahrscheinlich sagt man es ihr auch nicht. Sie scheint schnell über Ephraims Tod hinweggekommen zu sein, wie diese Leute es tun, nach dem ersten Ausbruch von Gefühlen – vielleicht ist es besser anzunehmen, daß sie es mit Gleichmut trägt. Leute, de-

ren Leben nicht einfach ist, einfache Leute, mit denen Dinge geschehen, die aber nicht die Möglichkeit haben, etwas geschehen zu lassen, haben auch nicht die Mittel, sich von dem, was geschehen ist, zu befreien. Von den Heilmitteln eines Ortswechsels, einer anderen Beschäftigung, eines anderen Mannes steht ihr nur die Möglichkeit eines anderen Mannes offen, und sie ist keine Schönheit mehr, Rose, sogar nach toleranten schwarzen Maßstäben. Das andere Heilmittel – Alkohol –, man kann nicht sagen, daß sie sich dem zuwendet. Seitdem Ephraim aus dem Hinterhof verschwunden ist, trinkt sie weder mehr noch weniger. Die Dame des Hauses, die gerade neu möbliert hat, denkt daran, Rose einen alten Lehnstuhl anzubieten. Sie fragt, ob in ihrem Zimmer Platz sei und Rose sagt: O ja! Viel Platz.

Da ist der Platz, der von Ephraim eingenommen worden ist, von seinen dicken Beinen in Khaki-Drillich, von seinem Rücken in Hosenträgern, seinem Gaskocher und dem großen Radio mit der verchromten Vorderseite. Rose verbringt den ganzen Nachmittag damit, das Polster mit Kohlentetrachlorid zu säubern, ehe sie eines der erwachsenen Kinder bittet, ihr dabei zu helfen, den Sessel über den Hof zu tragen. Die Dame des Hauses lächelt; Rose hat nie einen Versuch gemacht, den Sessel zu säubern, solange dies Teil der Aufgabe war, das Haus zu reinigen.

An Sonnabenden sind manchmal alle Mitglieder der Familie zum Essen zu Hause, was an anderen Tagen nie der Fall ist. An diesem Sonnabend gibt es Weißwein als etwas Besonderes. Rose hat ein Fischgericht bereitet mit einer Haube aus Kartoffelbrei, der mit Gabelstrichen gefurcht und entlang der Ränder knusprig gebräunt ist –

es ist köstlich, die Art von Gericht, die durch die alltägliche Norm der Cafeterien und Schnellimbisse zur Luxusklasse befördert worden ist. Mitten in der Mahlzeit erscheint Rose im Eßzimmer. Das Trampeln von Füßen, das ihr vorangegangen ist, verrät, daß hinter ihr, außer Sichtweite, jemand ist. Die dunklen Vertiefungen unter Roses Augen sind vor Aufregung gerunzelt und sie prahlt: Seht her, wen ich hier als Besuch für Sie habe. Seht mal, wer da ist!

Die Dame des Hauses nimmt sie lange, nachsichtig und argwöhnisch in Augenschein, sie kennt sie so gut, daß sie sofort sagen kann, ob sie getrunken hat. Nein – die Dame des Hauses signalisiert es den anderen mit den Augen – Rose ist nicht betrunken. Alle hören auf zu essen. Rose redet schrill in ihrer eigenen Sprache auf jemanden ein und gestikuliert nach hinten in den Gang, wobei ihr schwerer, erhobener Arm durch den Riß in ihrem Kittel eine bebende Fleischmasse zeigt – Rose kann nie überredet werden, irgend etwas zu flicken, wie beim Trinken kann man da nichts machen ... Sie verliert die Geduld – schneidet für die Familie eine Grimasse, geht zurück in den Gang, um zu holen, wer immer es auch sein mag. Die Köpfe am Tisch wenden sich wieder den Tellern zu, Hände greifen nach Brot oder Salz. Ein Weinglas wird zum Mund geführt. Rose beruhigt und führt eine kleine gefangene und eingepferchte Gruppe in das Zimmer, die Gerüche mit sich bringt – ein Windzug von einem anderen Ort und aus einer anderen Zeit, der plötzlich durch die Tür bläst – Gerüche, die noch nie zuvor in dem Haus gewesen sind. Auf dem Rücken des kleinen Hundes sträuben sich die Haare; eines der erwachsenen Kinder legt rasch und versteckt eine Hand auf sein Halsband. Der Geruch von Holzkohle, von Decken und Kleidung, die zwischen Lehmmauern auf Lehmböden aufbewahrt werden, die mit den Jahreszeiten leben, die Staub verbreiten und Feuchtigkeit absondern, in denen Dinge brüten und keimen, der Geruch von Kondensmilch, von Asche, von aufbewahrten Lumpen, von gesammelten, gebündelten Zeitungen, brennendem Petroleum, Strohdach, Geflügelmist, ätzender roter Seife, von warmer Haut und Fell, kalter Erde: die Familie hält in ihrem Mahl inne, dessen Geschmack und Würze ist verflogen, die Bestecke, mit denen sie gegessen haben, bleiben in ihren Händen, die Fremdartigkeit, die sie empfinden, steht in keinem Verhältnis zum Anblick dieser schwarzen Frau vom Lande und ihrer Kinder, eines dicht neben ihr, eines auf dem Rücken. Die Frau wendet ihre Augen nie von Rose, die sie dort hingestellt hat, ab. Das Baby unter der Decke, die mit einer riesigen Sicherheitsnadel über ihrer Brust geschlossen ist, kann man, bis auf eine grüne Wollmütze, nicht sehen. Nur das kleine Kind blickt im Zimmer umher; die Gesichter, der Tisch, die Teller, Gläser, Blumen, die Weinflasche; und atmet scheinbar nicht. Der Hund knurrt und wird am Halsband zurückgerissen.

Rose beugt sich lächelnd zu der Frau, ihre Hände an den Seiten des Bauches, und ermutigt sie in ihrer Sprache. Sie stellt sie der Versammlung, die am Tisch überrascht wurde, zur Schau. Wissen Sie, wer das ist, Madam? Sie wissen es nicht? Sie kommt aus Umzimkulu. Ephraims Frau. (Sie hebt das kleine Kind hoch, das in ihren Händen erstarrt.) Ephraims Kinder. Das jüngste und zweitjüngste. Das Baby – es ist ein kleines Mädchen. Und sie

kichert anstelle der Frau, die nicht antworten will, nicht antworten kann auf das, was über sie gesagt wird.
Die Dame des Hauses ist von ihrem Stuhl aufgestanden. Sie wartet darauf, daß Rose aufhört zu plappern, damit sie die Frau begrüßen kann. Sie geht zu ihr hinüber, streckt die Hand aus, aber die Frau zieht ihre Handflächen zusammen und schlägt sie kraftlos aufeinander, schwankt höflich auf ihren Füßen, die in Männerschuhen stecken, unter dicken, mit Perlenschnüren geschmückten Knöcheln. Also legt die Dame des Hauses eine Hand auf den Rücken der Frau, auf die Decke, die das Bündel von Kind hält, und sagt zu Rose: Sag ihr, ich freue mich sehr, sie kennenzulernen.
Als ob sie wieder Kinder wären, wiederholen die jungen Leute am Tisch das zusammenhanglose Gemurmel einer Begrüßung, lächelnd, wobei die männlichen Familienmitglieder sich halb erheben. Der Hausherr zieht seine Augenbrauen zusammen und nickt abwesend.
Sie ist hier wegen der Pension, sagt Rose, sie sagen, sie kann vom Zerberus-Sicherheitsdienst eine Pension bekommen. Sie lacht über die Kühnheit, oder das schlichte Vertrauen? – sie weiß es nicht. Aber die Köpfe um den Tisch herum wissen von solchen Dingen. Die Kinder sind so klug geworden.
Die Dame des Hauses ist immer schon Sprecherin und Diplomatin gewesen: Hat sie irgend etwas bekommen?
Noch nicht, sie haben nichts gegeben ... Aber sie werden einen Brief schreiben, vielleicht nächsten Monat, sagt Rose und – dieses Mal gilt die Vorstellung sicher eher der Frau vom Lande als der Familie – lehnt sich hinüber zur Obstschale auf der Anrichte und dreht ein

paar Trauben ab, die sie dann an den Bauch des kleinen Kindes stößt, das von der Macht der Eindrücke zu gelähmt ist, um die Trauben zu ergreifen. Rose ermutigt es mit leiser Zurückhaltung in ihrer Sprache und setzt es hinunter auf die Füße.

Rose, sagt die Dame des Hauses, gib ihnen etwas zu essen, ja? Wir haben noch kalten Braten … oder wenn du Eier nehmen willst …

Rose sagt: Danke, Madam – nur der Form halber, als ob ihr die Küche nicht sowieso gehöre, daraus zu verteilen.

Man hat die Frau hereinbekommen, nun läuft das Manöver, sie hinauszukriegen; sie steht da, als ob sie ewig stehen wolle mit ihrem Baby auf dem Rücken und ihrem Kind, das die Trauben hält, die es aus Angst nicht anblickt, während niemand weiß, ob man mit dem Essen fortfahren oder warten soll, bis Rose sie wegführt.

Die Dame des Hauses ist gewohnt, es anderen leicht zu machen: Sag ihr – danke, daß sie uns besucht hat.

Rose sagt etwas in ihrer Sprache und, nach einer Pause, beginnt die Frau plötzlich zu reden, Rose zugewandt, aber offensichtlich an die Gesichter an dem Tisch gerichtet, spricht durch sie, durch das Medium, die Vermittlung dieses vom Bier aufgeschwemmten Körpers, das Gesicht geadelt durch die alkoholische Mimesis der Linien und Schattierungen weltlicher Weisheit. Rose begleitet sie mit zustimmenden Bewegungen von Lippen und Kopf, einem tiefen Brummen am Ende jeden Satzes.

Sie sagt: Sie dankt Ihnen, sie sagt auf Wiedersehen.

Kaum hat Rose ihre kleine Truppe entfernt, da kehrt sie schon wieder zurück. Vielleicht erinnert sie sich daran, daß die Familie zu Mittag ißt, ist gekommen, um zu fragen, ob sie Kaffee möchten. Aber nein. Mit übertriebener Selbstverleugnung, ohne irgend jemanden anzublicken, fragt sie, ob sie einen Augenblick mit Madam reden darf.

Jetzt?

Ja, bitte, jetzt.

Die Dame des Hauses folgt ihr in den Flur. Können Sie mir zehn Rand leihen, bitte, Madam.

(Das wäre ein Vorschuß auf ihren Monatslohn.)

Sofort?

Bitte, Madam.

Also geht dic Dame des Hauses, die Mahlzeit der Familie unterbrechend, die Treppe hinauf und holt zwei Fünfrandscheine aus ihrer Handtasche. Als sie die Treppe herunterkommt, sieht sie Rose, die im Gang wartet, wie eine der Fremden, deren Klopfen an der Vordertür Rose normalerweise selbst beantwortet, die sie aber nicht in das Wohnzimmer führt, sondern stehen läßt, während sie geht, um die Dame des Hauses zu holen.

Zwei Fünfer, in Ordnung? Die Dame des Hauses hält die Scheine hin.

Danke, vielen Dank. Rose schiebt das Geld in die Tasche ihrer Schürze, die an einer Ecke abgerissen ist.

Für den Bus, sagt Rose, als Entschuldigung für die Eile, weil sie jetzt dorthin zurückfährt, an den Ort, nach Umzimkulu.

Trödel

Eine Frau namens Beryl Fels kaufte neulich eine alte Blechtruhe in einem Trödelladen. Sie schien als Zugabe einigen Kleinkram an Samt und Brokat zu enthalten. Als sie sie nach Hause in ihre Wohnung brachte, sah sie, daß unter dem Stoff ein anderer Fund war – Briefe.

Sie rief Freunde an und konnte Amüsanteres als Neuigkeiten von Geschäftsreisen und Erkältungen der Kinder mitteilen. »Was würdest du mit den Briefen anderer Leute machen?« »Sie zurückbringen.« – Aber das war eine dumme Antwort. Wohin zurück? Der alte Mann, der den Laden führte, würde nicht wissen, wem sie gehörten, diese Trödler würden niemals einem Käufer sagen, wo sie die Dinge fanden, die sie bei Hausverkäufen, Leihhäusern aufklaubten und bei Leuten, die eher Geld als Besitztümer brauchten, deren Bedeutung sie entweder nicht kannten oder sie nicht mehr interessierte.

»Sie lesen, aber natürlich, sie lesen.« Der Antiquar und Buchhändler war sofort in seinem Element; er war immer amüsant, dieser ewig junge Mann von fünfundvierzig, homosexuell und bibliophil. Er und Beryl Fels gingen zusammen ins Theater und zu Avantgardefilmen, ein glaubwürdiges, wenn auch unechtes Paar.

»Sie verbrennen, glaub ich. Was könnte man sonst tun?« – die verlogene Redlichkeit einer höchst unaufrichtigen Frau, die die Telefongespräche ihrer halberwachsenen Kinder belauschte.

»Was wolltest du mit einer Blechtruhe?« – dies von jemandem, der keine Muße hatte, an Sonnabendvormittagen zwischen Antiquitäten herumzubummeln und quer durch die Stadt zu fahren zu irgendeinem Spezialgeschäft, wo man einen besonderen Käse kaufen oder einen guten, preiswerten Wein entdecken konnte, der nicht leicht zu besorgen war.

Beryl Fels hatte gedacht, daß die Truhe das Richtige war, um Reserveschlüssel, Sicherungen, Bilderhaken aufzubewahren. Da sie ohne Mann lebte, war sie bei kleineren Reparaturen genauso geschickt wie irgendein männliches Wesen, für sie keine Schwierigkeit, obwohl ihre Hände eingecremt und manikürt waren, so vollkommen unnütz aussehend wie es jeder Mann mit einem Weiblichkeitsideal sich gewünscht haben könnte. Sie hatte nach etwas Ausschau gehalten, das von ihrem schönen Schreibtisch aus *yellow-wood* (noch ein Sonnabendvormittagfund) ein Sammelsurium entfernen würde, das dort nicht hingehörte.

Einige Briefe waren zusammengebunden, und wahrscheinlich waren sie es alle einmal gewesen. Alle waren an den gleichen Namen, den einer Frau, adressiert und an ein Postfach in einer Stadt oder postlagernd in anderen Städten und sogar, wie sie sah, in anderen Ländern. Sie hatte sich die Truhe nicht als einen Behälter für Briefe vorgestellt. Aber natürlich, wenn man so viele Briefe aufzubewahren hatte! Sie zählte dreihundertundsieben Briefe und neun Postkarten. Und Telegramme, viele Telegramme, von denen einige in ihre alten orangefarbenen Fensterbriefumschläge gestopft waren. Es ist seltsam, Telegramme aufzubewahren. Sie hielt sie in der Hand, dringend und alt zugleich, sie hielten sich nicht. Sie las eines: Telegramme sind kaum privat, die Wörter werden von einem Postbeamten unter den Augen der Öffentlichkeit gezählt. Es war kurz und ohne Namen, ein Datum, eine Zeitangabe, die Gleisnummer eines Bahnhofes, ein mysteriöser Zusatz, dessen Bedeutung leicht zu erraten war. *Ja, ja, ja.* Die Bekräftigung eines Liebhabers. Was können dreihundertsieben Briefe anderes sein als Liebesbriefe? Und es schien, daß die Person, der sie gehörten, sie wahrscheinlich nicht in die Truhe getan hatte – einige waren zusammengedrückt, als ob sie hinter schwere Gegenstände geschoben worden waren. Irgend jemand hatte sie vielleicht gefunden und sie in die Blechtruhe geworfen, die der Frau, an die sie gerichtet waren, nicht gehörte. Beryl Fels sah, als sie alle ausschüttete, daß sie achtlos in umgekehrter Reihenfolge hineingeworfen waren, der Anfang des Haufens war unten in der Kiste und dort war auch das Blatt Papier (im alten Kanzleipapierformat) mit der Anweisung, die sofort demjenigen aufgefallen wäre, der die Schublade geöffnet hätte, oder den Deckel des Behälters hochgehoben hätte, wo die Briefe ursprünglich aufbewahrt gewesen sein mußten. *Diese Briefe und Dokumente sollen bis zwanzig Jahre nach meinem Tod ungelesen aufbewahrt werden, dann sollen sie einer geeigneten Bibliothek oder einem Archiv übergeben werden.* Die Unterschrift war derselbe Name wie auf den Umschlägen. Die Poststempel – die Briefe waren nicht mehr in chronologischer Reihenfolge, so daß man durch den ganzen Stapel gehen mußte, um zu sehen, wie lange die Affäre gedauert hatte – stammten aus den vierziger Jahren (was erklärte, warum die Telegramme, die sie gelesen hatte, die Gleisnummer eines Bahnhofs und keine Flugnummer angaben). War die Frau gestorben, so war die Sperre verfallen. Wenn sie noch lebte, hätte sie sicherlich eher ihre Briefe vernichtet als sie aus den Händen zu geben.

Beryl Fels begann zu lesen, während sie spät am Sonntagvormittag ihren Kaffee trank. Sie zog weder ihren Morgenmantel aus, noch machte sie ihr Bett, noch versorgte sie ihre Küchenkräuter auf dem Balkon zum Klang von Mozart oder Punkrock (sie interessierte sich für alles, was eine Mode oder Leidenschaft im Leben anderer Menschen war) wie sie es sonst sonntags tat. Sie hatte zwei Einladungen zum Lunch gehabt, zu Hause bei Paaren, das eine hetero-, das andere homosexuell, Möglichkeiten, die sie sich offengelassen hatte, falls eine vorzuziehende dritte – sie war ihr eigener Herr – nicht auftauchte, aber sie ging nicht aus und aß nicht zu Mittag. Hin und wieder, während sie las, machte sich ihr Herz in den Ohren bemerkbar wie ein Geräusch von jemandem, der sich in der Wohnung bewegte. Die Sehnen ihrer Knie waren gespannt und sie streichelte mit ihrem langen Zeigefingernagel ihre Nasenflügel, die sich warm und fettig anfühlten. Die Frau, an die die Briefe geschrieben waren, war nicht bloß irgendeine Emma Bovary; der Mann, der sie geschrieben hatte, war sowohl ihr Vertrauter und Kritiker als auch ihr Liebhaber. Er schrieb am leidenschaftlichsten, wenn er gerade das Erlebnis gehabt hatte, daß sie von Leuten gelobt wurde, die nicht wußten, daß er sie kannte. Er sehnte sich unendlich danach, mit ihr zu schlafen, sagte er, wenn er sie dort oben auf dem Podium sah, wie sie einen Vortrag hielt, wobei ihre Brille ihre Augen vor allen versteckte. Er spürte, wie er anschwoll, wenn er ihren Namen gedruckt sah. Ganze, lange Briefe analysierten das Verhalten von Leuten, die, wie er meinte, lieber dies als das tun würden, sich in diesen Worten und diesen Gesten eher ausdrückten als in jenen, die *»da«* waren oder »einfach *nicht da*« waren. Es wurde deutlich, daß dies Gestalten in einem Roman oder Schauspiel waren: sie war Schriftstellerin.

Und er – er war anscheinend irgendein Wissenschaftler gewesen, in der Forschung. Es war schwierig, ohne Zugang zu ihren Briefen an ihn, zu entdecken, was es genau war, was er zu erreichen hoffte, was es war, wonach er strebte, in den Jahren, die seine Briefe umspannten. Man hatte den Eindruck, daß die genaue Art seiner Arbeit so war, daß seine Geliebte sie nicht verstehen konnte mit ihrem Verstand und ihrer Ausbildung, trotz ihrer in jedem Brief bescheinigten Brillanz und ihres Erfolgs, der ein genauso starker erotischer Anreiz war wie die Schönheit, die sie besessen haben mochte. (»... gegen das Feld von weiblichen Kohlköpfen war Dein Gesicht gezeichnet wie ein Farn« – auch er bemühte sich, literarisch zu sein.) Aber daß sie Ehrgeiz für ihn empfand, daß sie eifersüchtig auffuhr, sobald andere Beförderungen, Auszeichnungen, Ehrungen erhielten, bei denen auch er im Rennen war, wurde aus den Stellen in seinen Briefen deutlich, die sie mit seiner zynischeren, stoischeren Ansicht über Begabungen und Belohnungen auf seinem Gebiet besänftigten. Ihr gegenüber entlud er sich in Fäkalsprache von all der Bosheit, die er – die *er* und *sie* – jenen gegenüber empfanden, die mit Mitteln weiterkamen, zu denen er sich mit Gewißheit nicht herablassen würde. Sie tröstete auch; er fand es reizvoll und stritt, da er zweifellos seinen Wert kannte, ihre Beteuerungen nicht ab, daß, welche kleinen Ehren auch immer andere am Wegrand auflesen könnten, er eines Tages einen der Nobelpreise bekommen würde.

Irgendwann erhielt er tatsächlich eine ungewöhnliche Auszeichnung für seine Arbeit; als Liebhaber empfand er offensichtlich ihren strengen und triumphierenden Stolz als eine besonders sinnliche Art der Liebkosung und gleichzeitig, um den Triumph ungetrübt genießen zu können, verbarg er vor sich selbst die Gewißheit, daß sie nicht in der Lage war, das Ausmaß solcher Errungenschaften oder die Bedeutung solcher Ehrungen zu beurteilen. Das ergab sich aus bestimmten, kleinen, verlegenen Ausdrücken und ausgestrichenen aber nicht unleserlich gemachten Nebensätzen (als ob er nicht ertragen könne, vor ihr Geheimnisse zu haben, nicht einmal solche, die er vor ihnen beiden verbarg). Die Fremde, die dies las, verstand die traurige Schlauheit dieser Phrasen und Andeutungen, während zwischen dem berühmten Mann und der berühmten Frau, an die sie gerichtet waren, der Funke des Zweifels umschlossen war von Gefühlen und gegenseitiger Selbstachtung, so wie die Augenflüssigkeit winzige Fremdkörper umschließt und sie daran hindert, den Augapfel zu reizen.

Die berühmte Frau plante, an der Zeremonie teilzunehmen, bei der ihr Geliebter geehrt werden sollte; Briefe, die den Streit eines ganzen Monats zeigten, redeten zunächst auf sie ein, flehten sie schließlich an, die Idee aufzugeben. »Auch wenn Du Fraser über Ebenstein ansprechen könntest, er würde den Braten riechen. Einen Schlafzimmerbraten, um offen zu sprechen, mein Liebling. Nur Mitglieder der Gesellschaft und ihre Ehefrauen werden anwesend sein. Die Presse, sagst Du! Die kommt nicht zu solchen Veranstaltungen. Es ist nicht gerade ein welterschütterndes Ereignis. Die erhalten vielleicht eine Pressenotiz, mit einer Liste der Auszeichnungen, hinterher. Und seit wann bist Du als Journalistin bekannt? Warum in aller Welt solltest Du plötzlich großes Interesse an den Aktivitäten der Gesellschaft bekunden, Du würdest sofort von irgend jemandem erkannt werden, der Dein Foto auf Deinen Büchern gesehen hat, um Gottes willen! Irgend jemand würde anfangen, nach einer Verbindung zu suchen, nach dem Grund Deiner Anwesenheit. Und wie könnten wir einander *nicht* ansehen? Du weißt, daß das unmöglich ist. Du bist nicht einfach irgend jemand, auch wenn Du es manchmal sein möchtest.« Und als Antwort auf eine offenbar grollende Enttäuschung: »Es gibt einige Dinge, die wir nicht haben können. Wie Du oft sagst, haben wir so vieles; mehr als andere Leute sich erträumen können, ich bin zu abergläubisch, um es alles aufzuzählen, nicht nur ›uns‹, unsere große Freude an dem Körper und der Freundschaft des anderen, sondern auch Erfolg und wirkliche Leistung – gewiß bist Du, mein Liebling, dessen bin ich mir ganz sicher, ganz objektiv, einer der kommenden großen Namen … Wenn wir nicht die Zermürbungen eines Haustierdaseins erleiden müssen, dann können wir andererseits diese offensichtliche Zurschaustellung der Teilnahme an den Leistungen des anderen nicht haben wie die meisten verheirateten Paare – und meistens ist das alles, was sie haben. Warum solltest Du dasitzen wollen wie irgendeine Professorenfrau (wie meine, deren Ehemann nicht mit ihr schlafen will und nicht mehr mit ihr reden kann), die für die Gelegenheit ein passendes Lächeln wie einen Hut aufsetzt …«

Dann wieder hatte sie ihm anscheinend ein Buch widmen wollen. Er bedauerte gequält, daß er darauf verzichten müsse. »Gleichgültig, wie Du mit Initialien oder nur uns bekannten Codenamen jonglierst, Du verrätst unsere private Welt. Du gibst anderen gegenüber ihre Existenz zu. Laß es uns so halten, wie wir es fast fünf Jahre geschafft haben. Jeder für sich sind wir beide Menschen im Licht der Öffentlichkeit, das ist der Preis oder die Belohnung, Gott allein weiß es, für das, was wir beide nun einmal sind. Laß die Zeitungen kritzeln und spekulieren. Ich weiß, daß das Buch mir gehört und für mich weiterlebt.«

Um fünf Uhr am Nachmittag las Beryl Fels den letzten Brief. Es war keiner der bedeutsameren – spiegelte keine Krise wider und es war auch nicht die Art Notiz, knapp und wie erdrosselt vor erotischer Erregung, die geplanten Treffen direkt voranging. Er schrieb, während er ein Sandwich an seinem Schreibtisch aß, er dachte über seinen verdammten Vortrag für die Hongkong-Konferenz nach; er hatte nur fünf Seiten gelesen (dies mußte sich auf irgendeine Arbeit von ihr beziehen, die sie ihm gegeben hatte), aber er wollte es nicht versäumen, ihr zu sagen, wie auf neue Art bewegend und gleichzeitig geistreich ... daher das Gekritzel ...

Beryl Fels stand auf. Rülpser stiegen immer wieder aus ihrem leeren Magen auf. Die Umrisse im Zimmer sprangen. Dreizehn Zigarettenstummel – sie zählte stumpf – im Aschenbecher. Die Benommenheit entstand durch die veränderte Einstellung ihrer Augen: da waren ihre anderen ›Funde‹ um sie herum, um das Gleichgewicht ihrer eigenen Existenz wiederherzustellen. Sie blickte starr auf ihren schönen Tisch aus *yellow-wood*, wurde demütig vor seiner Gegenwart, als ob sie, dadurch daß sie in die Vergangenheit anderer Schicksale eingedrungen sei, ihr eigenes zerstört habe und zurückgekehrt sei in die flachatmende Stille, in der sie erwischt, zurückgeholt worden war zu den Winkeln und den polierten Oberflächen des Arbeitszimmers der Direktorin aus verschwommenen bangen Freuden in einer überwucherten Ecke eines Gartens. Sie legte ihre Hände an ihre Nase, das Kind, das den geheimnisvollen Duft an seinen Fingern roch.

Die Wanne einlaufen lassen, ihr unaufgeräumtes Bett machen und eine ihrer Seidenblusen auswählen, die sie zu der Hose tragen konnte, war die Routine, die das Umschalten vollbrachte: von dem Erlebnis, die Briefe gelesen zu haben bis zu einer Interpretation, warum sie sie besaß und wie dies in ihr wohlgeordnetes Leben paßte. Wie die anderen Fundstücke – der Schreibtisch sehr passend zwischen Balkontür und altem Klappstuhl mit der lyraförmigen Rückenlehne – fand auch dieses seinen Platz. Es wurde zu einem ihrer Interessen und Hobbys, die sie als lebhafter Mensch hatte. Schade, daß es Sonntag war; sie hätte in der Stadtbücherei anrufen können, um zu fragen, ob sie irgendwelche Bücher der Frau hätten. Sie hätte selbst sofort hinuntergehen können, um über sie nachzulesen. Vielleicht war die Identität des Mannes Leuten bekannt, die belesener waren als sie. Wenn nicht, konnten die Briefe sogar noch wichtiger sein – eine Entdeckung, sogar eine literarische Sensation, ebenso wie ein Fund. Sie rief ihren Freund, den Antiquar, immer wieder an, aber natürlich war er sonntagabends immer auf einer Party; er wurde überall eingeladen. Nachdem sie ein (für sie) ungewöhnliches Widerstreben überwunden hatte, mit irgend jemandem zu reden – es zeigte nur, wie nötig man es hat, auszugehen und unter Leuten zu sein, wie rasch die Einsamkeit einen ergreift –, erwartete Beryl Fels ungeduldig den Montagmorgen.

In der folgenden Woche fragte sie ihren Freund, den Antiquar und die leitenden Bibliothekare der Stadtbücherei und einer Universitätsbibliothek (beide Bekannte) nach der Schriftstellerin. Keiner hatte von ihr gehört. Jeder war vorsichtig, es zuzugeben, jeder verlegen, falls diese glatte Unwissenheit sich als berufliche Lücke erweisen sollte, der Name irgendeines esoterischen aber wichtigen Geheimtips von Schriftsteller, den er hätte kennen sollen. Aber die Bibliothekskataloge zeigten, daß kein einziges Buch von jemandem dieses Namens in den Regalen stand. Einige Titel waren einmal als vorrätig katalogisiert worden, auf dem Leichenhaufen der Bücher, die nicht mehr allgemein gefragt waren, für Ausleiher auf besonderen Wunsch jedoch herausgenommen wurden, aber diese mußten ausgesondert worden sein, mit anderen Restposten, die die Büchereien ab und zu verschleuderten.

Entschlossen und so gut darin, Dinge aufzuspüren, die sie haben wollte, brachte Beryl Fels jemanden dazu, ihr einen Professor der Naturwissenschaften an der besten Universität vorzustellen. Sie zeigte ihm nicht ihren Fund, sondern schrieb alle Fakten für ihn nieder, die sie den Briefen entnommen hatte, die zu einer Identifizierung der anderen Persönlichkeit führen konnten, die das Paar der berühmten Liebenden ausmachte. Es gab keinen, überhaupt keinen, der in die angegebene Zeitspanne, in das Arbeitsgebiet (schnell als Geophysik erkannt) und das Ursprungsland paßte, dessen Arbeit hinreichend originell oder wichtig war, um sich an seinen Namen zu erinnern. Vor allem gab es niemanden in der Liste der Nobelpreisträger für Naturwissenschaften, der er gewesen sei oder sein könnte – sollte er noch leben.

Der Antiquar sagte, sie solle die Briefe trotzdem behalten. »Beryl, Liebling, für unsere Enkelkinder.« Er dirigierte eines der ausgelassenen Mittagessen, die an seiner Tafel erwartet wurden, und paßte das Ende des Gelächters – mit einem Hüftenwackeln und einem in die Kniekehle zurückgeschlagenen Fuß – auf die Sekunde genau ab. »Sogar Briefe, die von gewöhnlichen Leuten geschrieben worden sind, werden verkäuflich, wenn man fünfzig Jahre wartet. Wie alte Postkarten von der See, Wäschelisten. Ich weiß das doch. Könnte ich mir sonst leisten, euch allen ein so gutes Essen vorzusetzen? Die Leute sammeln alles.«

Unheilbar

»Sogar die Katze verscharrt ihren Dreck; ich trage meinen mit mir herum.« In den Wochen nach ihrer Entlassung aus dem Krankenhaus hatte sie oft daran gedacht, dies laut auszusprechen. Sie wußte nicht, ob er sich entschließen würde zu lachen – ob sie so weit gehen würden, zu lachen. Das einzige Mal, daß ein solcher Apparat vor ihrer Krankheit erwähnt wurde, lag ein paar Jahre zurück, als sie an einem der gemütlichen Wochenendmorgen im Bett wie üblich die Blätter der Zeitung tauschten und sie irgendeinen Artikel über Arbeitslosigkeit und Kinderprostitution las und zu ihm sagte, mein Gott, der Job, den die Leute von der Wohlfahrt für dieses Mädchen gefunden hatten, war in einer Fabrik, die diese Gummibeutel herstellt für Leute, deren Mägen wegoperiert werden müssen – kein Wunder, daß sie auf der Straße landete, das arme Ding …
Sie erinnerte sich deutlich an diesen Morgen, an diese Zeitung. Immer mehr Einzelheiten ihres Gespräches fielen ihr wieder ein. Sie waren abgeschweift, hatten über die Trostlosigkeit der Industrialisierung gesprochen, deren Ursache frühe Marxisten in der Entfremdung gesehen hatten und die enden würde, wenn die Produktionsmittel den Arbeitern gehörten, aber waren nicht die Fabriken in der Sowjetunion und China genauso trostlos wie die im Westen? Und ihr fiel ein, wie sie ihn daran erinnert hatte (sie hatten gemeinsam Peking besucht), daß wenigstens die chinesischen Fabrikarbeiter

zweimal am Tag eine zehnminütige Pause für die obligatorische Gymnastik hätten – und er hatte gesagt, würdest du das für eine Teepause und eine Zigarette tauschen?
Das Gummiding, das auf dem Fließband an der sechzehnjährigen zukünftigen Prostituierten vorbeilief, war für sie beide, als sie an einem Sonntagmorgen lachend im Bett lagen, so weit entfernt wie das Leben eines x-beliebigen Fabrikarbeiters.
Nun war der Apparat an ihrem eigenen Körper befestigt. Er diente als Abfluß aus einer kleinen Wunde, die unter ihrer Kleidung verborgen war. Sie war aus dem gemeinsamen Schlafzimmer ausgezogen und er hatte es wortlos verstanden. Im Krankenhaus hatte man ihr gezeigt, wie sie mit dem Ding umgehen mußte, es war erschreckend intim, anders als natürliche Körperfunktionen, denn natürliche Körperfunktionen kannten sie beide – hatten sie beide gekannt. Sie war mit ihrem Dreck allein.
Die Ärzte sagten, das Ding würde bald entfernt werden. Sechs Wochen, sagte der erste voraus, nicht mehr als drei Monate, erzählte ihr der zweite. Sie hätten ihre Märchengeschichte absprechen sollen. Sie sagten, daß (nach sechs Wochen oder drei Monaten) alles in ihr wieder zusammengenäht werden würde. Die Wunde, die offengehalten wurde, würde man schließen. Sie wäre wieder ganz, repariert, alles würde funktionieren. Sie könnte wieder an der Musikschule unterrichten. Wenn sie wollte, könnte sie jetzt schon zurück – warum nicht? – solange sie sich nicht überanstrengte. Aber mit dem Ding, das sie herumschleppte, wollte sie nicht. Sie mußte sich weitere Geschichten anhören – von Freun-

den, die Mut machen wollten – darüber, wie wunderbar andere Leute damit zurechtkamen, ein ganz normales Leben führten. Sogar ein Mitglied der britischen Königsfamilie, wurde behauptet. Sie brachte sie mit dem Märchen zum Schweigen, sagte ihnen, aber bei mir dauert es nur sechs Wochen (oder drei Monate), ich muß damit nicht zurechtkommen. Er kaufte ihr zwei wunderschöne Kaftans, die er selbst ausgesucht hatte und die ihr gut standen, genau ihre Farben, genau ihr Stil – in ihrer Freude vergaß sie (später wußte sie, daß er genau das gehofft hatte), daß sie sie tragen würde, um das Ding zu verstecken. Sie trug abwechselnd die Kaftans, wenn Freunde zu Besuch kamen und ihr Aufzug wurde bewundert, sie sagten, sie müsse simulieren, so hervorragend sähe sie aus. Er bestätigte ihnen gegenüber, daß sie gute Fortschritte machte.

Einmal hatten sie darüber geredet, am Anfang. Sie hatten vorher geredet, in dem verflochtenen Strang ihres gemeinsamen Lebens – aber wie unpersönlich war das damals gewesen! Ein kindischer Pakt – Blutsbruderschaft auf dem Niveau der unendlich rhetorischen Frage: liebst du mich, wirst du mich immer lieben: wenn einer von uns beiden unheilbar krank wird, würde doch keiner den anderen leiden lassen, oder? Aber wenn es passiert – ach, es passiert nicht. Nicht mit dieser dummen, dramatischen, scharfen Abstraktion. Wer kann beurteilen, was ›unheilbar‹ ist? Wer kann wissen, welches Leiden unheilbar ist, nicht wert, daß man es verlängert, um es zu überleben? Die da hat vor zwanzig Jahren eine Brust abgenommen bekommen und geht immer noch jede Woche zu den Rennen. Dem da wurde die Prostata wegoperiert, heute kann man ihn mit seiner dritten Frau auf Cocktailpartys sehen, wie er Gin und Tonic in sich hineinschüttet. Kurz bevor sie zur ersten Operation ins Krankenhaus kam, fand sie die Gelegenheit, es noch einmal zu bekräftigen. »Wenn es schlimm ist, wenn es irgendwann einmal schlimm wird, versprichst du, mir da herauszuhelfen? Ich würde es für dich tun.« Er konnte nicht sprechen. Sie lag neben ihm in der Dunkelheit; er nickte so nachdrücklich, daß dieser Pakt mit seinem Kinn in ihrer Schulter besiegelt wurde. Der Knochen tat ihr weh. Dann schlief er mit ihr, drang in sie ein, um das feierliche Abkommen zu bestätigen.

Nach der Operation sah sie, wie der Schlauch, die Vorrichtung aus ihr herausführte. Sie redeten nicht wieder; nur über fröhliche Dinge, nur darüber, gesund zu werden. Das Ding – die Wunde, aus der es herausführte, die, anders als jede andere Wunde, sich nicht schließen durfte, ähnelte einer zufälligen Liebesaffäre, die sie einander verheimlichten und deren Vehemenz ihre Beziehung zerstören würde. Sie lächelten einander sofort an, jedesmal, wenn sich ihre Augen trafen. Sie konnten es also doch nicht ertragen. Ein Märchen mußte her. Es wurde wieder und wieder erzählt, jeden Tag, mit jedem Plan, den sie für die nächste Woche, den nächsten Monat, das nächste Jahr machten, ohne mit der Wimper zu zucken, einfach voraussetzend, so weiterleben zu können wie früher, woran keiner von ihnen glaubte. Es gab keine Worte, die nicht Lügen gewesen wären. *Sind die Sachen vom Kaufmann gekommen? Schon wieder eine Flugzeugentführung. Sitzt du bequem in dem Sessel? Es heißt, die Wahlen seien für das Frühjahr festgesetzt worden. Wir brauchen neue*

Weingläser. Ich müßte Briefe schreiben. Bestell Kaffee und Streichhölzer. Schon wieder eine Krise im Nahen Osten. Zieh die Gardinen zu, die Sonne blendet dich. Ich muß Donnerstag zum Friseur. Wenn sie jetzt seine Hand nahm, tat sie es unter der Lüge der Unsterblichkeit. Das Fleisch existierte somit nicht mehr wirklich für sie.

Es gab nur eines, was einfach nie zur Lüge werden konnte. Es gab nur einen Ort, wo Liebe überleben konnte: Das Leben war verraten worden, aber der Bund war nicht mit dem Leben geschlossen.

An diesem Donnerstagnachmittag fuhr er sie zum Friseur, und als er sie abholte, sagte er, sie sähe schön aus. Sie bedankte sich bei ihm, verlegen wie ein Mädchen, das ihr erstes Kompliment erhalten hatte. Innerlich war sie überwältigt – das erste starke Gefühl seit Monaten, außer Angst und Ekel – von dem unendlichen Vertrauen in ihn. In dieser Nacht, allein in dem Raum, der nun ihr Schlafzimmer war, zählte sie die versteckten Tabletten ab und legte eine Nachricht für ihn unter ihr Feuerzeug, bevor sie die Tabletten mit Leitungswasser herunterspülte. »Halt Dein Versprechen. Laß nicht zu, daß man mich rettet.«

Seit ihrer frühesten Kindheit hatte sie es als tiefen Schlaf verstanden, das war alles. Seit sie den ersten Vogel unter einer Hecke gesehen hatte, dessen Augen sich nicht öffneten, wenn man ihn mit einem Zweig berührte. Aber man kann sich Schlaf nur vorstellen, wenn man davon erwacht, und deshalb wird man sich nie diesen tiefen Schlaf vorstellen können. – Sie hatte keine Angst vor dem Tod, aber nun war der Schrecken in ihr, zu spüren, wie sie aus ihm erwachte, wie sie zurückkehrte von dem, was doch nicht der Tod war, nicht sein konnte. Ihre Lider waren wie rosafarbene Vorhänge, durch die Licht schien. Sie öffnete sie und sah auf die glänzende Wand eines Krankenhauszimmers. Eine Hand lag in der ihren, seine.

Ein Fernkursus

Pat Haberman lebt mit Harriet allein, seitdem sie sich von Harriets Vater hat scheiden lassen. Harriet war damals fünf; zu jung, um von Habermans geldgierigem und vom Country Club bestimmten Leben verdorben zu sein – das konnte er mit den Kindern seiner zweiten Ehe machen. Die Alimente, die er für Harriet zahlte, reichten nie, aber Pat und die kleine Harriet wollten nichts von ihm, Pat konnte ihren Lebensunterhalt verdienen und tat es auch, und als Harriet zwanzig war, hatte sie ihr Examen und fand eine Stelle in einem Alphabetisierungsprogramm für Schwarze, das von einer liberalen Stiftung bezahlt wurde. Beide Frauen haben Berufe, die mehr sind als ein Mittel, sich einen bescheidenen Lebensunterhalt zu verdienen – Pat (Gott sei Dank, gerettet) erwähnt die Geschäftsessen, die Bälle im Golfklub, auf denen der Alkohol floß, die Sportveranstaltungen, die sie mit Haberman hinter sich gelassen hat, wie ein Strafregister und arbeitet nun als Sekretärin des Dekans der Medizinischen Fakultät – sie ist dort unentbehrlich.
Harriet bereitet sich in Fernkursen auf ihren Magister vor und hat schon einen Beitrag zu einem Symposion über *Alphabetisierung und die Medien* veröffentlicht. Sie trägt deutsche bedruckte Wickelröcke, verziert mit Borten, die von Xhosa-Frauen in einem Selbsthilfeprogramm in Soweto gemacht worden sind, Sandalen mit Riemen zwischen den Zehen, und im letzten Jahr hat sie ihr dichtes, blaß-braunes Haar in eine Afrodauerwelle

verwandelt, so daß, wenn sie in der Badewanne lag – wie ihre Mutter amüsiert feststellte –, das Haar auf ihrem Kopf zu ihren weichen Schamhaaren paßte.
Sie ist ein stilles Mädchen, das, da ist die Mutter sicher, auf Partys ein bißchen Marihuana raucht, wie es alle jungen Leute heutzutage tun. »Und wir sollten ganz still sein.« Pat Haberman verbraucht zwei Schachteln am Tag – sie pflegt zu sagen: nur einfacher, lungenzerstörender Tabak. Sie hatte einmal ein Verhältnis mit einem Rechtsanwalt, das drei Jahre dauerte, er verließ dann das Land, aber Harriet war damals zu jung, um es zu bemerken, und Pat war nicht sicher, ob sie es ihr sagen sollte oder nicht. Manchmal ist sie kurz davor: es reizt sie, wenn sie bemerkt, daß das Mädchen sich für einen neuen Jungen interessiert. Harriet ist wahrscheinlich nicht so promiskuitiv, wie es in ihrer Generation üblich ist, aber sie geht mit einem Mann und einem anderen Paar auf Wochenendfahrten und macht Ferien mit einer Gruppe von Freunden, die sich häufig verändert – die jungen Männer gehen zum Militärdienst oder verschwinden, um dem Militärdienst zu entkommen. Einige sind abgehauen; der lakonische Ausdruck enthält für diese ganze Generation bewußter weißer Südafrikaner, denen die Älteren die tödliche Aufgabe aufgebürdet haben, ein Leben zu verteidigen, das sie nicht gewählt haben, das einzigartige Erbe ihrer weißen Haut. Pat und Harriet, Mutter und Tochter, fragen sich oft, ob sie nicht auch auswandern sollten. Harriet hat gelernt zu erkennen, daß ihr Leben der freien Wahl und eines annehmbaren Komforts nicht von den Leuten geteilt wird, in deren schwarzer Haut es eingebettet ist: einst von ihnen beschützt; jetzt bedroht. Sie sind überall um sie herum; sie gehört nicht zu ihnen.

Und seit sie erwachsen ist, hat sie ihre Rolle – selbst wenn sie schwieg – in der rituellen Diskussion gespielt, was getan werden könne von Leuten, die kein Talent für Politik haben und nicht wie Haberman leben wollen (auch Harriet denkt an den Mann, der ihr Vater ist, so wie er vor langer Zeit in der Scheidungsurkunde Haberman gegen Haberman genannt worden ist), der an den Schwarzen verdiente und dann unter Schönheitsköniginnen und befreundeten Supermarktkönigen in Kasinos spielte, die in den armen, angrenzenden schwarzen »Nachbarstaaten« den Fortschritt darstellen.

Sie hält die Verbindung zu ihren Freunden, die nach Kanada oder Australien abgehauen sind, aufrecht; seit einem Jahr schreibt sie jetzt sogar einem politischen Gefangenen hier zu Hause in Südafrika. Da lag sein Brief, zwischen Rechnungen und Luftpostbriefen, und auf der Rückseite war »Und wann kommen Sie?« gekritzelt. *Pretoria Zentralgefängnis* – war er abgestempelt, die Unterschrift des Gefängniszensors darauf. Darin lag ein engbeschriebenes, liniertes Stück Papier, sauber herausgerissen aus einem Schulheft. *Liebe Harriet Haberman.* Aber sie ließ ihre Augen auf die Unterschrift fallen, ehe sie weiterlas. *Roland Carter.* Während sie langsam den Brief überflog, fanden ihre Füße den Weg den Steinpfad herunter, sie ging in den Garten, wo Pat zwischen den Kisten mit den Sämlingen von Ringelblumen kniete.

»›Roland Carter‹. Sagt dir das etwas?«

Die Nase ihrer Mutter lief von der Anstrengung, sich zu bücken und zu graben; sie wischte sie mit dem Handrücken, der mit Erde überkrustet war. Harriet wiederholte: »Roland Carter.«

Pat schniefte. »Natürlich. Er bekam neun Jahre. Der Journalist aus East London.«
»Was hat er getan? Er hat mir geschrieben ...«
»Hol mir mein Taschentuch aus der Tasche ... Die Ziele des Afrikanischen Nationalkongresses unterstützt, irgendwas in der Richtung. Hat falsche Ausweispapiere reingeschmuggelt. Oder war er einer der Leute mit den Flugblattbomben? Nein, das war in Kapstadt. Kannst du dich nicht erinnern? – Warte mal.«
»War er derjenige, der vor Gericht sagte, er bereue nichts?«
»Das ist er – aber was schreibt er dir?«
Ihre Mutter erhob sich langsam, hebelte sich mit einer festaufgelegten Handfläche hoch. Die beiden Frauen standen dort, herausgehoben, in ihrem kleinen Garten. »Meine Güte! Was für ein netter Brief! Harriet?« Sie trat einen Schritt zurück und betrachtete ihre Tochter, der Streifen ehrlichen Drecks in dem Gesicht einer, die das Zeichen der Gnade auf dem Gesicht einer anderen erkennt. Sie lasen weiter. Die Mutter murmelte laut. »›Ihr Artikel hat mich länger als einen Tag begeistert ... ich habe Ihnen zugestimmt und mit Ihnen gestritten ... einige Ihrer Schlüsse sind, ich bitte um Entschuldigung, unhaltbar ... so viel in meinen Gedanken ..., daß ich beschlossen habe ... wenn Sie denken, daß Sie antworten können, könnten Sie das womöglich im nächsten Monat tun, weil man mir monatlich nur einen Brief erlaubt und ich das Risiko eingehe und einen Brief von Ihnen gewählt habe ...‹«
Harriet las anscheinend langsamer oder wollte für sich alleine herausfinden, ob sie, aus ihrem eigenen Verständnis heraus, diese Zitate von Piaget mit Leben füllen

konnte und diese schüchternen Andeutungen von Wortwitz (gegen den Schreiber selbst gerichtet) und Sarkasmus (gegen den Gefängniswärter gerichtet, der den Brief zensieren mußte). Geschrieben in einer Zelle. Auf einem Gefängnisbett sitzend. Oder hatten Gefangene – wenigstens die weißen – einen Tisch? Ein Fenster mit Gittern und Stahlnetz (sie hatte so etwas gesehen, wenn sie an Gefängnissen vorbeifuhr). Eine schwere Tür mit dem Guckloch des Wärters hinter dem schreibenden, gebeugten Rücken. »Erinnerst du dich noch, wie er aussah?«

Ihre Mutter sagte vertraulich: »Komisch – ja. Du weißt, wie süchtig ich nach meiner Zeitung bin. Ich seh noch das Foto, das während der Verhandlung oft in der Zeitung war, und dann, als er dieses entsetzliche Urteil erhielt. Neun Jahre ... Ein klares, starkes – ein *skeptisches* Gesicht. Kurze Nase. Ein erfolgreiches Gesicht – verstehst du? Er sah nicht fanatisch aus. Und kein Bart. Große, dunkle Augen und kurze Haare. Eher wie ein Sportler ... eins der Bilder von Schwimmern, nachdem sie einen Wettkampf gewonnen haben. Vielleicht ist es tatsächlich aufgenommen worden, als er gerade geschwommen ist; ein Foto, irgendwo ausgegraben, vielleicht bei seiner Familie. Ich möchte wissen, wie er an deinen Artikel herangekommen ist? Ja, ich glaube, so eine wissenschaftliche Zeitschrift könnte in der Gefängnisbibliothek sein. Aber wie hat er unsere Adresse bekommen?«

Harriet zeigte den Briefumschlag, der von der Zeitschrift weitergeschickt worden war.

»Ja, ... es ist eigentlich sehr schön zu wissen, daß etwas, was man geschrieben hat, einem wie diesem da im Gefängnis ein bißchen Lebensmut gegeben hat, nicht Liebling? Ich hab dir gesagt, du hast dich sehr gut ausgedrückt.«

Das Mädchen lächelte. »Ich habe Piaget noch nicht einmal gelesen.«

Ihre Mutter hatte den Brief nicht berührt, ihn nur über Harriets Schulter gelesen, Sie hielt ihre lehmigen Hände von ihren Hüften weg. »Wirst du ihm schreiben?« Piaget wurde beiseitegeschoben: »Was macht das schon.«

Harriet schwenkte den Brief langsam, als ob sie die Tinte darauf trocknen wollte. »Ich glaub, ich muß.«

»Der arme junge Mann. Man vergißt, daß sie da drin sind. Man liest die Sensation in der Zeitung, und dann vergehen die Jahre.« Pat Haberman betrachtete ihre Hände und die Plastikkästen mit den Ringelblumen, ihre Nasenflügel bewegten sich wegen des bitteren, unkrautartigen Geruchs; ihr fiel ein, wobei sie unterbrochen worden war und kniete sich wieder hin.

»Ablehnen kann man so was doch nicht.« Sie schmeichelte dem Dekan herausfordernd mit dieser Annahme, daß sie beide den Mut hatten, zu der eigenen Überzeugung zu stehen. Sie und der Dekan unterhalten sich oft mit leisen Stimmen, obwohl niemand sie in seinem Büro hören kann, in dem er Briefe diktiert, über Probleme ihrer erwachsenen Kinder und die genauso vertraulichen Probleme privater Streitereien unter den Mitarbeitern der Medizinischen Fakultät. Es gab – zweifellos, obwohl sie das nicht mit Harriet besprechen wollte – die Möglichkeit, daß ihr Name in irgendeine Kartei geraten würde. Sie führen sicherlich eine Akte über alle, die irgendwie Kontakt zu einem politischen Gefangenen haben. Sogar, wenn er einem aus heiterem Himmel schrieb. Sogar, wenn man ihm vorher noch nicht einmal begegnet war.

Es gab für sie oft passende Gelegenheiten in der Unterhaltung mit Freunden oder in Häusern, wo sie neue Leute traf, zu bemerken, wie wunderbar Roland Carter, schon vier Jahre drinnen und noch fünf vor sich, seinen Mut ungebrochen hielt, seinen Geist lebendig, er könne immer noch Witze machen – ihre Tochter Harriet korrespondiere mit ihm. Die Bemerkung ordnete sie sofort ein, verschaffte ihr und ihrer Tochter Respekt bei Leuten, die sie vorher noch nicht getroffen hatte. Manchmal fügte sie hinzu, wie schade es sei, daß nicht mehr Leute, die liberal redeten, es auf sich nahmen, an politische Gefangene zu schreiben, ihnen zu zeigen, daß sie von einigen immer noch als Teil der Gesellschaft angesehen wurden. Wußten die Leute, daß in Südafrika gewöhnliche Kriminelle, Diebe und Fälscher besser behandelt wurden als Gefangene aus Gewissensgründen? Roly Carter (nach den ersten Briefen hatte er angefangen, einfach mit ›Roly‹ zu unterschreiben) würde keine Strafminderung für gute Führung bekommen.

Sie las Roland Carters Briefe – oder eigentlich las Harriet sie ihr laut vor –, aber natürlich las sie nicht die, die Harriet zurückschrieb. Nicht, daß es in ihnen irgend etwas besonders Persönliches gab – Harriet hatte den Mann nie getroffen, er war sowieso verheiratet (Pat war in ein Zeitungsarchiv gegangen, wo eine ihrer Freundinnen arbeitete und hatte den Ordner von Zeitungsausschnitten über seinen Prozeß durchgelesen) und ihre Briefe, wie auch seine wurden vom Gefängniszensor gelesen. Aber Harriet war eine erwachsene Frau, Pat hatte immer die Privatsphäre ihres Kindes respektiert, ihr sogar, als sie noch jung war, beigebracht, daß man nie die Briefe anderer las, nicht einmal, wenn jemand sie herumliegen ließ. Harriet tippte ihre Briefe an Roland Carter im Gefängnis in Pretoria; vielleicht wollte sie vernünftigerweise den Gefängnisbeamten zeigen, daß alles zur Kontrolle offen war – keine hinter einer unleserlichen Handschrift versteckten Zweideutigkeiten, ihr gesetzestreues Motiv für den Briefwechsel genauso klar wie die Lettern. Pat nahm an, daß die Briefe, deren Komposition sie hörte – Harriet tippte langsam, es gab lange Pausen –, denen sehr ähnelten, die aus dem Gefängnis kamen: zwei junge Menschen mit gemeinsamen Interessen, die Gedanken über die Erziehung in Südafrika austauschten. Es konnte, weiß Gott, in dem Thema politische Andeutungen geben, aber er nahm anscheinend an, daß die Namen von Erziehungswissenschaftlern einem zu spezialisierten Bereich angehörten, als daß sie in der Liste der linken Denker enthalten sein könnten, die dem Gefängniszensor möglicherweise bekannt war.

Während die zwei Frauen einen Sonntagvormittag damit verbrachten, ihre Weihnachtspost zu schreiben, meinte Pat, sie nehme an, daß Gefangene wohl Karten bekommen dürften?

Harriet ergriff selten die Initiative, es war eine Stille in ihr, die durch Vorschläge ihrer Mutter nicht gestört wurde, ihnen meistens wortlos zustimmte. »Wir können es versuchen.«

Weihnachten; ein weiteres Jahr in Haft, das hinter diesen Mauern anfing. Sie las die Botschaften, die auf die Karten gedruckt waren, die sie gekauft hatte: *Ein fröhliches und friedvolles Weihnachtsfest. Alles Gute für die Festtage. Ein glückliches Neues Jahr.* Sie lehnte sich in ihrem Stuhl zurück.

Ihre Mutter arbeitete rationell: Karten, Adreßbuch, Briefmarkenbögen. »Hast du noch genug? Hier, nimm davon eine.«

Harriet schrieb, ohne den Spruch zu lesen, ihren Namen auf die Karte, die einen Otter zeigte, der zwischen bewegten Wellen auftauchte und die zugunsten irgendeiner Naturschutzgesellschaft verkauft wurde. Pat unterschrieb auch; Harriet hatte sicher in einem ihrer Briefe erwähnt, daß sie eine Mutter hatte?

Sie vergaß nicht, ein Taschenbuch von Piaget »für den Strumpf« zu kaufen, wie sie das im stillen immer noch nannte, obwohl es mehr als zehn Jahre her war, daß Harriet jung genug gewesen war, einen Strumpf zu haben.

Pat Haberman arbeitet gern eine Stunde im Garten, wenn sie nachmittags von der Arbeit nach Hause kommt. Wenn die Abendzeitung durch den Schlitz im Tor auf das Gras fällt, betrachtet sie die Überschriften, während sie die Düse des Schlauches mit der anderen Hand führt. Zu dieser Tageszeit und unter diesen (das weiß sie) zerbrechlichen Umständen – das beruhigende Zischen des Wassers, die Nähe der Vogelrufe beim Sonnenuntergang und die Ferne des Verkehrs, der sich jenseits des Riffs der ruhigen Vorstadt bricht – spürt sie ein Gleichgewicht. Sie wagt sich jeden Tag hinaus, um ihren Lebensunterhalt zu verdienen, aber sie gehört nicht mehr zu denen, die wirklich dort draußen sind, von Adrenalin und Sexualhormonen getrieben, die vorwärtsdrängen, schwarze Häute, weiße Häute, die giftige Ambitionen einatmen, den Streß des Lösens, des Werdens – und was dann? Die Zeit zwischen halb sechs und halb sieben ist eine Illusion des Friedens in mittleren Jahren, genau wie der unschuldige Ruf der Kapdrossel und die Frische der Blätter, die vom Wasser der Stadtwerke bespritzt werden, ein Trugbild unzerstörter Natur sind. Aber während sie die Spitze des Schlauches gegen die sich schlängelnde Energie des gepumpten Wassers hält und liest, daß ein Diplomat entführt worden ist, daß die Geisel Öl schon wieder im heiligen Geldkrieg zwischen den Arabern und dem Westen mit hohem Lösegeld freigekauft worden ist, sogar, daß die Führer eines spontanen Streiks der schwarzen Arbeiter in einer Stahlgießerei in genau dieser Stadt von der Polizei verhaftet worden sind, da gibt es diesen Moment, in dem sie fühlt, wie sie vom Boden des Ruhigen und Ewigen das betrachtet, was fiebert und ständig fortwirbelt. Nachher wird sie die Zeitung lesen mit dem Gespür für Hintergründe, mit der Wachsamkeit, dem Bewußtsein der Kontinuität von Erklärungen und Kämpfen von Schwarz und Weiß, das ihr Engagement aufs neue bestätigt und sie aus der seltsam angenehmen Vergessenheit erlöst, dem gefährlichen, weißen Gedächtnisschwund der Vorstädte.

Harriet ist dort draußen; sie ist nicht von der Musik in den Diskotheken betäubt, sie hat keine Angst, drogensüchtig zu werden. Der Riß, der die Persönlichkeit der Weißen bedroht und ihre Anlagen versickern läßt wie bei einem verdörrenden Granatapfel, ist für sie noch weit weg, und vielleicht bleibt nicht Zeit genug, daß es je geschieht. Wenn sie nach Hause kommt, telefoniert sie, oder tut ein wenig für ihre Examensarbeit, oder wäscht sich die Haare, um dann wieder auszugehen, wie es junge Mädchen tun.

An einem Abend wie jedem anderen war die Überschrift, die Pat sofort sah, nicht die größte Schlagzeile; die hatte mit einem Preissprung bei Gold zu tun. Diese Schlagzeile lief quer über eine Doppelspalte auf der Titelseite; sie las sie, als sie mit ihrer nassen Hand die Zeitung vom Gras aufhob, das sie gerade gesprengt hatte. Drei zu langer Haft verurteilte politische Gefangene waren aus dem Hochsicherheitstrakt des Gefängnisses in Pretoria entflohen. Der zweite Name war der Roland Carters. Sie waren alle wie immer um vier Uhr nachmittags in ihre Zellen eingeschlossen worden. Der Wächter, der nachts den Rundgang machte, war von Stoffbündeln, die in ihre Betten gelegt worden waren, getäuscht worden. Ihr Verschwinden wurde erst um sieben Uhr morgens entdeckt; es war möglich, daß sie gegenüber der landesweiten Fahndung, den Grenzpatrouillen und Flughafenkontrollen, die jetzt eingesetzt waren, um sie zu fangen, einen zehn- oder zwölfstündigen Vorsprung hatten. Sie wusch sich ihr Haar; Pat fand sie über dem Waschbecken im Badezimmer. Das Mädchen blickte in das von der Sensation dessen, was sie zu sagen hatte, geweitete Gesicht ihrer Mutter hinauf. Flüsternd, die Schultern hochgezogen: »Er ist raus.« Pat keuchte vor Freude und drückte die Zeitung an sich. »Er ist entkommen.«

Während Harriet den Bericht las, kicherte ihre Mutter, bewegte ihre gefalteten Hände, unfähig, still zu stehen. »Ist das nicht großartig? Wunderbar! Es beweist, daß Menschen mit genug Mut nie aufgeben.« Über dem spritzenden Steak in der Pfanne spekulierte sie, zwischen Herd und Küchenecke, wo sie aßen: »Wie lange braucht man bis Swaziland? Aber zur Grenze nach Botswana könnten sie in fünf Stunden kommen. Angenommen sie sind um Mitternacht ausgebrochen, dann können sie über die Grenze gewesen sein, bevor die Stoffbündel überhaupt entdeckt worden sind.« Harriet wurde geschickt, um die Straßenkarte aus dem Handschuhfach in Pats Wagen zu holen. *Auf Roly* – Pat stieß mit Harriet an, dem Mädchen, das ihm Mut gegeben, ihm länger als ein Jahr treu geschrieben hatte. Die Weinflasche, die Pat geöffnet hatte, stand neben der Landkarte und sie suchten einige vom Ausgangspunkt Pretoria leicht zu erreichende Grenzen. Die Männer konnten jetzt schon in einem Flugzeug nach Europa sein. Von Maputo in Moçambique; von Gaborone in Botswana. Wenn sie Europa über Sambia erreichen wollten, waren sie wahrscheinlich noch nicht in Lusaka angekommen. Das Radio wurde für die Neun-Uhr-Nachrichten angestellt; es gab keine Neuigkeiten: noch auf freiem Fuß – frei. Frei!

»Was machen sie mit ihm, wenn sie ihn fangen?«

Die Frage des Mädchens klang unfair. »Oh, was hat er schon zu verlieren? Ich nehme an, irgendeine Art Verschärfung; Einzelhaft. Er hatte sowieso noch fast vier Jahre da drinnen vor sich.«

Das Mädchen verließ sich auf seine Mutter, die so gut informiert war über die Strategien der Gefangenen, die auf der Flucht waren, und deren Verfolger. »Die Polizei würde sie nicht erschießen?«

Ihre Mutter kniff den Mund zusammen, runzelte die Stirn, schüttelte den Kopf in totaler Versicherung der

Absurdität dieses Gedankens, wie sie es immer getan hatte, wenn sie dem Kind etwas Unangenehmes, das es wirklich nicht zu wissen brauchte, vorenthalten hatte. Der Gedanke *nur wenn sie sich der Gefangennahme widersetzten* wurde verändert in: »Sie würden wieder dahin kommen, wo sie waren, das ist alles ...«

Pat erschien morgens um sieben, als die ersten Nachrichten des Tages gesendet wurden, glitt mit dem Transistorradio am Ohr in das Zimmer ihrer Tochter. Die Vorhänge waren noch zugezogen. Harriet öffnete die Augen und lag auf dem Rücken, gehorsam, aber nicht wach. Pat zog ihre Augenbrauen hoch und erhob ihre freie Hand, um jegliche Ablenkung abzuwehren, als die Radiostimme die Ausbrecher erwähnte. Am zweiten Tag wurde ein Wächter unter dem Vorwurf der Beihilfe und Begünstigung festgenommen. »Klar – ohne Hilfe von innen, wie hätten sie da aus dem Hochsicherheitstrakt herauskommen können? Und sie müssen eine brillante Eventualplanung gehabt haben ...«

»Was ist das?«

»Leute draußen, die wochen-, sogar monatelang darauf warten, auf ein verabredetes Zeichen hin zu handeln, genau nach Plan. Autos, ein Versteck, Geld – vielleicht haben sie sich sogar getrennt, aus Sicherheitsgründen –«

Harriet kam langsam aus dem tiefen, hilflosen Morgenschlaf junger Leute, die nachts nie müde sind, zu sich. »Nicht seine Familie.«

»Nein! Um Gottes willen, nein. Er würde es nicht wagen, mit *ihnen* Kontakt aufzunehmen.«

»Wer denn?«

»Ich weiß nicht – Gesinnungsgenossen; es ist sicher alles

vorbereitet. Leute, denen sie vertrauen können. Irgend jemand könnte extra ins Land gebracht worden sein ...?«

Nach einer Woche waren die drei Ausbrecher immer noch auf freiem Fuß. Zuerst wurde im Radio dieselbe Nachricht wiederholt: man glaube, daß sie auf dem Weg in ein benachbartes Land seien. Dann wurden sie überhaupt nicht mehr erwähnt. Die Zeitungen wiederholten in neuem Wortlaut die wenigen Informationen, die die Polizei freigegeben hatte; die Verantwortlichen in den Nachbarländern, die normalerweise Flüchtlinge aufnahmen, dementierten, daß die Männer ihren Boden betreten hätten. Der Wärter kam vor Gericht, wurde angeklagt und in Untersuchungshaft genommen. Es gab Gerüchte, daß einer der drei in Gaborone, Lusaka oder Maputo gesehen worden sei. »Flüchtlingskreise« und politische Exilorganisationen in London »triumphierten«, wollten aber keine Erklärung abgeben, bis die Männer sicher aus Afrika heraus seien. »Einer von denen ist der junge Mann, dem Harriet geschrieben hat, Roland Carter, wissen Sie.«

Der Dekan hatte oft genug von dem Briefwechsel gehört. »Ich würde mit dieser Information nicht so hausieren gehen, wenn ich Sie wäre, Pat. Sonst haben Sie als nächstes die Polizei im Haus.«

Sie zupfte lächelnd an ihrem Ohrring; über seine Feigheit. »Die haben all die Briefe gelesen. Sie hat nichts zu verbergen. Sollen sie kommen.«

Aber die Polizei kam nicht; und immer noch waren die Männer nicht gefangen. Pat und Harriet wußten nicht genug über Roland Carter, um sich bei jeder

Mahlzeit, die sie miteinander aßen, über ihn zu unterhalten. Pat fragte Harriet, ob es jemals irgendeine Art Andeutung gegeben hätte, irgend etwas in all den Briefen, das vermuten ließ, daß er ...? Nichts Eindeutiges natürlich, aber eine von den indirekten, zufälligen Bemerkungen, die man manchmal übersieht, übersehen könnte, sogar in einem Brief, der von einem Gefängniszensor gelesen werden würde? Aber Harriet sagte, daß ihr nichts einfiel; gar nichts. »Du hast die Briefe gelesen, Ma.«

Das war so. Dennoch, während sie die Petunien und Ringelblumen, die sie im Sommer pflanzte, herauszog und die Erde für die Narzissen und Fresien umgrub, hörte oder sprach sie stumm Sätze aus den Briefen. Menschen derselben Generation verstehen Dinge anders als irgend jemand einer anderen Generation sie verstehen würde. Redewendungen. Der Wortschatz – Wörter ändern ihre Bedeutung (nehmen wir das Adjektiv »schwul« ...). Die Ausdrücke kamen von irgendwoher zu ihr. Während sie grub und harkte und ein Zischen in ihren Ohren hörte, näher als die Vogelrufe, von der schwindelerregenden Anstrengung, hatte sie manchmal das Gefühl, daß *er* an sie dachte und nicht sie an ihn – obwohl er sie nicht kannte, sie war es nicht, an die er schrieb. Sie war wahrscheinlich nie erwähnt worden; falls er damals die Weihnachtskarte nicht bekommen hatte, wußte er vielleicht nicht, daß sie existierte. Irgendwo: dort draußen im fernen Verkehr, dem Verkehr der Welt, existierte ihr Gefangener – ihrer und Harriets – *er*, als ein anderes Wesen, das nicht mehr gefangen war. Er litt, vielleicht. Er versteckte sich. Er war hungrig; und er wurde gehetzt. Buchstäblich: sie benutzten

Hunde mit Namen wie Wagter* und Boetie**, die auf Kommando angriffen. Er schlich durch die Sümpfe der Großstädte, die Hillbrow-Bars, wo jeder ein Einwanderer und unerkannter Fremder war, die Kneipen der Schwarzen in Gassen, die nach Urin rochen, wo namenlose Weiße Marihuana kaufen konnten, oder er zog immer wieder an dem Griff der Spielautomaten, jagte dem Glück hinterher, einer in der Masse mit ihren Uniformen der witzigen T-shirts in einem Kasino jenseits der Grenze, zurückgelassen tickte die Gefahr, die er darstellte, eine Paketbombe in einer goldfarbenen Plastiktüte, genau die Art wie sie ihre Frauen trugen. Der Griff des Alltäglichen und des Ewigen, den sie mit der Berührung dieser Erde verband, verlor seine Bedeutung. Es war nur Dreck, der ihre Hände überzog, wie die Hände eines schwarzen Dieners weiße Handschuhe überzogen, wenn er in gewissen protzigen Häusern (Habermans) bei Tisch bediente. Irgendwo dort draußen, außerhalb ihres Gartens, begann eine der in den Vororten installierten Alarmanlagen ihren wagnerischen Gesang, und ihm folgte das fliegende Geheul von Krankenwagen und Polizeifahrzeugen. Die Blumenzwiebeln, die sie vom vorigen Jahr herübergerettet hatte, sollten nun in dieser übersättigten, erstickenden Erde begraben werden und würden wieder leben; aber wenn ein menschliches Wesen einmal darin eingeschlossen ist, wird es nie ausbrechen.
Sie hatte angefangen, die Türen und Fenster zu kontrollieren, ehe sie nachts das Schlafzimmerlicht ausschaltete. Sie hielt ihren Atem an, wenn sie sich in Harriets Zim-

* Wächter
** Bruder

mer bewegte, aber das Mädchen bemerkte nie, daß sie da war. Sie verriegelte die Pforte, was sie vorher nie getan hatte, und da sie sicher war, morgens als erste wach zu sein, konnte sie sie wieder aufschließen, bevor ihre Tochter aufstand. Einmal beschwerte Harriet sich, daß ihr Zimmer stickig sei; sie hatte festgestellt, daß ihr Fenster geschlossen war. Ja, ihre Mutter meinte, etwas gehört zu haben – der alte Kater, der oft hereinsprang und einmal an Harriets Bademantel gepinkelt hatte –, also war sie in der Nacht aufgestanden, um das Fenster zu schließen. Sie lachte ein bißchen bei der Erinnerung an die schreckliche Katze.

»Wenn das Fenster geschlossen ist, kommt der Geruch immer noch zurück.«

»Tut mir leid, Liebling. Ich werde das Stückchen Teppich noch mal reinigen.«

Falls Harriet bemerkte, daß nun alle Türen und Fenster verschlossen waren, so sagte sie nichts. Einmal frühmorgens, als Pat im Schlafanzug über den Rasen ging, um den Riegel zurückzuschieben, lag die Morgenzeitung nicht im Gras – mußte durch den Schlitz zurückgefallen sein. Sie öffnete das Tor. Die Zeitung war da, draußen auf dem Gehweg; als sie sich danach bückte, sah sie ein Bündel, das zurückgelassen worden war (wenn man aufrecht gestanden hätte, hätte man es wahrscheinlich übersehen), halbversteckt vom Jasmin, der in sein Gestrüpp einen alten Drahtzaun zwischen dem Garten und der Straße aufgenommen hatte, die ihr Haus vom Nachbargrundstück trennte. Hingelegt, nicht liegengelassen. Die Kleidungsstücke des Bündels hätten auch von einem Mann getragen werden können. Es waren Harriets Jeans, die kaum getragenen, zu weiten, der Fischerpullover aus Mykonos von ihrer Reise, die dicken Männersocken, die junge Mädchen aus einer modischen Laune zu ihren Holzschuhen trugen. Genauso hatte sie Milch für Feen (oder streunende Katzen) hinausgestellt, als sie klein war. Sie hatte an Osterhasen geglaubt, wenn sie am Ostermorgen Schokoladeneier so wie diese Sachen versteckt gefunden hatte ... Die Zeitung, die Pat hielt, berichtete aus zuverlässiger Quelle, daß die Russen den Ausbruch aus dem Gefängnis geplant und durchgeführt hätten und man vermutete, daß die drei Gefangenen schon in Moskau seien.

Ob Harriet selbst ihre Opfergabe wieder hereingeholt hatte, ober ob einer der weißen Landstreicher oder der schwarzen Arbeitslosen, die oft durch die Straße streiften, unverhofftes Glück gehabt hatte, das Bündel war zwei Tage später nicht mehr da. Pat sagte nichts. Genauso wie früher wollte sie nicht, daß das Kind sich lächerlich fühlte.

Am Abend erschien ein Mann an der offenen Küchentür. Harriet wußte nicht, wer er war, aber Pat Haberman erkannte ihn sofort. Sie bekam Schluckauf aus Furcht. Er war unkontrollierbar, aber ihr Körper stand da und versperrte, was jenseits der Grenze war, was mehr war, als erwartet oder verlangt werden konnte. Er sah, daß sie ihn erkannte; lächelte mit heruntergezogenen Mundwinkeln selbst über den Anspruch, den er darstellte, und sagte: Sie sind allein?

Und daraufhin stand Harriet ruhig auf, als ob jemand sie beim Namen gerufen hätte; und ging, um die Tür hinter ihm zu schließen.

Fließendes Glühen, wie die Hitzewellen, die mit fünfzig

durch ihr Blut gegangen waren, brachten Pat in ihr Schlafzimmer. Sie schloß die Tür ab, wollte auf sie einschlagen, winseln. Sie ging und setzte sich auf ihr Bett, die Hände zwischen die Schenkel geklemmt. Die Wände, die sie einschlossen, beobachteten sie. Sie versuchte, die Stimmen, die durch sie hindurchkamen, nicht zu hören; sogar ein unterdrücktes Lachen. Sie stand auf und ging mit dem Zögern der Qual das Zimmer ab. Um etwas mit den Händen zu tun, füllte sie einen Zahnputzbecher am Waschbecken und wie eine Gefangene, die ihren einzigen grünen Zweig versorgt, goß sie den Topf mit afrikanischen Veilchen, dafür, was sie getan hatte, was sie ihrer geliebten Tochter getan hatte, *angetan* hatte.

Etwas da draußen

Stanley Dobrow photographierte es mit der Canonball Sureshot, einer der drei Kameras, die er zu seiner Bar Mitzvah bekommen hatte. Tatsächlich, *ich verspreche es euch,* sagte er – so wie Kinder Ehrlichkeit beschwören, indem sie für die Zukunft etwas geloben, was schon geschehen ist. Seine Freunde Hilton und Sharon sahen es auch: Stanley schwang sich aus dem Becken, rannte durch das Haus, nasse Fußstapfen bis zum neuen Teppich auf der Treppe hinterlassend, und holte die Canonball Sureshot.

Das Zusammenschlagen zweier Baumkronen – das war alles, was auf dem Bild zu sehen war.

Als andere Leute behaupteten, es gesehen zu haben – oder ein ähnliches: es gab Berichte aus anderen Vororten, ziemlich weit entfernt – und die schöne Perserkatze von jemandem und der vierzehnjährige Dackel eines anderen zerfleischt und tot aufgefunden wurden, glaubte Stanleys Vater ihm und rief eine Zeitung an, um die Beobachtung seines Sohnes zu melden. *Ausgebrochene Bestie in Luxusviertel* war die Schlagzeile, die von einem Universitätsabsolventen, der kürzlich als Jungredakteur eingestellt worden war, ausprobiert wurde; der Ressortleiter meinte, »Bestie« sei ein hochgestochenes Wort für eine Sonntagszeitung mit hoher Auflage, setzte »wildes Tier« ein und fügte ein Fragezeichen am Ende der Zeile hinzu. Der Bericht behauptete, ein dreizehnjähriger Schuljunge sei der erste gewesen, der das Tier gesehen und versucht habe, es zu photographieren. Stanleys

Name, der eine Silbe verloren hatte, als sein Urgroßvater Leib Dobrowsky aus Litauen 1920 hier an Land trat, wurde fälschlich als »Dobrov« buchstabiert. Seine Mutter korrigierte dies sorgfältig in den Ausschnitten, die sie ihrer Schwiegermutter schickte, einem Vetter im Ausland und der entfernteren Verwandtschaft, die die Kamera geschenkt hatte. Leute riefen an: »Ich glaube, Euer Stan war in der Zeitung! *Was* war es, was er sah?«
Ein Tierarzt sagte, die Bißspuren an den toten Haustieren, Mrs. Sheena McLeods »Natascha« und der von der Familie Bezuidenhout geliebten »Fritzi«, stimmten mit der Art von Biß überein, die eine Wildkatze hinterläßt. Vor weniger als einhundert Jahren müsse die *viverra civetta* eine verbreitete Spezies in den Hügeln um die Stadt gewesen sein; die Natur komme manchmal zurück, vergesse die Zeit und überlebe achtspurige Autobahnen, um zu den Revieren der Vorfahren zurückzukehren. Er erinnere sich an den selbstmörderischen Versuch zweier Elefanten, die in Richtung uralter Paarungsgebiete auf den Karibasee hinausschwammen, unter dessen künstlich gestauten Wassern fünftausend Quadratkilometer Pfade der alten Wiederkäuer lagen. Ein ehemaliger Besitzer einer Haustierhandlung schrieb in der Rubrik Leserbriefe, das Tier sei mit größter Wahrscheinlichkeit ein Vervetaffe, ein entlaufenes Haustier. Diejenigen, die es gesehen hatten, bestanden darauf, daß es eine größere Spezies war, obwohl höchstwahrscheinlich aus der Familie der Affen. Stanley Dobrow und seine zwei Freunde beschrieben das Gesicht, das zwischen Bäumen neben ihnen auf der Oberfläche des Swimmingpools reflektiert worden war: dunkles Gesicht, »weit zurückliegende« Augen – darüber, ob das,

was das Bild zerstört hatte, Stanleys Herauskrabbeln aus dem Becken oder das Vorrücken des raupenähnlichen Geräts war, das, den Schmutz aufsaugend, über das Becken kroch, einigten sie sich nie.

Was immer es auch war, es war eine willkommene Abwechslung von der üblichen Art von Nachrichten heutzutage. Nichts als Streiks, der Austausch von Beleidigungen zwischen Fraktionen, die früher einmal zusammen eine Macht dargestellt hatten, auf die man sich verlassen konnte, Streitigkeiten über Grenzen, die angeblich Frieden und Wohlstand garantieren sollten, randalierende Studenten, Farmer, die wegen niedriger Preise unzufrieden waren, Verbraucher, die mehr für Brot und Maismehl bezahlten, weitere Beleidigungen – diese in Form von Boykotts und Kritik aus dem Ausland, jenseits der leergefischten Dreimeilenzone. Man sagte, die einheimische Fischindustrie sei von wildfischenden Russen ruiniert worden (die altbekannten schlechten Nachrichten).
Nun dieser Vorfall, der Aufregung in den Vororten von Johannesburg verursachte; das war die Art von Nachricht, wie es sie früher gab – bevor die Zeitungen angefangen hatten, Schwarze ›Mr.‹ zu nennen und die schrecklichen Dinge zu veröffentlichen, die Kommunisten ihnen über die Weißen zu sagen beigebracht hatten. Diese guten alten Geschichten über riesige Kürbisse und – Mrs. Naas Klopper erinnerte sich so gut daran – als sie klein war, diesen Löwen, der mit einem Foxterrier in seinem Käfig lebte, im Johannesburger Zoo; dieser Affe oder was immer es auch war, gab einem wieder etwas

zum Staunen, zum Reden, es hatte etwas mit deinem Leben zu tun, es könnte dir passieren (stell dir vor! Was für ein Schock, so ein Ding zu sehen, so ein Tier, das plötzlich in deinem eigenen Garten herumspringt) nicht wie all der andere Kram, der irgendwo anders passierte, an irgendeinem Ort, den man nie gesehen hatte und den man nie sehen würde, die Vereinten Nationen da in New York oder die Städte der Schwarzen – Soweto.

Mrs. Naas Klopper (so nannte sie sich immer, obwohl sie Hester hieß) las in *Die Transvaaler* über das Tier in den Johannesburger Vororten, während sie darauf wartete, daß der Reis rechtzeitig zum Mittagessen kochte. Sie saß in dem auf zwei Ebenen angelegten Wohnzimmer, in ihrem – darüber war sie sich im stillen immer klar – »schönen Heim«, das Naas nach ihren künstlerischen Ideen gebaut hatte, als er anfing, mit seiner Agentur für den Verkauf von Farm- und Ackerland Geld zu verdienen, vor fünfzehn Jahren. Umgeben von einigen Morgen Land außerhalb einer ländlichen Satellitenstadt, in der *Kloppers Eiendoms Beperk* blühte, hatte das Haus all die Merkmale wohlhabender Vorstadthäuser in Johannesburg oder Pretoria. Der Reis kochte in einer vollautomatischen Küche mit einem Mikrowellenherd in Augenhöhe und einer Gefriertruhe. Die Schlafzimmer lagen *en suite*, mit Topfpflanzen in dem jeweiligen rosa oder grünen Badezimmer. Das Wohnzimmer, in dem sie auf einem mit Nylonsamt bezogenen Sofa saß, hatte pastellfarbene Plastikjalousien sowie Netzgardinen und passende Vorhänge aus Nylonsamt, und die zwölf Stühle in der Eßecke waren mit Stickerei bezogen, einem Muster mit Schäferinnen und Höflingen, das Mrs. Naas Klopper selbst entworfen hatte; die Bilder aus getrockneten Muscheln und Blumen waren auch ihr Werk, sie hatte die Blumenampeln mit Troddeln gehäkelt, in denen Pflanzen über den Korbmöbeln auf der verglasten Sonnenveranda hingen, und die gehämmerten Kupferteller hatte sie auf einer Reise zu den Viktoriafällen, als Rhodesien noch Rhodesien war, gekauft. Das Fernsehgerät befand sich hinter einer geschnitzten Truhentür. Hocker, die um die Minibar gruppiert waren, zeigten auch die persönliche Note – sie waren bezogen, nicht gerade mit der modischen Zebrahaut, sondern mit der Haut von Impalas, die Naas selbst geschossen hatte. Draußen gab es einen palettenförmigen Swimmingpool wie den, in dem Stanley und seine Freunde vierzig Kilometer entfernt in Johannesburg das Gesicht gesehen hatten.

Aber obwohl das schöne Heim Stein für Stein so gut wie jedes andere moderne schöne Heim in der Stadt war, hatte es etwas von der einengenden Düsterkeit des Farmhauses an sich, in dem Naas seine Kindheit verlebt hatte. Er brachte diese Kindheit nie an das Licht von Erinnerung oder Überlegung, weil er alles hinter sich gelassen hatte; er war auf der anderen Seite der Scheidelinie, die die Geschichte zwischen dem Farmer und dem Händler geschaffen hatte, der Vergangenheit, als die Buren Leute vom Land waren und die *uitlanders* den Handel kontrollierten, und der Gegenwart, in der Buren einen Industriestaat regierten und Unternehmer, Börsenmakler und Biermillionäre geworden waren – all die Synonyme für Händler. Als er begann, den Bau zu planen, um die künstlerischen Ideen seiner Frau zu beherbergen, überschattete eine Düsterkeit, lange kahle Korridore, in denen eingeschlossen er im Haus seiner Mama und Oma gelebt hatte, die Ideen seiner Frau. Er traf Mrs. Naas nun in dem dunklen leeren Korridor, der zur Küche führte, sie wollte den Reis abgießen. Sie benutzten die Eingangstür nie, außer für Besucher; anscheinend waren Besucher da: »Ach, Hester, kannst du schnell Kaffee oder Tee machen?«

»Ich mach gerade das Mittagessen! Es ist alles fertig.«

Er hatte etwas Unnatürliches, Angenommenes an sich, das sie seit langem damit verband, daß er »Geschäfte tätigte«. Er hatte keine Zeit, dieses Verhalten für sie abzulegen, so wie ein Mann seinen Hut ablegt, wenn er von seinem Wagen im Hof in die Küche kommt. »Gut. Also wer ist es?«

»Leute wegen des Kleynhans-Hofes. Sie sind noch im Auto. Ein junges Paar. Schließ die Haustür auf.«

»Warum hast du Tee gesagt?«

»Sie sprechen Englisch.«

Ein guter Geschäftsmann denkt an alles; seine Frau lächelte. Und eine gute Hausfrau ist allzeit bereit. Mit gestelztem Gang in hochhackigen Schuhen ging sie, um den Riegel an der im spanischen Stil handgeschnitzten Tür zu öffnen; während ihr Mann die Toilette spülte und wieder durch die Küche hinausging, nahm sie ihre Keksdose herunter, gefüllt mit Sandgebäck und selbstgemachten, glasierten Keksen, passend für jeden Geschmack, englischen und anderen. Der Kessel war aufgesetzt und das Geschirr auf einem mit Kreuzstichmuster bestickten Tuch auf dem Tablett arrangiert, bevor sie das Eindringen von Körpern durch die Eingangstür spürte. Sie hielt keine Bediensteten im Haus – ließ die Frau des Gärtners kommen, die dreimal die Woche putzte, und die Waschfrau arbeitete draußen in der Waschküche – und empfand immer sofort, sogar wenn keine Geräusche gemacht wurden, wenn der mit Kiefernspray frisch gesprühte Luftraum in ihrem Heim von irgendeinem anderen als ihrem Körper verdrängt wurde.

Naas' Stimme, der Englisch spricht, so wie wir Buren es tun (das fiel ihr in dem Moment ein), wodurch es zu einer sanfteren, freundlicheren Sprache wird als in Wirklichkeit, war diejenige, die sie aus dem Wohnzimmer erkannte. Wenn er eine Pause machte, lächelten sie vielleicht nur während der Unterbrechung; waren schüchtern.

Ein junger Mann stand sofort auf, als sie erschien, um ihr das Tablett abzunehmen; ja still, unbeholfen, höflich – wohlerzogen. Die Vorstellung war ein wenig konfus, Naas schien nicht sicher zu sein, den Namen richtig verstanden zu haben, und sie, Mrs. Naas, angenehm und freundlich, mußte in *ihrem* Englisch zur Frau gewandt sagen: »Wie war noch Ihr Name?« Und der junge Mann antwortete für seine Frau: »Das ist Anna.«

Mrs. Naas lachte. »Ja, Anna, das ist auch ein guter afrikaanser Name, nicht wahr, aber weiter?«

»Ich bin Charles Rosser.« Er suchte nervös nach einem Platz, um das Tablett abzustellen. Mrs. Naas führte ihn zu einem der Couchtische, räumte eine Blumenvase beiseite.

»Trinken Sie mit Milch und Zucker, Mrs. Rosser? Ich habe hier auch Zitrone, unsere eigenen Zitronen aus dem Garten.«

Die junge Frau hatte nicht erwartet, bedient zu werden, wirklich wohlerzogene Leute. Sie war schon da, stand, um dabei zu helfen, die Männer zu bedienen; groß, meine Güte, und so dünn! Man konnte ihre Hüftknochen durch den krausen Baumwollrock sehen, einen dieser indischen Röcke, mit dem alle Mädchen heutzutage herumliefen. Sie trug eine Brille. Eine lange, dünne Nase entstellte ihr Gesicht, das sonst recht nett aussah, nichts darauf außer ein wenig Blau auf den Lidern und die Stirn stramm hochgezogen durch glattes, blondes Haar, das zu einem Knoten gedreht worden war.

»Es ist schon ermüdend, nach einem Wohnsitz zu suchen.« (Naas kannte all die Worte eines Maklers in Englisch, es passierte ihm kaum, daß er »Haus« sagte, wenn ein professionelleres Synonym existierte.) »Macht durstig.«

Der junge Mann unterbrach den langen Schluck, den er aus seiner Tasse nahm. Er lächelte Mrs. Naas an. »Das tut gut. Vielen Dank.«

»Oh, nur eine kleine Aufmerksamkeit. Ich weiß, wenn ich in die Stadt zum Einkaufen gehe – ich kann Ihnen sagen, ich komme nach Hause und bin fertig! Deshalb haben wir hier draußen gebaut, wissen Sie; ich hab meinem Mann gesagt, es wird nur noch mehr Autos und noch mehr Motorräder geben ...«

»Und sie spricht von vor fünfzehn Jahren! Jetzt ist es ein Tollhaus. Freitag und Sonnabend, all die Bantubusse, die von der Siedlung in die Stadt kommen, überall sind Zeitungen und Bierdosen hingeworfen« (Naas bot wieder Sandgebäck und Kekse an), »deshalb sind Sie gut beraten, wenn Sie etwas ein wenig außerhalb suchen – nicht weit draußen natürlich – Ihre Gattin muß zum Einkaufen zum Supermarkt fahren können und all das, Sie sollen sich nicht *abgeschnitten* fühlen.«

»Ich muß sagen, ich fühle mich nie abgeschnitten!« Seine Frau genoß es, ihn zu unterstützen. »Ich habe meine Ruhe und es gibt immer etwas, was ich mit meinen Händen tun kann.«

Naas sagte, als ob er es ihr noch nicht mitgeteilt hätte:

»Wir wollen uns den Kleynhans-Hof ansehen.«

»Oh, ich dachte, ihr kommt von dort!«

»Wir fahren sofort. Ich dachte nur, warum am Haus vorbeifahren, laß uns wenigstens eine Tasse Tee trinken ...«

»Ist irgend jemand da?«

»Nur der Boy, der sich um den Garten und so kümmert.«

Wenn sie miteinander Englisch sprachen, schien es ihnen wie der Dialog einer Fernsehserie. Und das junge Paar saß stumm, so wie die Klopper-Enkel vor dem Fernseher, wenn sie für eine Nacht kamen.

»Darf ich nachschenken?« Mit seiner Tasse neben ihr stehend erinnerte der junge Mann sie nicht an Dawie, der Naas' braune Augen hatte, überhaupt keine Ähnlichkeit mit ihrer Familie, sondern an Herman, den Sohn ihrer Schwester Miemie. Der gleiche glänzende junge blonde Bart, so männlich, daß er wie eine Pflanze zu wachsen schien, während man hinsah. Die kurze rosafarbige Nase. Sogar die Lippen, rosa und spröde von der Sonne wie die eines Kindes.

»Aber bitte! Nehmen Sie noch ein paar Kekse – bitte bedienen Sie sich ... Und Mrs. Rosser? – *Bitte* – In der Küche ist noch eine Dose. Ich vergesse immer, daß keine Kinder mehr im Haus sind. Ich backe jedesmal zu viel.«

Sie war schüchtern; endlich doch ein Lächeln von ihr.

»Danke, ich nehme ein Plätzchen.«

»Ich bin froh, daß Sie meine Plätzchen mögen, ein altes, altes Familienrezept. – Oh, Ihnen wird der Kleynhans-Hof gefallen. Mir hat er immer gefallen, nicht wahr, Naas – ich sage oft zu meinem Mann, so ein Haus sollten wir haben. Ich habe ein schönes Heim hier; natürlich würde ich nicht wirklich wegziehen, aber es ist so groß, jetzt, zu groß für zwei Leute. Viel Arbeit; ich mach alles allein, ich mag niemanden in meinem Haus, ich möchte nicht all den Ärger haben, meinen Zucker und Tee wegzuschließen – nein – ich mach lieber alles selbst. Ich vertrage das Gefühl nicht, einen von ihnen immer im Rücken zu haben.«

»Aber es gibt nichts, weshalb Sie sich in dieser Gegend ängstigen müßten.« Naas sah sie nicht an, korrigierte aber ihr Abschweifen mit einer Andeutung der unsichtbaren Signale langer Vertrautheit.

»Oh, nein, es ist ein sicherer Ort zum Leben. Ich bin den ganzen Tag allein, nur die Hündin im Garten, und sie ist jetzt so alt – ist sie überhaupt aufgewacht und nach vorne gegangen, als Sie kamen? Ach, arme alte Ounooi! Hier ist es sicher, nicht wie die *andere* Seite der Stadt, nahe der Siedlung. Da kann man nicht einmal seinen Gartenschlauch draußen lassen, sogar den Zaun um das Haus – sie kommen und nehmen alles. Aber auf dieser Seite … keiner wird Sie belästigen.«

Vielleicht war der junge Mann nicht ganz überzeugt.

»Wie weit wäre der nächste Nachbar entfernt?«

»Nein, nicht weit. Da ist Reynecke, ungefähr drei, vier Kilometer auf der anderen Seite des Hügels – es gibt einen netten kleinen Hügel, richtiges Buschland an der Südgrenze des Besitzes.«

»Und die anderen Seiten? Dem Haus gegenüber? – Der junge Mann sah auf seine Frau, deren Füße unter dem Rock dicht nebeneinander standen, die Tasse ordentlich auf den Knien balanciert und die Augen auf die Tasse gerichtet, unaufmerksam, dann lächelte er Mr. und Mrs. Naas an.

»Wir möchten nicht auf dem Land leben und gleichzeitig vom Lärm der Nachbarn gestört werden.«

Naas lachte und legte eine Hand auf jedes Knie, seinen Kopf freundlich vorstreckend, über die Jahre hinweg hatte er Gesten entwickelt, die jedes Stadium bei einem Geschäftsabschluß markierten, wie jede Klausel Teil eines Vertrages ist.

»Sie werden nichts hören außer den Vögeln.«

An einem Donnerstagnachmittag hatten die Ärzte Milton Caro, Pathologe, Grahame Fraser-Smith, Kieferchirurg, Arthus Methus, Gynäkologe, und Dolf van Gelder, orthopädischer Chirurg, eine Begegnung auf dem Golfplatz Houghton. Die Ärzte Caro, Fraser-Smith, Methus und van Gelder sind alle anerkannte Spezialisten auf ihren Gebieten mit Titeln von ausländischen und einheimischen Universitäten, und sie sind für Kranke nicht zu jeder Tages- und Nachtzeit erreichbar wie irgendein praktischer Arzt. Da so viele der jüngeren Spezialisten emigriert waren, um Anstellungen in sicheren Ländern anzunehmen – Amerika, Kanada, Australien –, kommen sogar die Patienten manchmal in die Verlegenheit, plötzlich wieder gesund zu sein, bevor sie

Termine wahrnehmen, die mindestens drei Monate im voraus gemacht werden müssen. Andere sind vielleicht gestorben, in solchen Fällen wird die Bestimmung der Ärztevereinigung aufgehoben, nach der nichteingehaltene Termine in Rechnung gestellt werden.

Die Ärzte halten keine Sprechstunde an Donnerstagnachmittagen. Die vier, langjährige Mitglieder des Houghton-Klubs, haben eine fast ähnlich langjährige Verabredung, um zwei Uhr nachmittags Golf zu spielen. (Caro und van Gelder machen außerdem sonntagsmorgens lange, gemeinsame Spaziergänge, wobei sie dicke Stöcke tragen. Van Gelder würde Jogging gerne zu einem strafbaren Vergehen erklären, wie Alkohol am Steuer. Er behandelt zu viele Fälle von Achillessehnenentzündung und Knorpelerweichung, das durch wiederholtes Gleiten der Kniescheibe über den Oberschenkelknochen verursacht wird, und natürlich von chronischer Bänderdehnung, besonders bei plattfüßigen Patienten.)

An diesem besagten Nachmittag waren Fraser-Smith und van Gelder ein starkes Gespann und Methus ließ Caro ziemlich im Stich. Es ist dieses Phänomen unerwarteter Handicaps, das der Runde Vergnügen macht. Der Stil ihres Gesprächs ist Frotzelei; ohne Fehler gäbe es nichts zu frotzeln. An diesem Donnerstag ergab sich eine hervorragende Gelegenheit, da es nicht Methus war, der in seiner ungeschickten Art den Ball weit weg in eine Ansammlung von Bäumen schlug, sondern Fraser-Smith, der am vorherigen Loch einen *Eagle* erzielt hatte. Van Gelder stöhnte, Fraser-Smith verfluchte sich selbst, was Caros und Methus' Schadenfreude verstärkte. Und dann ging Caro, der sich gemerkt hatte, wo der Ball in den Schatten gefallen war, aus Freundlichkeit mit Fraser-Smith, der kurzsichtig war, hinüber zu den Bäumen. Fraser-Smith, immer noch liebenswürdig fluchend, bewegte sich Richtung Gehölz, wo Caro Anweisungen gab.

»Welche Seite des Busches? Hier? Ich werde das verdammte Ding nie finden.« – Am Guy-Krankenhaus hatte er vor dreißig Jahren die Großspurigkeit britischer Flüche aufgeschnappt, die zu vergessen er sich nie erlaubte.

Trotz der Mayoklinik und der verdienstvollen Teilnahme an internationalen gerichtsmedizinischen Kongressen antwortete Caro in der rauhen langsamen Schlichtheit des Sohnes eines jüdischen Ladenbesitzers auf dem Lande, dessen früheste Schulung in Afrikaans erfolgt war. »Ach Mann, wollen Sie, daß ich komme und ihn verflixt noch mal für Sie schlage? Er muß da gleich links sein, Mann!«

Genau da, wohin die zwei Männer blickten, erhob sich irgend jemand, irgend etwas, das sich vorher geduckt hatte, ein Schatten, der durch den Schatten der Bäume gebrochen wurde; es gab einen Moment, da bemerkten sie einander. Und dann war, wer auch immer, was auch immer es war, verschwunden mit einem sanften Rascheln in den Ästen und Büschen. Caro rief – es war albern, er gab es als erster zu: »He, he!«

»Ja« (sie waren dabei, ihre Geschichte im Klubhaus auszuschmücken), »ich dachte, er hätte Grahams Ball geklaut, und ich wollte mich bedanken, weil Methus und ich wie zwei Clowns spielten, wir brauchten irgendein Affentheater, das uns da raushalf ...«

Fraser-Smith war sicher, daß das Tier einen Baum hinaufgeklettert war, obwohl die vier nichts fanden, als sie an der Stelle suchten. Methus sagte, wenn sie nicht all die Zeitungsmärchen gelesen hätten, wäre niemand auf die verrückte Idee gekommen, daß es etwas anderes sein könnte als ein Mensch – einer der schwarzen Arbeitslosen, der *dronkies,* die da ihre Trinkgelage abhielten; es sei doch wahr, sie seien ein Problem für die Platzwarte, kein Zaun schien sie und ihren Unrat abzuhalten. Es gab die üblichen leeren Bierdosen unter dem Baum, wo Fraser-Smith sagte, er habe ... »Jedenfalls haben die Zeitungen von einem kleinen Affen gesprochen, und wir haben alle gesehen, daß es groß war ... ein Schwarzer, mehr nicht, und er hat sich erschrocken ... Sie wissen doch, man kann ein schwarzes Gesicht nicht im Schatten erkennen, zwischen Blättern.«

Caro sprach beiseite: »Ein Schwarzer, der dort geschissen hat, genau ...«

Aber van Gelder war sicher. Keiner hatte in dem Moment, in dem das Lebewesen die vier angesehen hatte und die vier es angesehen hatten, ein Gesicht gesehen, erkennbare Kleidung, Gliedmaßen. Van Gelder hatte den Gang beobachtet und im Gang erkannte van Gelder Knochen. »Es war kein kleiner Affe. Es war kein Mensch. Das war ein Pavian.«

Das Paar selbst redete nicht viel an dem Tag, als Naas Klopper es über den Kleynhans-Hof führte. Seiner Erfahrung nach war das ein schlechtes Zeichen. Klienten, denen ein Objekt sofort gefiel, dachten immer, sie seien schlau, wenn sie Kauflust hinter redegewandter Krittelei verbargen, die den Preis senken sollte. Sie stürzten sich immer auf die Nachteile in Aussehen und Bauweise. Das

bedeutete, daß der Kaufvertrag so gut wie unterschrieben war. Denjenigen, die nichts sagten, hatte ein Objekt sofort mißfallen oder – als könnten sie seine Gedanken lesen, denn, zum Teufel, er war ein alter Fuchs in diesem Geschäft, ihm war nie ein falsches Wort entschlüpft – sie hatten sofort ganz deutlich erkannt, daß es ein schlechter Kauf war. Wenn Leute schweigend hinter ihm hertrotteten, füllte er dieses Schweigen ganz alleine, jeden Schritt, jede Sekunde davon, indem er mit der Handfläche auf die Pumpe schlug, von deren technischen Angaben, Wasservolumen pro Sekunde und dergleichen er kein Detail ausließ, klemmende Schranktüren öffnete, mit weißzerfurchtem Daumennagel an gestrichenen Wänden kratzte und damit das Geschwätz über Stauraum und makellosen Zustand begleitete; und die ganze Zeit wollte er sich nur umdrehen und Leute aus der Eingangstür treiben, die seine Zeit verschwendeten.
Aber diese junge Frau hatte nicht das abweisende Gesicht von Ehefrauen, die entschlossen waren, ihre Männer nicht kaufen zu lassen. Naas weiß, was die Damen interessiert. Sie erkennen nicht, ob der Abfluß verrottet ist oder die elektrischen Leitungen alt und unsicher sind. Woran ihnen gelegen ist, sind Einbauküchen und ob die neue Garnitur sich in dem zukünftigen Wohnzimmer gut macht. Als er auf die verglaste Veranda hinwies, die einen guten Platz zum Nähen und so was abgeben würde, oder ein Spielzimmer für Kinder (aber ich nehme nicht an, daß Sie Nachwuchs haben? – Noch nicht, richtig?), stand sie da und betrachtete sie gehorsam durch ihre große Brille, als ob sie Befehle entgegennähme. Und das Wohnzimmer, ein wenig originell (zwei kleine Zimmer des alten Bauernhauses aus den zwanzi-

ger Jahren, zwischen denen die Wand herausgeschlagen worden war), die Hälfte der Decke mit gemusterten bleiernen Platten und die anderen ›modernisiert‹ mit einer Fichtentäfelung – und dem Rad eines Ochsenkarren als Kronleuchter – sie lächelte, wobei sie schöne Zähne zeigte, und sah sich langsam nickend im Zimmer um, während sie sich auf ihren Absätzen drehte.

Genau das gleiche draußen mit ihrem Ehemann. Er war natürlich an den Schuppen draußen interessiert. Schöner Doppelschuppen, könnten zwei Autos hinein – voller Gerümpel, natürlich, wenn ein Besitz so lange leersteht, nur ein Boy da, Kleynhans alter Boy und sein unzähliger Anhang, Frau, Kinder, was nicht alles ... »Aber wir werden das alles für Sie aufräumen, kein Problem.« Naas rief nach dem Boy, aber der Schuppen, in dem er wohnen durfte, war verriegelt, ein altes Vorhängeschloß an der Tür. »Er ist irgendwohin gegangen. Nie da, wann immer ich komme, so paßt er auf den Besitz auf. Na ja, ich wollte Ihnen das Zimmer zeigen, aber ich glaube, es ist unwichtig, das übliche Zimmer für Boys ... vielleicht wollen Sie keinen haben, wie Mrs. Klopper, Sie machen lieber alles selbst? Besonders, weil Sie aus dem Ausland sind ...«

Der junge Mann fragte, wie groß das Zimmer sei, und weil der Unterstand offen war, ob es keinen anderen geschlossenen Stauraum gab.

»Oh, wie gesagt, nur das übliche Zimmer für Boys, nicht *besonders* klein, nein. Aber Sie können einfach den Unterstand zumauern, wenn Sie wollen, ich kann gute Leute zum Bauen schicken, es wird nicht viel kosten. Und dann gibt es die Schweineställe, Kleynhans hat irgendwann einmal Schweine gehalten. Kein Problem, die aufzuräumen. Aber Mann, ich bin sicher, wenn Sie selbst einmal ein bißchen Farmer waren in England, können Sie so was, nicht? Sie können reparieren und so? Natürlich. Und hier kostet es nicht viel, jemanden als Hilfe einzustellen ... Wissen Sie«, (er reckte ein wenig kokett den Kopf) »Sie und Ihre Frau, Sie klingen nicht wie Engländer aus England sonst sprechen ...? Sie klingen eher wie die Engländer hier.«

Die Frau sah ihren Mann an, und diesmal war sie es, die sofort antwortete, für ihn. »Nein, weil, wissen Sie, eigentlich sind wir Australier. Australier sprechen Englisch ganz ähnlich wie Südafrikaner.«

Der Ehemann fügte hinzu: »Wir haben in England *gelebt*, mehr nicht.«

»Ja, das hab ich vermutet. Ich dachte, ja, wenn die aus England sind, ist es aus einem Teil, aus dem ich nie Leute hab reden hören!« Naas meinte in einem Anflug von Zutrauen, daß er gut mit diesem Paar zurechtkam. »Aus Australien. Das ist gut. Ein gutes Land. Ähnlich wie unseres. Nur ohne unsere Probleme, nicht?« (Naas gestattet sich eine Unterbrechung, den Kopf zu schütteln, es auszusprechen, obwohl es eine Regel war, nie mit Kunden über Politik zu reden.) »Es gibt regen Austausch zwischen Schaffarmern in Australien und hier in Südafrika. Letztes Jahr, glaub ich, war's, da hatte mein Schwager einige australische Farmer zu Besuch auf seiner Farm in der Karoo – das ist unser bestes Schafland. Er hat sogar einen Schafbock bei ihnen bestellt. Sechstausend australische Dollar! Viel Geld, nicht? Ah, aber ein tolles Tier. Sie müßten es sehen. Wun-der-bar.«

Im Haus erwähnten weder der Mann noch die Frau, daß der Porzellandeckel der Toilette kaputt war, und Naas machte sie selbst großzügig darauf aufmerksam. »Ich besorge Ihnen billig einen neuen. Jüdische Leute, die ich kenne, haben einen Klempnerladen. Die tun mir immer einen Gefallen. Was immer sie in der Richtung brauchen, sagen Sie mir einfach Bescheid.«

Im Garten schließlich (Naas ließ Kunden nie lange in einem Garten herumwandern, bevor sie ein Haus auf einem Grundstück betraten, das lange Zeit leergestanden hatte – ein verwildeter Garten stößt Kunden ab) spürte er, wie gesteigertes Interesse das junge Paar aufmerksam machte. Sie gingen um die Mauern des Hauses, schützten ihre Augen vor der Sonne, um die Aussicht von allen Seiten zu betrachten, während Naas versuchte, einen heruntergefallenen Bogen der Pergola aus Draht, die übriggeblieben war aus der Zeit, als Mrs. Kleynhans noch lebte, wieder aufzurichten. Um ehrlich zu sein, der Blick war nicht besonders. Außer den Hügeln hinter dem Haus nur kahles Buschland mit schwarzen, verbrannten Flecken, jetzt, vor dem Regen. Der alte Kleynhans hatte gern abgeschieden auf seinem trostlosen Stückchen Land gelebt, in den letzten Jahren hatte er nicht einmal mehr die hundert Morgen seines Landes an die portugiesischen Gemüsefarmer verpachtet, wie er es sonst getan hatte. Vom Garten war nichts übrig, die Schwarzen hatten die Obstbäume zu Feuerholz zerhackt. Weißer Mörtel war in den ausgetrockneten Fischteich gefallen. Es war schwierig, etwas Interessantes oder Schönes zu finden, auf das er hinweisen konnte, als er über das Buschland blickend neben dem Paar stand. Er zeigte mit dem Finger: »Die Dinger da drüben, ganz da drüben. Das sind die Kühltürme des Kraftwerkes.« Sie folgten höflich seinem Arm.

Natürlich hätte er etwas ahnen sollen. Unwahrscheinlich, daß man den Kleynhans-Hof so einfach loswurde. Als sie wieder in der Stadt waren, in *Kloppers Eiendoms Beperk*, und Juffrou Jansen die nötigen Dokumente gebracht hatte, stellte es sich heraus, daß sie das Haus für sechs Monate mit einer Kaufoption mieten wollten. Sie wollten nicht sofort kaufen. Er wußte, das mußte damit zusammenhängen, daß sie das Geld nicht hatten, aber das wollten sie nicht zugeben. Der Ehemann hatte den Vorschlag abgelehnt, daß auch mit wenig Geld über eine Hypothek der Kauf zu arrangieren sei. Naas Klopper war Experte in solchen Angelegenheiten.

»Wissen Sie, meine Frau erwartet ein Kind, wir möchten eine Zeitlang auf dem Land leben. Aber wir sind noch nicht sicher, ob wir uns niederlassen ...«

Naas wurde herzlich, väterlich. »Aber wenn Sie eine Familie gründen, ist das die Gelegenheit, sich niederzulassen. Sie können hier Hühner halten oder wieder Schweine züchten, Mann. Oder das Land an jemanden zum Farmen verpachten. Wer weiß, was in sechs Monaten mit den Grundstückspreisen passiert? Jetzt sind sie ganz unten, Mann. Ich besorg Ihnen eine Hypothek über neunzig Prozent des Preises.«

Die junge Frau sah ungeduldig aus, es mußte ihr peinlich sein.

»Sie – meine Frau – sie hatte mehrere Fehlgeburten. Viel hängt davon ab ... wenn sie jetzt ein Kind bekommt, können wir uns entscheiden, ob wir hier Land bebauen wollen oder nicht. Wenn wieder etwas schiefgeht ... Vielleicht möchte sie dann zurück.«

»Nach Australien.« Die junge Frau sprach, ohne die Männer anzusehen.

Der Kleynhans-Hof hatte seit fast drei Jahren in den Büchern von *Kloppers Eiendoms Beperk* gestanden. Und es schien zu stimmen, was der Ehemann sagte; sie hatten Geld. Sie zahlten sechs Monatsmieten im voraus. Es gab also nichts zu verlieren, soweit es Mathilda Beukes, geborene Kleynhans, betraf, die den Besitz geerbt hatte. Naas nahm ihren Scheck. Sie wollten noch nicht einmal, daß das Haus saubergemacht wurde, bevor sie einzogen, tatkräftige junge Leute, sie würden es selbst machen. Er gab ihnen einen letzten Rat, zusammen mit den Schlüsseln. »Behalten Sie nicht Kleynhans' alten Boy, er wird Ihnen eine lange Geschichte erzählen, aber ich hab ihm schon gesagt, daß er gehen muß, wenn irgend jemand einzieht. Er taugt nichts.«

Das junge Paar stimmte sofort zu. Der Ehemann äußerte sogar ihre erste und einzige Bitte. »Würden Sie dann dafür sorgen, daß er Ende der Woche fort ist? Wir möchten, daß er weg ist, wenn wir ankommen.«

»Überhaupt kein Problem. Und, hören Sie, wenn Sie einen Boy wollen, ich kann Ihnen einen besorgen. Mein Gartenboy weiß, daß er mir da keine *skelms* schicken kann.« Die junge Frau hatte immer wieder mit einem Finger das silbrig-weiche Blatt einer Protea in einem Arrangement getrockneter Kap-Blumen gestreichelt, das schon fast so lange auf Naas' Schreibtisch stand wie der Kleynhans-Hof in seinen Büchern. »Sie mögen Blumen, nicht? Ich seh es! Nehmen Sie die mit! Bitte behalten Sie sie. Mrs. Klopper machte diese Arrangements selbst.«

Ein Pavian; unwahrscheinlich.

Obwohl der Ärztestand unentgeltliche Werbung seiner Mitglieder schweigend mißbilligt (als ob ein Orthopäde mit dem Ruf eines Dolf van Gelder Patienten werben mußte) und Dr. van Gelder ein Interview mit einer dikken Sonntagszeitung ablehnte, schrieb die Zeitung ihre Geschichte trotzdem zusammen. Der Journalist ging zum Direktor des Anthropologischen Instituts der Medizinischen Fakultät und schnitt aus einer längeren Abhandlung, die auf Band festgehalten war, eine leichtverständliche Darstellung über die Unterschiede des Skelettbaues und der Gelenkverbindungen im Menschen, bei kleineren Affen und beim Pavian. Die alten Mädchen, die zusammen mit den Ausschnitten in der Forschungsbibliothek des Zeitungskonzerns vergilbten, gruben eine dieser Karten aus, die die Entwicklungsphasen vom Menschenaffen zum Hominiden zeigte, der Mensch als Phantombild aus seiner Vergangenheit und Gegenwart zusammengesetzt. Da kein Photo von dem existierte, was immer die Ärzte auch gesehen hatten, begnügte sich die Zeitung mit der Karte, wobei sie die menschlichen Genitalien unkenntlich machte, die des Menschenaffen jedoch beließ. Es war ja schließlich ein Familienblatt. ERKENNEN SIE IHN, WENN SIE IHM BEGEGNEN? Die Familien lasen, daß die menschenaffenähnliche Kreatur, die die Vororte im Norden »terrorisierte«, nach Meinung des Experten, des Professors der Anthropologie, wahrscheinlich kein Pavian sei, gleichgültig, welche Schlußfolgerungen sein geschätzter Kollege, der Orthopäde und Osteologe Dr. Dolf van Gelder, aus dem Knochenbau gezogen hatte, der sich in Haltung oder Gang andeutete.

Der Johannesburger Zoo betonte noch einmal, daß kein Mitglied seiner Affenfamilie fehlte, auch kein Exemplar der Gattung *Anthropopopithecus,* die am ehesten mit dem Menschen verwechselt werden könnte. Es gebe Routineprüfungen aller Tiere und Sicherheitsvorkehrungen. Der Tierschutzverein warnte die Öffentlichkeit davor, daß, ob Pavian oder nicht, ein Mitglied der Affenfamilie eine Gefahr für Katzen und Hunde sei, und daß man seine Haustiere nachts im Haus halten sollte.

Da es keine Tageszeitung war, mußte eine ganze Woche verstreichen, bevor das Ergebnis dieser merkwürdigen Bewegungen im fruchtbaren Schlamm von Assoziationen von jenen Menschen im Druck gelesen werden konnte, die durch eben diese Assoziationen veranlaßt, Zeitungen ihre geheimen Sorgen in Leserbriefen schrieben, die zwar von dem Thema des Artikels angeregt waren, jedoch in keinerlei Zusammenhang mit ihm standen. »Nur der Mensch ist böse« (Rondebosch) schrieb, daß er nach einem Herzanfall vor ein paar Jahren den Rat bekommen hatte, ein Haustier zu halten, um die Angst vor einem neuen Anfall zu verringern. Sein Krallenaffe, ein Goldlöwentamarin aus Südamerika, herrschte über das Haus, »was zwei Katzen und ein Schipperke einschloß« und war wie eine Mutter zu ihnen. Er konnte anderen Herzkranken nur empfehlen, die Warnungen über die Gefahren von Haustieren zu ignorieren. »Nase voll« (Roosevelt Park) forderte den Menschenaffen, Pavian, Gibbon etc. auf, den Hund des Nachbarn zu töten, der die ganze Nacht bellte und für die *Anorexia nervosa* seiner Tochter verantwortlich war. Howard C. Butterfield III hatte »Ihr wunderschönes Land sehr genossen«, bis er und seine Frau nur zehn Schritte vor dem Moulin Rouge Hotel in Hillbrow, Johannesburg, überfallen worden waren. Er wollte die Gastlichkeit »Ihrer hervorragenden Zeitung« nutzen und dem Schwarzen, der seine Frau geschlagen hatte, bevor er ihre Handtasche stahl, sagen, daß er ihre Zahnbrücke zerschlagen hatte, was ihr in den langersehnten Ferien Schmerzen und Unannehmlichkeiten verursacht habe, und daß er keinen Deut besser sei als ein unzivilisierter, ausgerissener Affe.

Mrs. Naas Klopper machte einen Umweg auf dem Weg zu ihrer Schwester Miemie in Pretoria. Sie hatte selbstverständlich ihr eigenes Auto, einen Wagen für Frauen, den Naas für sie unterhielt, kleiner als sein Mercedes, einen schönen grünen Toyota. Sie hatte den Kleynhans-Hof seit, na, vier, fünf Jahren nicht mehr gesehen – ehe der alte Mann gestorben war – ein Schock. Er *war* schmutzig – das junge Paar tat ihr leid ... wirklich.
Sie und ihre Schwester zogen sich für einander besonders an, gaben mit neuen Sachen an, wie sie es getan hatten, als sie klein waren; die sauberen Sohlen ihrer neuen Sandalen knirschten auf der Kiesauffahrt, als sie ihre hohen Hacken, um Balance zu halten, weit auseinander aufsetzte und sich in den Fond ihres Wagens beugte, um ihr Einzugsgeschenk herauszuholen.
Die junge Frau kam vom Hinterhof in den Garten. Sie mußte gehört haben, daß sich ein Wagen näherte.
Mrs. Naas Klopper ging durch das Unkraut auf sie zu, den Spann erhoben wie eine Faust unter dem feinen Netzwerk aus schmalen gelben Riemen, Goldketten funkelten auf dem starren Vorbau des Busens zwischen

blauen Punkten, die zusammengedrängt eine Grenze am Saum des Kleides bildeten. Das Erkennen des Gesichtes, das die junge Frau nur einmal vorher gesehen hatte, wurde seltsam verstärkt – wie bei einem retuschierten Photo – durch das Make-Up, das das Original nicht getragen hatte; die Zähne grell umrundet von roten Lippen, blinzelnde blaue Augen, von farblich passenden Lidern umschlossen. Vor dem Busen wurde eine runde Keksdose getragen, deren Blechfarben glänzten.
Mrs. Naas sah, daß sie die junge Frau in irgendeiner dreckigen Arbeit unterbrochen hatte – nur natürlich bei so einem Einzug. Das stumpfe Haar hatte sich auf einer Seite vom Knoten gelöst. Hinter ein Ohr geklemmt klebte es am schweißnassen Nacken. Die Brüste (Mrs. Naas konnte es nicht übersehen; warum tragen diese jungen Mädchen heutzutage keine BHs) waren in ein eingelaufenes T-shirt gequetscht, die Füße steckten in kaputten Latschen. Das einzige Anzeichen von Weiblichkeit, dem Mrs. Naas Aufzug entsprach (so wie Besitzer der gleichen Automarke, eines bescheiden, das andere ein Luxusmodell, einander schweigend grüßen, indem sie mit den Scheinwerfern blinken), waren die indischen Ohrringe, die die junge Frau trug, wie eine Antwort auf die großen falschen Perlen, die auf Mrs. Naas' unförmigen Ohrläppchen saßen.
»Ich komm nicht rein. Ich weiß wie das ist ... Dies sind nur ein paar von meinen Plätzchen, die Sie mochten.«
Die junge Frau sah auf die Dose, jetzt in ihren Händen, auf das gemalte Gesicht eines blonden lächelnden Kindes, mit einem Hündchen und einem Rosenstrauch, das sie wiederum ansah. In ihrer schüchternen Art sagte sie so etwas wie, daß Mrs. Naas sehr freundlich sei.

»Ach, das ist nichts. Ich hab für mich gebacken und ich nehme immer etwas für meine Schwester in Pretoria mit. In unserer Familie, müssen Sie wissen, sagen wir immer, nicht die Dinge, die man mit Geld kauft, zählen, sondern das, was mit Liebe gemacht wird. Selbst, wenn es nur ein Plätzchen ist, nicht? Läuft alles so, wie es soll?«

»Oh, ja, uns geht es gut, danke.«

Mrs. Naas versuchte, das Gewicht auf den Fußballen zu halten; sie spürte, wie die dünnen Absätze ihrer neuen Schuhe in das Unkraut sanken, diese grünen Flecken würden nie wieder rausgehen. »Einziehen! Mir brauchen Sie nichts zu erzählen! Ich sage Naas, was auch immer passiert, wir müssen in diesem Haus bleiben. Ein Mensch kann niemals all das Zeug wieder wegschaffen, das wir angesammelt haben.«

Was für eine schüchterne junge Frau sie doch war. Mrs. Naas hatte immer gehört, daß Australier freundlich waren, wie Buren. Die junge Frau lächelte kaum, ihre dicken Augenbrauen bewegten sich in einer Art von Gehemmtheit oder Unruhe.

»Wir haben glücklicherweise nicht so viel.«

»Ist jetzt alles angekommen?«

»Oh … ich glaub schon. Ein paar Kisten müssen noch ausgepackt werden.«

Mrs. Naas stimmte zu, wobei sie ihre Absätze unauffällig bewegte.

»Auspacken ist nicht so schlimm, aber einen Platz für die Sachen finden, nicht? … Ach, aber es ist ein schönes, geräumiges altes Haus.«

Ein schwarzer Mann kam um die Ecke vom Hof, wie vorher die Hausbesitzerin, aber er kam nicht näher, stand nur einen Moment, Hammer in der Hand; wartete wahrscheinlich auf Instruktionen der Hausherren, und wußte, als er sah, daß sie mit einer anderen Weißen sprach, daß er nicht stören durfte.

»Also, zumindest haben Sie eine Hilfe. Das ist gut. Ich hoffe, Sie haben keinen Boy von der Straße aufgelesen, meine Liebe? Es gibt ein paar schreckliche Nichtsnutze, die um Arbeit betteln, Kriminelle – meine Güte! – Sie müssen vorsichtig sein, wissen Sie.«

Die junge Frau sah ernst und beeindruckt aus. »Nein, das würden wir nicht machen.«

»Hat den jemand für Sie gefunden?«

»Nein, äh, keiner von hier. Freunde in der Stadt. Er hatte Zeugnisse.« Sie machte eine Pause und sah Mrs. Naas an. »Ich glaub schon, daß es in Ordnung ist. Ich bin sicher. Vielen Dank.«

Sie ging mit Mrs. Naas zurück zum Auto, hielt die Keksdose fest in den Armen.

»Ja, es gibt viel Arbeit für ihn in diesem Garten. Schade ... die Pergola war so schön. Aber der Wein wird wieder klettern, Sie werden sehen, wenn Sie den ganzen Unrat weggeräumt haben. Aber fangen *Sie* nicht an umzugraben und so ... achten Sie auf sich. Geht's Ihnen gut?« Und Mrs. Naas legte die linke Hand mit dem Diamanten, der aus einem Stalagmiten aus Gold hervorragte (ihr alter Verlobungsring, der, nachdem Naas zu Wohlstand gekommen war, von einem jüdischen Juwelier, der ihm einen guten Preis gemacht hatte, umgearbeitet worden war) auf ihren eigenen Bauch, der nur durch gutes Essen gewölbt war.

Die junge Frau sah verdutzt aus. Dann vergaß sie doch ihre Scheu und lachte, lachte und schüttelte den Kopf.

»Keine Übelkeit am Morgen?«

»Nein, mir geht's gut. Ich fühl mich kerngesund.«

Mrs. Naas wußte, daß die junge Frau, die in einem fremden Land ein Kind erwartete, beruhigt sein mußte durch das Gespräch mit einer mütterlichen Frau. Mrs. Naas' Körper, der Dawie, Andres, Letta und Klein-Dolfie beherbergt hatte, weitete sich in der engen Kleidung, aus der er sich nicht noch einmal unweigerlich herausblähen würde wie bald der Körper der jungen Frau.

»Ich sag Ihnen etwas. Das ist die schönste Zeit in Ihrem Leben. Das erste Kind. Das ist etwas, was nie wiederkommt, nie wieder.« Sie fuhr ab, bevor das Mädchen die Tränen sehen konnte, die ihr in die Augen stiegen.

Die junge Frau ging mit ihrem schnellen Schritt plattfüßig in den alten Latschen nach hinten in den Hof.

Der Blick des Schwarzen war starr auf die Stelle gerichtet, wo sie erscheinen mußte. Er hielt noch immer den Hammer; nutzlos. »Alles in Ordnung?«

»Natürlich ist alles in Ordnung.«

»Was wollte sie?«

»Sie wollte nichts. Sie hat uns ein Geschenk gebracht – hier.« Ihre Handfläche berührte das Grinsen des Kindes auf der Blechdose.

Er blickte auf die Dose, versuchte vorsichtig zu erkennen, was es war.

»Kekse, *Plätzchen.* Die Frau des Maklers, der uns dieses Haus vermietet hat. Charles und ich mußten am ersten Tag, als wir hier waren, Tee mit ihr trinken.«

»Ist sie deshalb gekommen?«

»*Ja.* Das war alles. Schenkt ihr nichts – bringt etwas zu essen, wenn neue Nachbarn einziehen?« Als sie sich selbst reden hörte, erinnerte sie sich daran, daß, was auch immer es für Sitten unter Schwarzen gab – und weiß Gott waren sie die gastfreundlichsten, wenn auch die ärmsten aller Menschen –, er seit Jahren nirgendwo gelebt hatte, was man ›zu Hause‹ hätte nennen können, und seine ›Nachbarn‹ waren Flüchtlinge wie er in Lagern und militärischen Trainingscamps. Sie sah ihn mit ihrem großen schuldbewußten Lächeln an, um sich für ihre kleinbürgerliche Naivität zu entschuldigen; sie kam immer noch von Zeit zu Zeit ans Tageslicht, und es war das Beste, dies offen zuzugeben. »Nichts, worüber du dir Sorgen machen solltest. Ich wollte damit nicht sagen, daß sie wirklich Nachbarn sind.« Sie zeichnete einen Bogen mit ihrem Kinn und dem langen Hals, der die Einsamkeit des Hauses und des Gartens in der offenen Landschaft umfaßte.

Der Schwarze machte keine Andeutung, daß das weiße Paar seine Arbeit nicht verstand, keine Kritik an der Wahl des Hauses. Warum auch! Es hätte nicht besser liegen können.

»Wird sie wieder auftauchen, hey? ... Was wird sie denken? Ich hätte nicht in den Garten kommen sollen.«

»Nein, nein, Vusi. Es war gut, daß sie dich gesehen hat. Sie nimmt ganz selbstverständlich an, daß ein Schwarzer irgendwo auf dem Hof arbeitet.«

»Und Eddie?«

Sie stellte die Keksdose auf die Hundehütte mit der rostigen Kette, an der kein Hund lag.

»Okay, zwei Schwarze. Schließlich ist dies Farmland, oder? Wir bauen um, und so. Wo ist er?«

»Er ist ins Haus gegangen, sobald ich zurückkam und ihm Bescheid sagte ...«

Sie hebelte mit ihren Fingernägeln am Deckel der Dose herum. »Kannst du sie aufmachen? Meine Finger sind nicht kräftig genug.«

Der Schwarze fand den Hammer in seiner Hand, legte ihn hin, nahm die Dose, seine kleine schwarze Nase lag vor Anstrengung in Falten. Der Deckel fiel klimpernd zu Boden und rollte in den Hof, das Mädchen lachte ihm nach. Er eierte zurück zu dem Mann, er beugte sich graziös und fing ihn lachend auf.

»Was für ein Burenfraß ist das überhaupt?«

»Probier mal. Sie schmecken gut.«

Sie mampften Plätzchen zusammen in der Sonne, und die Aufmerksamkeit des Mannes wandte sich nachdenklich dem zu, was vor ihnen lag, was noch nicht da war, dem Schuppen (groß genug für zwei Wagen), vor dem die rohe Kraft von neuen Ziegeln, Zement und Werkzeugen abgeladen war, ein Kontrast zur Stagnation und dem Zerfall des Hofes.

Die junge Frau kaute energisch, sie wollte ihren Mund leeren, um zu sprechen. »Wir werden uns daran gewöhnen müssen, daß Leute, egal warum, auftauchen können. Wir müssen nur vorbereitet sein. Solange sie uns nicht im Haus erwischen … ist es kein Problem.«

Der Schwarze sah nicht mehr, was in seinen Gedanken gebaut wurde, er sah die rostige Kette, er beugte sich mit der gleichen geraden, seitlichen Bewegung, mit der er den Deckel aufgehoben hatte, hinunter und spielte mit den Gliedern. »Vielleicht sollten wir uns 'nen Hund besorgen, Mann. Als Warnung.«

»Das ist eine Idee.« Dann schloß sich ihr Gesicht, wurde unattraktiv, ein Ja-Aber. »Was machen wir danach mit ihm?«

Er lächelte sie nachsichtig an; lächelte über Dinge, die sie immer noch nicht verstand, obwohl sie freiwillig hier war, an diesem Ort, mit Eddi und mit ihm.

Das weiße Paar hatte gewußt, daß zwei Schwarze kommen würden, aber nicht wann und wie. Charles mußte gedacht haben, daß sie nachts kommen würden, das wäre das Wahrscheinlichste, weil Sicherste; während der ersten drei Nächte schleppte er die Matratze von ihrem Bett in die Küche und seine in das »Wohnzimmer«, gleich hinter der Haustür, so daß er sie, die Männer, hören würde, wann immer sie kämen. Charles hatte große Schwierigkeiten, mit einem offenen Auge zu schlafen; er konnte sehr lange wach bleiben, aber wenn sein Kopf erst einmal auf einem Kissen lag, begrub ihn der Schlaf tief in den heißen, lockigen Bart. Sie schlief nach halb elf ein, wo immer sie war – Versammlungen, Kinos, Partys, selbst beim Autofahren –, aber sie konnte ihrem Unterbewußtsein befehlen, bevor sie ins Bett ging, sie bei einem erwarteten Signal, Geräusch oder einer Bewegung, aufzuwecken. Während dieser drei Nächte stellte sie ihren inneren Wecker auf höchste Alarmstufe. Eine Eule ließ sie sofort zu Charles laufen; es hätte ein Mann sein können, der ihren Schrei imitierte. Sie reagierte auf ein Rülpsen aus dem Abfluß, Rascheln auf dem Dach (Mäuse?), sogar die entfernte Andeutung des Miaus einer Katze, das auch aus einem Traum hätte kommen können, weil sie es nicht noch einmal hörte, nachdem es sie geweckt hatte.
Aber sie kamen um zwei Uhr am vierten Nachmittag. Ein kleiner schiefhängender Lieferwagen, wie er von Kleinunternehmern benutzt wurde, die Brennholz und

Trödel transportierten, mit Marihuana handelten, Vieh und Menschen zwischen schwarzen Dörfern beiderseits der Grenzen mit Swaziland, Lesotho oder Botswana hin- und herfuhren, setzte zum Tor zurück, an dem er zunächst vorbeigeschossen war. Auf der offenen Ladefläche saßen Frauen und Kinder mit Decken, die sie gegen den Staub über die Münder gezogen hatten. Ein junger Mann sprang aus dem Führerhaus und zog das verbeulte, mit silbernen Korkenziehern und Schnörkeln verzierte Tor mit dem Schild »Grundstück 185 Koppiesdrif« auf. Charles ergriff sofort die Initiative; er war es, der zu dem Mann ging. Mit achtundzwanzig waren seine grünen Augen schon verengt durch dicke Falten des unteren Lides, die in mittleren Jahren Jovialität kennzeichnen – ob nun grausam gerissen oder gutmütig. Der junge Schwarze kaute Kaugummi. Er unterbrach den Rhythmus seines Kiefers nicht: »Charles.«

Dem Paar war nicht gesagt worden, wie die Männer aussahen. Der Mann gab sich durch sein Verhalten zu erkennen (Fragen und bestimmte Antworten), das Charles zu erwarten instruiert worden war. Charles fragte, ob sie nicht hinten zum Hof fahren könnten. Der andere verstand sofort; es war für Schwarze natürlicher, Geschäfte mit Weißen an der Hintertür abzuwickeln. Charles selbst inszenierte die Ankunft so, daß sie den unauffälligen Lieferungen von Baumaterialien ähnelte, die die neuen Besitzer des Grundstücks schon öfter erreicht hatten. Ganz geschäftsmäßig ging er vor dem Lieferwagen her. Im Hof stieg noch ein Mann aus dem Führerhaus und hievte zusammen mit dem ersten zwischen den Frauen zwei Reisetaschen mit Reißverschluß und eine vollgestopfte Papiertüte hervor. Das war alles.

Die Frauen und Kinder – wie Schafe auf der benommenen letzten Reise zum Schlachthaus – bewegten sich erst, als der Lieferwagen wieder abfuhr und sie durchschüttelte.
Man hatte Charles und der jungen Frau nicht den Namen oder die Identität der beiden genannt, die sie erwarteten. Sie tauschten nur ihre Vornamen aus – Eddie war derjenige, der das Tor geöffnet hatte, Vusi der, der neben dem unbekannten Fahrer gesessen hatte und im Hof ausgestiegen war. Die junge Frau stellte sich als »Joy« vor. Einer der Männer fragte, ob es etwas zu essen gebe. Das weiße Paar war sich sofort im Weg, plötzlich unvorbereitet, da die Wirklichkeit begann, sie tauschten knappe Instruktionen in der Küche aus, stießen zusammen, als sie Zucker suchten, ein Messer, um Tomaten zu schneiden, eine Bratpfanne für die Würste, in die hineinzustechen sie vergaß. Anscheinend gab es kein besonderes Verhalten, keine Formel sozialer Ungezwungenheit, die von einer Situation geschaffen wurde, die so weit entfernt war von den normalen Mustern menschlichen Umgangs; also mußte die alte unangemessene Form gespreizter Gastlichkeit gegenüber unerwarteten Gästen herhalten, obwohl sie nicht Gäste waren, die beiden Weißen nicht die Gastgeber und die Ankunft einem Plan entsprach. Als die Betten verteilt wurden, nahmen die Männer an, daß das weiße Paar zusammenschlief, und sie trugen ihre Sachen in das zweite Schlafzimmer. Es war klein und dunkel, unmöbliert bis auf zwei Matratzen auf dem Fußboden, die durch einen alten Schrankkoffer mit einer Leselampe darauf getrennt waren, aber es ging überhaupt nicht darum, ob die anderen beiden sich das bessere Zimmer zugeteilt hatten; dieses führte

zum Hof, keiner würde sehen, wie Schwarze sich nachts im Schlafzimmer im Haus eines Weißen bewegten.

In den zwei Reisetaschen mit Reißverschluß, billigen Nachahmungen des Handgepäcks von Urlaubern auf Ferienflügen, befanden sich ein Paar Jeans zum Wechseln, ein paar Hemden, die mit grellen Feriensymbolen der Karibik bedruckt waren, ein paar Bücher und – in Eddies – eine Jacke aus imitiertem Leder mit Indianerfransen im Wildweststil. Sobald sie einander gut genug kannten, wurde er damit aufgezogen, hatte aber die schlagfertige Antwort: »Aber mich wird man nicht ausrotten.« Die Tragetasche aus festem Papier war eine von denen, auf die das Gesicht eines Popstars gedruckt war und die schwarze Jugendliche zum Verkauf an den Straßenecken von Johannesburg schwenkten. Was herauskam, war, wie das weiße Paar sah, so alltäglich wie die Brotlaibe und *Mageu* in Literbehältern aus Pappe, die solche Tragetaschen gewöhnlich enthielten: ein Radiorecorder, Vusis zweites Paar Turnschuhe, ein rosafarbenes Handtuch und eine Aktentasche aus Plastik, die keine Papiere enthielt. Charles sollte alles, was sie brauchten, zur Verfügung stellen. Ihm selbst stand ein Kombi zur Verfügung. Er fuhr zu den verabredeten Plätzen, zu den verabredeten Zeiten, um das Nötige zu holen.

Der Kombi hatte biedere Gardinen vor den Fenstern – ein praktischer Schmuck, der bei Farmerfamilien, deren Kinder während der Fahrt schliefen, beliebt war. Es war unmöglich zu sagen, ob sich in dem Wagen etwas befand, wenn Charles abfuhr oder zurückkam. Auf einer Fahrt zurück hielt er an einer Eisenbahnschranke und stand neben Naas Klopper und Mrs. Naas in dem Mercedes. Ein Zug schoß vorbei wie eine wildgewordene

Kamera, deren Verschluß sich mit jedem fliegenden Segment rollenden Viehs auf blitzartige Ausblicke auf das dahinterliegende Buschland öffnete und schloß. Die optische Explosion gab Charles Kraft. Er winkte und grinste den Makler und seine Frau an.

Sie hatten alle drei Holiday Inns in der Umgebung benutzt. Sie waren sogar zu billigen Motels gefahren, die sicherer waren, da es unwahrscheinlich war, Leute ihrer Schicht zu treffen, aber die Zeit, die sie auf der Straße verbrachten, ging von den Nachmittagen ab, die das einzige waren, was sie miteinander hatten. Außerdem hatte er das Gefühl, die Betten seien schmutzig – eine oberflächliche Schicht gewaschener Laken überdeckte papierdünn den Schmutz des Liebeslebens anderer Leute. Er sagte ihr, er könne sie unmöglich in solche Zimmer bringen.

Es machte ihr nichts aus, wo sie war, solange sie bei ihm war und es ein Bett gab. Sie sagte es ihm, was wahrscheinlich ein Fehler war, aber bei ihm wollte sie nicht die listige weibliche Strategie, begehrter sein zu wollen als zu begehren, anwenden: »Du bist mein erster und letzter Geliebter.« Sie war nicht verletzt, als er nicht wenigstens auch sagte, daß es für ihn vorher so etwas nicht gegeben hatte, wenn er sich schon nicht darauf festlegen konnte, was später kommen würde. Er war beunruhigt über dieses totale, allumfassende Gewicht des kostbaren Privilegs, das schließlich in seine Hände gelegt wurde. Er machte sich Sorgen über Sicherheit – ihre Sicherheit. Was würde mit ihr geschehen, wenn ihr Mann es herausfände und sich scheiden ließe? Daran dachte sie nicht; sie sorgte sich nur, in ihrem Verantwortungssinn, um seine Karriere, was passieren würde, wenn seine Frau es herausfände und einen Skandal inszenierte.

Seine Frau war fort in Europa, das Haus war leer. Ein großes Haus mit einer geschwungenen Auffahrt, die wie ein Tunnel durch die Bäume führte, das Haus selbst lag in einer Höhle aus Bäumen. Aber man ist nie allein in diesem Land. Sie sind immer da; der Hausdiener, der Gartenboy, der den Rasen mäht. Sie sehen alles; eigentlich kann man nur das machen, was sie sehen und erinnern dürfen. Unmöglich, diese neue Liebe mit nach Hause zu nehmen, wo er so gerne mit ihr in seinem Bett geschlafen hätte. Selbst wenn er sie unter irgendeinem Vorwand loswerden konnte, allen einen freien Tag gab. Sie bezogen die Betten neu und saugten die Teppiche; ein zarter Fleck, ein einziges Haar unbekannter Farbe – unmöglich. Also selbst sein Zimmer, sein Bett, in einem Haus, in dem er für alles bezahlte, nichts gehört einem, wenn man erst einmal verheiratet ist.

Ach, was für einen Leichtsinn der Aufschub von Befriedigung produziert, wenn er nicht Sublimierung produziert. (Wenn Freud das gewußt hätte!) Er war von der Rezeption zum Parkplatz eines Hotels in den Vororten zurückgekommen, seine Arme und Beine starr vor Schreck; als er gerade nach Übernachtung und Frühstück fragen wollte (sie fragten immer danach, zahlten im voraus und verschwanden am Ende eines Nachmittags), hatte er einen Geschäftsfreund und einen Journalisten gesehen, die ihn gut kannten. Sie kamen geradewegs aus dem Restaurant des Hotels auf ihn zu und lösten wegen der Hitze ihre Krawatten. Sie fuhr sofort

mit ihm weg, aber wohin? Es gab nichts! Aber noch nie hatten sie diese unerträgliche Spannung der Erregung erreicht, sie berührten sich nicht und redeten nicht, während sie fuhr. In der Hitze dieses Nachmittags fuhr sie eine Straße zu den Halden der alten Gruben. Dort, durch die pharaonischen Pyramiden aus Sand, aus denen mit Hilfe des Zyanidverfahrens Gold gewonnen wurde, vor der Autobahn verborgen, zog sie das bißchen Nylon und Spitzen zwischen ihren Beinen aus, öffnete den Reißverschluß seiner schönen italienischen Leinenhose, und nachdem sie ihre Körper mit ihrem Rock bedeckt hatte, nahm sie ihn auf. In ihrer teuren Kleidung waren sie vereint wie zwei Schmetterlinge in der Hitze eines Sommergartens. als sie sich lösten, fertig waren und er sich aufrichtete, war er entsetzt, als er sie mit geschwollenen Lippen und glühenden Wangenknochen sah, das Haar vor ihren Ohren in schweißnassen Löckchen. In einem Auto! Dem Auto, das ihr Mann ihr geschenkt hatte, erst vor einem Monat, neu, um ihr einen Gefallen zu tun, weil ihm, ohne zu wissen warum, bewußt geworden war, daß er ihr nicht mehr gefiel. Auch sie hatte nichts, was ihr gehörte; ihr Mann bezahlte für alles. Sie sagte nur eines: »Als ich klein war, hab ich immer gefragt, ob ich zu den Halden der Mine gehen und dort herumrutschen dürfte. Sie haben mir versprochen, mich mitzunehmen, sie haben es nie getan. Daran denk ich immer, wenn ich die Halden sehe.«
Aber heute hatte sie an etwas anderes gedacht. Er hatte beschlossen, daß er einen Freund (von dem man auch annahm, daß er von Zeit zu Zeit Affären hatte) ins Vertrauen ziehen müsse. Auf einem seiner Grundstücke besaß er eine Kate, die zur Zeit nicht bewohnt war.

Dort, zwischen den verlassenen Stallungen einer alten Reitschule, konnte das sexuelle Verlangen, beichtende Freundschaft und süßes heimliches Beisammensein reifer Liebender in Frieden und mit Würde erlebt werden. Das Bett war nur von ihresgleichen benutzt worden. Es gab einen Eisschrank; Eis, Whisky. Manchmal kam sie mit einer Rose und stellte sie in ein Glas neben das Bett. Er konnte sich nicht erinnern, wann er, nachdem er die Schule verlassen hatte, das letzte Mal ein Gedicht gelesen hatte; oder wann er es je wieder tun würde. Sie brachte ein altes Buch mit ihrem Mädchennamen auf der ersten Seite und las ihm Pablo Neruda vor. Hinterher schliefen sie ein und erwachten dann, um sich noch einmal zu lieben, bevor sie sich gefahrlos im Berufsverkehr zurück zur Stadt verloren. (Nach dem Zusammentreffen in dem Hotel hatten sie beschlossen, daß es das Beste sei, getrennt zu fahren.)

Sie waren in der Kate in Sicherheit – so lange sie Sicherheit brauchten. Manchmal fand er Anlaß zu sagen: Wir sind keine Kinder. Ich weiß, stimmte sie dann zu. Er konnte davon ausgehen, daß sie es akzeptierte, daß Liebe ihre eigene Spanne hatte und ohne Tränen enden mußte. An einem Spätnachmittag lagen sie ohne jedes Zeitgefühl, obwohl sie weniger als eine halbe Stunde übrig hatten (das war die Art mit einer Beziehung umzugehen, die genau auf die Stunden zwischen drei und sechs beschränkt war), nackt, still, ihre Hand träge seinen erschlafften Penis streichelnd, als sie ein Kratzen an dem Bullaugenfenster über dem Kopfende hörten. Er setzte sich auf. Sprang hoch, stand auf dem Bett. Sie warf sich herum, drückte das Gesicht in die Kissen. Da war irgendein Geräusch, Füße, ein Körper, auf der Erde landend, schlurfend, zusammenschlagende Büsche. Ein kleiner Zweig der alten Bougainvillea, die am Dach hochrankte, schlug zurück an das Fenster. Das Fenster war leer.

Er befreite zärtlich ihr Gesicht aus dem Kissen. »Es ist in Ordnung.«

Sie lag da, sah ihn an. »Sie hat jemanden beauftragt, dich zu beobachten.«

»Sei nicht albern.«

»Ich weiß es. Hast du jemanden gesehen? Einen Weißen?«

Er begann sich anzuziehen.

»Geh nicht nach draußen, Liebling, um Gottes willen! Warte, bis er weggegangen ist.«

Er saß auf der Bettkante in Hemd und Hose. Sie warteten auf das Geräusch eines wegfahrenden Autos. Sie wußten, warum sie es nicht hatten kommen hören; sie hatten sich geliebt.

Immer noch kein Motorengeräusch.

»Er muß durch die Büsche gegangen sein, den ganzen Weg von der Straße.«

Ihr Geliebter war in tiefes Schweigen und Nachdenken gehüllt, als ob das, was ihnen passiert war, etwas wäre, woraus es einen Ausweg, wozu es eine Lösung gäbe!

»Muß irgendwie die Bougainvillea hinaufgeklettert sein.« Schauer überliefen sie.

»Es könnte eine Katze gewesen sein, weißt du, verwildert, die versucht hat, hereinzukommen. Es gibt immer Katzen bei Stallungen.«

»O nein, o nein.« Sie zog die Bettdecke bis zu ihren Achselhöhlen, hatte Schwierigkeiten zu sprechen. »Ich hab ihn lachen gehört. Ein schreckliches, kleines hüstelndes Lachen. Deshalb hab ich mein Gesicht ins Kissen gedrückt.« Ihre Wangen höhlten sich zu einer verzweifelten Ausdruckslosigkeit.

Er streichelte ihre Hand, bestritt, daß jemand über sie hätte lachen können, daß sie jemals etwas sein könnten, über das man lachte.

Nach einer sicheren Pause zog sie sich an und sie gingen hinaus. Die Bougainvillea hätte sicheren Halt bis zu dem kleinen Fenster geben können, war aber grausam dornig. Sie konnte nun glauben, daß das, was sie gehört hatte, so etwas wie ein unterdrückter Schmerzensschrei gewesen war – geschah diesem Lumpen ganz recht. Dann suchten sie die Erde nach Fußspuren ab, fanden aber nichts. Die rote Erde mit den von Würmern zerfressenen Blättern würde von Schuhsohlen eingedrückt werden, nicht aber, so erklärte er ihr, von nackten Füßen. Würde irgendein dreckiger Spanner von Privatdetektiv seine Schuhe ausziehen und bei der Ausübung seines ekelhaften Berufes seine Kleidung zerreißen? Sie ein wenig hinter ihm – sie hatte nicht zugelassen, daß er es allein machte – gingen sie in jede Richtung, von der Kate aus und durch die verlassenen Stallungen, wo es nahe liegende Verstecke gab. Aber niemand war da, man spürte, daß niemand da war und auf den gepflasterten Pfaden, über den der Regen Sand gewaschen hatte, gab es außer ihren eigenen keine Fußspuren. Auf dem Weg zu ihren Autos gingen sie an dem Granadillaweinstock vorbei, auf den sie einander aufmerksam gemacht hatten, als sie angekommen waren, der seinen glänzenden Harnisch über schwächere Sträucher ausgebreitet hatte und an dem unreife Trauben hingen. Jetzt war der Boden mit den grünen Kugeln der Granadilla bedeckt, die angebissen und dann halbgegessen oder weggeworfen worden waren. Die beiden gingen auseinander, sammelten einige und untersuchten sie. Nur ein hungriges, pflanzenfressendes Tier plünderte so wahllos. Er sprach es zuerst aus. »Ich wollte es dir nicht sagen, aber ich habe auch geglaubt, etwas gehört zu haben. Kein Lachen, so etwas wie Bellen oder Husten.«

Plötzlich hielt sie ihn an der Taille, ihren Kopf an seinen Brustkorb, sie lachten zusammen, atemlos: »Armer Affe. Armer, alter, einsamer Affe. Ja, er hat Glück, er kann sicher sein, daß wir niemandem sagen, wo er ist.«

Als sie in ihrem Auto war, blickte er ihr eine Weile ins Gesicht, das, wie immer, ihm durch das Fenster zugewandt war. In seinem Gesicht mischten sich Neugier und Zärtlichkeit. »Es macht dir doch nichts aus, daß ein Affe uns bei der Liebe beobachtet hat?«

Sie sah ihn mit der Ehrlichkeit an, die sie fleißig aufgebaut hatte gegen jegliche Illusion, der Ehrlichkeit, mit der sie sich selbst auf ihren – eines Tages – letzten Nachmittag vorbereitete. »Nein, das macht mir nichts aus. Gar nichts.«

Während Charles im Land herumfuhr, um zu holen, was benötigt wurde – manchmal war er tagelang unterwegs, legte weite Entfernungen zurück –, mauerten Vusi und Eddie die vierte Wand des Schuppens hoch. Die junge Frau bestand darauf zu helfen, obwohl sie nichts von dieser Arbeit verstand. »Zeigt mir nur, wie's geht.« Das war ihre bescheidene aber hartnäckige Bitte. Sie lernte, wie man Zement in einer Pfütze der richtigen Zusammensetzung mischte. Ihre langen dünnen Arme mit der blauen Vene, die an der Innenseite ihrer Ellbogen entlanglief, waren stärker als sie aussahen; sie stützte das Holz für den Türrahmen ab. Das einzige Problem war, daß sie anscheinend nicht kochen wollte. Sie hätten es lieber gesehen, wenn sie ihnen besseres Essen gekocht hätte, anstatt ihnen bei etwas zu helfen, was sie allein erledigen konnten. Sie erwartete anscheinend von jedem, daß er sein eigenes Essen kochte, wenn er hungrig war. Der Weiße, Charles, tat es oder er kochte mit ihr, dies mußte irgendeine besondere Abmachung zwischen ihnen sein, eine schwarze Frau hätte immer jeden Abend für ihren Geliebten, ja für alle Männer im Haus, gekocht. Einmal in der Woche fuhr sie in die Stadt, wenn der Kombi da war, um Essen einzukaufen, aber das, was sie kaufte, war nicht das, was sie wollten, worauf sie Appetit hatten in diesen wenigen Wochen, in denen sie sicher sein konnten, daß Lebensmittel da sein würden. Joghurt, Käse, brauner Reis, Nüsse, Obst – das Obst war gut (Vusi hatte lange keine Aprikosen gesehen, er aß eine ganze Tüte davon auf einmal), aber die tiefgefrorenen Würstchen, die sie ihnen brachte (sie und Charles waren Vegetarier) waren kein anständiges Fleisch. Eddie wollte sich nicht beschweren, aber Vusi bestand darauf, als sie abends in ihrem Zimmer redeten, daß es ihr Recht war. »Dafür ist sie hier, oder? Dafür sind beide da. Wir machen alle unseren Job.« Er fragte sie am nächsten Tag. »Mann, Joy, bring irgendein Fleisch aus der Stadt mit, Mann, keine Würstchen.«

Eddie war ermutigt, runzelte zustimmend die Stirn, kicherte aber. »Und Maisbrei, nicht immer Reis.«

»Oh, Charles und ich mögen auch Maisbrei. Aber ich

dachte, ihr würdet beleidigt sein und denken, ich hätte ihn nur für euch gekauft.«

Sie lachten alle mit ihr, über sie; wie Vusi einmal bemerkte, als die Schwarzen in der Vertrautheit ihrer eigenen Sprache redeten, »Joy« sei ein komischer Kadername für diese Frau ohne Fleisch oder Koketterie, die ein Mann genießen könnte. Und trotzdem war sie es, die ohne Umschweife herauskam mit Dingen, die die vier aus ihren getrennten, unbekannten Existenzen vorher und den getrennten Existenzen, die man nachher führen würde, loslöste und ein gemeinsames Leben gestaltete, in diesem Haus und Garten.

Gemeinsam mußten Charles, Vusi und Eddi die Gelenktür der Garage am Eingang des umgebauten Unterstandes einhängen. Sie donnerte geschmeidig herunter und war durch ein schweres Vorhängeschloß an einem Ring, der in Joys Zement ruhte, gesichert. Es gab die erwartete Freude wie bei jedem erfolgreich gebauten Stück aus Ziegeln und Mörtel; eine Zufriedenheit aus sich selbst heraus, gleichgültig was für ein Mittel zum Zweck es repräsentierte. Sie standen herum, sahen es an. Charles legte seinen Arm um die Schulter der jungen Frau, und sie legte einen Arm auf Vusis.

Eddie schob das Tor noch einmal hoch und ließ es heruntergleiten, für sie.

»Es erinnert mich an den großen alten Rollschrank meines Großvaters.«

Eddie sah von ihrer Hände Arbeit zu der jungen Frau. »Schrank wie das? Nie gesehen. Was hat dein Großvater gemacht?«

»Er war Richter. Hat Leute ins Gefängnis geschickt.« Sie lächelte.

»Teufel, noch mal, Joy, Mann!« Entweder war es ein Wunder, daß der Vorfahre des Mädchens Richter war, oder es war ein Wunder, daß ein Richter so eine Enkelin hatte.

Etwas, was sie nie aus der Stadt mitzubringen vergaß, war Bier. Alle vier tranken viel Bier, in der unteren Lade des Eisschrankes lagen sauber aufgeschichtet die Dosen. Charles ging Bier holen, und sie saßen im Hof vor dem glänzenden Tor und tranken langsam. Vusi sammelte ordentlich die losen Metallringe auf, die von den Dosen sprangen, wenn sie geöffnet wurden.

Bevor die Garagentür installiert wurde, mußten all die Notwendigkeiten, die Charles in dem Kombi gebracht hatte, im Haus gelagert werden. In diesen Wochen wurde das bis auf zwei Matratzen und den Koffer mit einer Lampe leere Zimmer langsam möbliert; hinter zugezogenen Vorhängen und einer geschlossenen Tür, deren Schlüssel an einem Ort aufbewahrt wurde, den nur Vusi kannte – aber wie Charles zu Joy meinte, was hatte das für einen Sinn? Falls irgend jemand käme, würden sie jede geschlossene Tür eintreten.

Nachts lagen Eddi und Vusi niedrig auf ihren Matratzen in einer Perspektive, die sie mit Kisten und Packkartons einschloß wie eine Silhouette aus aufgestapelten Kinderbauklötzen. Eddi schlief sofort ein, aber Vusi, mit seinem rasierten Kopf und den winzigen, knorpeligen Ohren auf der Höhe seiner Backenknochen, die sein Gesicht streckten und die längste Fläche des ganzen Kopfes bildeten, lag da und hätte gerne geraucht. Aber dieses Verlangen war nur eine Art von Appetit, ein unbedeutender Rückfall, tausendemal gestillt und leicht wieder zu stillen, mit etwas, was man über einen Ladentisch hinweg kaufen konnte. Um ihn herum im Dunkel hielt ein Horizont, dunkler als das Dunkel, die kalten Formen, in denen die alten, wirklich schrecklichen Bedürfnisse seines Lebens, des Lebens seines Vaters, des Lebens des Vaters seines Vaters jetzt so seltsam deutlich wurden. Er hatte in der Schule gesessen und die Gase seines leeren Magens ausgefurzt, er hatte Väter, Onkel, Brüder ohne Arbeit nach Hause kommen sehen nach täglichem Schlangestehen, er hatte, zu jung, um es zu verstehen, gesehen, wie das Blech und der Karton, das die Hütte darstellte, in der er geboren worden war, vom staatlichen Abrißkommando weggekarrt worden war. Seine bloßen Füße waren von Schuhen bedeckt worden, die in der Form der Füße weißer Kinder ausgelatscht worden waren. Er hatte Klebe geschnüffelt, um eine rosige Zukunft zu sehen. Er hatte in einem Fernkursus einen Abschluß gemacht, um voranzukommen. Er hatte bei Verhören keinen Namen genannt. Er hatte ein Mädchen und ein Baby verlassen, ohne Hoffnung, sich ihnen noch einmal zeigen zu können. Man konnte die AKM-Sturmgewehre, die Charles in Golftaschen gebracht hatte, nicht essen, man konnte mit einer Haftmine keine Straße bauen oder eine Drehbank in Bewegung setzen, konnte mit den offensiven oder defensiven Handgranaten weder Füße noch Körper kleiden, konnte die AKM-Bajonette nicht benutzen, um mit der Bildung der Weißen in Wettstreit zu treten oder sich den Weg aus der Einzelhaft in einem hochgesicherten Gefängnis freizukämpfen. Und die Holzkisten, die Hunderte von Patronen enthielten, konnten noch nicht einmal eine Blech- und Papphütte für das Mädchen und das Kind schaffen. Aber all dieser Hunger nahm Gestalt an, verschmolz, wie es sich keiner vorstellen konnte, mit den Objekten, die um ihn gestapelt waren. Sie waren nicht für das Leben gemacht; für den Tod. Er und Eddie lagen dort, von ihnen beschützt, wie nie zuvor vom Leben.

Während des Tages instruierte er Eddie in der Handhabung und Wartung dieser Notwendigkeiten. Er war erfahrener, er hatte Operationen wie diese schon durchgeführt. Er prüfte Zündkapseln und Zeitzünder und den Zustand der Munition. Notwendigkeiten, an die man wie an diese gekommen war, waren nicht immer vollständig oder in gutem Zustand. Er und Charles diskutierten die Mechanismen und Vorteile verschiedener Marken und Ausführungen der Notwendigkeiten, Charles hatte seine Wehrpflicht in der Südafrikanischen Armee abgeleistet und verstand solche Dinge.

Als die Garagentür, die dem Rollschrank eines Großvaters ähnlich war, angebracht war, konnten sie alles in den Schuppen schaffen. Sie taten das nachts, ohne zu sprechen und ohne Licht. Es hatte schon geregnet. Ein Ochsenfrosch, der eine ganze Jahreszeit unter der Erde gewartet hatte, kam in dieser Nacht hervor und begleitete die schweigende Geschäftigkeit mit seinem würgenden Bellen.

Ein Schimpanse, behaupten einige steif und fest.

Nur ein Kleinaffe, sagen andere.

Er wurde wieder in den Vororten mit bewaldeten Gärten gesehen, wo Stanley Dobrow das bisher einzig verfügbare Foto geschossen hatte. Falls man diesem Bild zusammenschlagender Äste Ähnlichkeit mit irgend etwas zuschreiben wollte.

Jeder Haushalt in dem feinen Vorort hatte mehrere schwarze Bedienstete – Köchinnen, denen man vertraute und denen man erlaubte, ihre Enkelkinder während der Ferien in den Garten einzuladen, treue Gärtner, von denen der Wachhund der Familie unzertrennlich war, ein wechselndes Sortiment an Hausmädchen, deren lange rote Nägel und Schlagfertigkeit nicht nur die Schmach unterstrichen, unentdeckte oder arbeitslose Mannequins zu sein, sondern die einen frechen Guerrillastolz gegen Servilität im Umgang mit den Weißen aufrechterhielten: es gibt viele Arten des Widerstandes, die in der orthodoxen revolutionären Strategie nicht anerkannt sind. Eines dieser Mädchen sagte, daß die Bestie eines Nachts aus ihrem Schlafzimmer herausgelaufen sei, als sie von der Küche her den Hof überquerte. Sie hatte ihr Abendessen fallengelassen, das sie in einer Emailleschüssel trug, die mit einer anderen bedeckt war, um es warmzuhalten. Die Köchin, seit einundzwanzig Jahren bei der weißen Familie, sagte zu der Dame des Hauses, daß es eher einer der Freunde des Mädchens gewesen sein müßte, der in ihrem Zimmer war, um zu »kontrollieren«, ob sie einen anderen Freund bei sich hatte. Warum hatte sie nicht geschrien?
Das Mädchen ging, ohne formell zu kündigen, fuhr vorher noch die Köchin und den Gärtner an, daß, auch wenn es ihnen nichts ausmachte, »wie Hühner in einem *hok* zu leben«, abgeschoben in einen Scheißhof, wo jeder über die Mauern hineinkommen und deine Sachen stehlen konnte, dich umbringen konnte, während die Weißen einen Diebstahlalarm hatten, der losging, wenn du ihre Fenster anhauchtest – wenn sie glücklich waren, zu dienern, während das schreckliche Ding frei war, Pa-

viane konnten deine ganze Hand abbeißen – sie war's nicht. Konnten sie nicht verstehen, daß die Weißen immer wegliefen und sich versteckten und uns zurückließen, um verletzt zu werden?
Und sie hatte noch nicht einmal den Takt, das nicht anzusprechen, was dem Bruder der Köchin passiert war, obwohl die Köchin immer noch den Trauerflor am Ärmel ihres pastellfarbenen Overalls trug, in dem sie ihr Leben verbracht hatte. Er war Wachmann für einige Wohnungen gewesen, hatte nachts in der unterirdischen Garage gesessen und die Autos der Mieter bewacht. Man hatte ihm einen Übermantel aus Armeebeständen gegeben, um ihn warmzuhalten und einen Knüppel, um sich zu verteidigen. Aber die Einbrecher hatten einen Revolver und schossen ihm in den Magen, während die Besitzer der Autos, die zwölf Etagen über seinem toten Körper gestapelt waren, weiterschliefen.
Andere Bedienstete in der Gegend berichteten über Hinweise auf etwas da draußen. Es war der gängige Gesprächsstoff dort, wo sie sich trafen, um von dem chinesischen Händler zu erfahren, welches Symbol in ihrer täglichen Lotterie gewonnen hatte, in der Gasse zwischen zweien »ihrer« Häuser – nach zehn oder zwanzig Jahren, in denen man nur durch den Hof vom Haupthaus getrennt lebt, entwickelt sich ein abgeleiteter Eigentumsbegriff, so wie es einen abgeleiteten Schmerz geben kann, den man in einem Teil des menschlichen Körpers fühlt, der nicht der Ursprung des Schmerzes ist. Da niemand wirklich gesehen hatte, wer oder was auch immer sie beobachtet hatte – ängstlich oder drohend? –, verbreitete sich das Gerücht, daß es (um jede Verwünschungskraft, die es besitzen mochte, abzu-

schwächen) das war, was sie – nicht in ihrer eigenen Sprache mit seinem reichen Vokabular für das Übernatürliche – sondern mit dem kindlichen Wort in Afrikaans – ein Gespenst nannten.
Ein Stadtgespenst, ein Fabrik- oder Küchengeist. Machtlos wie sie, längst fortgezogen von der entferntesten Möglichkeit, ein Geist der Vorfahren zu sein, genau wie sie selbst, da solche Art innerer Aufmerksamkeit von dem Rattern und dem Kreischen der Pendlerzüge, dem Vibrieren der Bohrer in den Gruben und der Berieselung durch Popmusik zerstört worden war, weit davon entfernt waren, ein Orakel aufnehmen zu können. Ein starker Trinker erinnerte sie daran, wie Weihnachten vor zwei Jahren auf dem Hügel hinter »deinem« Haus (er zeigte auf die Köchin der Dobrows, Sophie) ein Mann den Halt verloren haben mußte, als er über die Felsen von der Schnapsbude dort drüben kam und wie er am zweiten Weihnachtstag tot aufgefunden worden war. Man sagte, der sei aus der Transkei gekommen. So einer sei jetzt aufgewacht ohne seinen Körper und suche den Weg zurück zum Arbeiterheim, wo sein Arbeitsvertrag mit dem Daumenabdruck darauf schon lange abgelaufen war. Das war alles.

Eddie wollte, daß Charles einen Fernsehapparat mietete.
»Aber Charlie, der lacht nur, Mann, er tut nichts.« Eddie beschwerte sich bei ihm durch Bemerkungen, die er an die anderen richtete. Und auch sie lachten.
Es war die Zeit, als man nur noch zu warten hatte. Charles brachte die Sonntagszeitungen. Er hatte gerade einen

Leitartikel zu Ende gelesen, der sowohl für das Opfer als auch für den Täter eines der kleineren Massaker in einem nichterklärten und nichtendenwollenden Krieg eine moralische Lehre zu ziehen versuchte. Sein ganzes Gesicht, der Bart – wie der Kopf eines verärgerten Löwen, der auf seinen Klauen ruhte – war auf zwei Fäuste gelehnt. »Du willst Ministern zusehen, wie sie Lügen predigen? Wie Häuptlinge aus den *Homelands* einundzwanzig Schuß Salut bekommen? Geh lieber und hack Unkraut in deinem Mais, wenn du dich langweilst, Mann.« Ein kleiner Flecken Mais, das anscheinend von dem Mann angepflanzt worden war, der auf den Kleynhans-Hof aufgepaßt hatte, als er unbewohnt war, war nach dem Regen in der Sonne seidig aufgeschossen, und Eddie beobachtete sein Wachsen, als ob er und Vusi, Charles und Joy die Kolben in den kommenden Monaten ernten würden.

Das Mädchen saß auf dem Boden unter dem Leuchter aus dem Rad eines Ochsenkarren, dessen rosafarbene Schirme schief wie Faschingshüte saßen, und kaute auf einer Haarsträhne, während sie las. Vusi saß in dem Sessel, Eddie und Charles im Sofa, dessen rotzgrünen Stoff Joy nicht ausstehen konnte, sogar hier nicht, und den sie mit einer Bahn afrikanischer Baumwolle mit einem Muster blauer Kaurimuscheln bedeckt hatte: jedesmal, wenn sie in dieses Zimmer kam, erinnerte sie die Decke daran, daß man sich eigentlich selbst wiederfand (aber dies hier nicht konnte, absolut nicht, jetzt nicht) in den schönen, geliebten Gegenständen, mit denen man alltäglich umging. Die vier tauschten unruhig die Zeitungsseiten aus, suchten nach der Welt um sie herum, mit der sie keine Verbindung hatten. Der Premierminister hatte wieder eine seiner Versöhnungsreden gehalten; außer Charles las jeder still die Drohungen, aus der sie bestand. Charles sprach durch die Lippen, die durch den Druck seiner Fäuste unter seinem fleischigen Gesicht verformt waren, einer dieser grotesken Münder alter Kulturen des Mittelmeeres, aus denen angeblich sibyllinische Sprüche quellen: *Diese Regierung wird nicht ruhig zusehen, wie der Seelenfrieden seiner Einwohner gestört wird. Sie wird nicht zusehen, wie die Sicherheit unserer Häuser, unserer Kinder, die in ihren Betten schlafen, durch die bedroht wird, die außerhalb von Recht und Ordnung lauern, um im Dunkel loszuschlagen. Sie wird nicht zusehen, wie das Essen von den Mündern unserer Kinder gerissen wird, von denen, die durch Boykotts in den sogenannten Vereinten Nationen und durch Gewalt in der Heimat den wirtschaftlichen Ruin unseres Landes anstreben. Ich sage den Ländern an unseren Grenzen, denen wir gute Nachbarn waren und bleiben wollen: wir werden nicht zögern, unsere ganze Macht gegen jene einzusetzen, die Terroristen Unterschlupf gewähren …*

Wenn sie ihn im Radio hörten, lächelten sie meistens wie es Leute tun, die feststellen müssen, daß diejenigen, die als Monster bezeichnet wurden, die Menschen sind, die im gleichen Zimmer ein Glas Wasser trinken, sich einen eingerissenen Nagel schneiden, einen Brief schreiben; daß sie es selbst sind. Manchmal stellten sie ihren Wirklichkeitssinn durch Spott wieder her, oder einer von ihnen (Vusi oder Charles) antwortete der dünnen Luft mit der anderen Rhetorik der Rebellion; aber je näher der Zeitpunkt kam zu handeln, desto geringer wurde die Notwendigkeit solcher Programmsprache.

»Nervös. Ängstlich.«

Vusi ließ einzelne Wörter fallen, so als ob er sehen wollte, welche Bedeutung andere aus ihnen ziehen würden.

Das Mädchen sah auf und wußte nicht, ob dies eine Frage war und ob jemand sie beantworten sollte.

Eddie schniefte mit einem Zucken der Nase und hob gleichgültig den Kopf, lenkte die Worte gegen das öffentliche Amt, das von austauschbaren Gesichtern besetzt war und das die Rede gehalten hatte.

Der Augenblick ging vorüber und mit ihm vielleicht auch die beiläufige Überprüfung, der Vusi sie – und sich selbst – unterzogen hatte. Er hatte die extreme Gefahr, die in diesem langweiligen, von Fliegen durchsummten Sonntags-»Wohnzimmer« versteckt war, aufgedeckt; in dem Augenblick hatten sie alle ihr ins Auge gesehen; und ihr Schweigen sagte, ruhig: ich weiß.

Die Anspielung bog von ihnen ab. Vusi sprach immer noch. »Kann keinen anderen Grund anführen, warum er sie in seiner Macht haben sollte, deshalb muß er ihnen Angst einjagen. Angst. Das ist alles, was ihnen übrigbleibt. Was ist sonst in dieser Rede? Nach dreihundertfünfzig Jahren. Nach wieviel Regierungen? Gespenster.«

Es war eine Behauptung, die über viele Jahre getröstet, angespornt, beschwichtigt oder inspiriert hatte. »Ja?« Charles' Bart bewegte sich nach vorne. »Das beweist die Macht der Furcht, nicht den Zusammenbruch der Macht.«

»Genau. Sonst müßten wir nicht hier sein.« Joys Hinweis auf dieses Haus, ihre Gegenwart und ihre Absicht klang unschuldig vulgär: da zu sein bedeutete jenseits der Diskussion des Warum zu sein; von Worten erlöst zu sein.

Eddie gab ihren Worten eine andere, allgemeine Bedeutung. »Wenn Weiße von der Angst vor Schwarzen geheilt wären, das hätte alles gelöst?« Er lachte über die alte liberale Theorie.

Charles unterdrückte den rauhen Impuls, Eddie zu sagen, daß Eddie ihm keine Nachhilfe über Klassen und Ökonomie geben mußte. »Zum Teufel, Mann ... Es hat bloß keinen Sinn, uns einzureden, daß sie am Ende, fertig sind.«

Joy hörte aus Charles nervöser Rauheit die Angst vor dem Zweifel heraus, den er bei anderen wachsam beobachtete, weil er ihn in sich selbst kannte. Es sollte zwischen Menschen keine Liebesaffären geben, die diese Art – Sache – machten (sie konnte immer noch nicht so, wie sie gerne wollte, daran denken, als Arbeit, die getan werden mußte). Sie wollte jetzt nicht von ihm so gekannt werden, wie *sie ihn* kannte; es müßte irgendeinen bewußten geistigen Mechanismus geben, durch den so ein Wissen zurückgenommen werden konnte.

»Keine Sorge, wenn sie fertig sind, dann, weil sie wissen, wer hinter ihnen her ist.« Eddie, großspurig, schien wieder der Halbwüchsige zu werden, der er in den Straßenkämpfen gewesen sein mußte, in denen seine Generation von Schwarzen, ohne es zu wissen, das furchtbare Abenteuer probte, das auf sie zukam.

»Sie waren am Ende, als sie den ersten Sklaven nahmen.« Die Kenntnis von Vusi wurde irgendwo zwischen seinen gemurmelten Gemeinplätze und seinem Gesicht versperrt. Er sah jetzt keinen von ihnen an, aber Joy hatte einmal zu Charles in einem Rückfall in Beziehungen zu einer esoterischen Kultur, die sie sorgfältig vermied, weil sie ihn und sie von Vusi und Eddie trennte, gesagt, daß, wenn Vusi gemalt werden sollte, das Porträt von der Art wäre, wie Velazques' Philipp IV., dessen Augen deine träfen, gleichgültig aus welchem Winkel man das Gemälde ansehe.

Vusi und Eddie hatten keine Studentenführungen durch den Prado gemacht. Vusis Stimme war sachlich, rauh. »Es ist egal, wie oft wir so sitzen müssen wie hier. Sie können uns nicht zum Aufhören bringen, weil wir nicht aufhören können. Niemals. Jedesmal, wenn ich warte, weiß ich, daß ich dem näherkomme.«

Eddie knickte eine Seite zurück, um etwas genauer anzusehen. »Die Eröffnung von Koeberg wird sich monatelang verzögern, steht hier, nicht, Vusi?«

»Ja, hab ich gesehen.«

Charles und Joy wußten nicht, ob Vusi einer derjenigen war, die den Anschlag auf den Atomreaktor am Kap verübt hatten, bevor er Anfang des Jahres in Betrieb gehen sollte. Ein klassischer Schlag; so nannten sie das. Ein strategisches Ziel erfolgreich getroffen; schwerer Sachschaden, keine Toten, kein Blutvergießen. Diese furchtbare Aufgabe erzeugt ihre hervorragenden Praktiker, wie andere auch. Sie wußten nicht, ob Eddie etwas über Vusi wußte, was sie nicht wußten, ob er eines nachts etwas erfahren hatte in der Dunkelheit des Hinterzimmers, während die beiden Männer da alleine auf ihren Matratzen lagen. Eddies Bemerkung könnte andeuten, daß er etwas wußte, oder daß er sehr neugierig war und glaubte, Vusi könne unwillkürlich dazu gebracht werden, etwas Aufschlußreiches zu sagen. Aber Vusi verstand Schmeichelei nicht.

Eddie gab es auf. »Was ist das für ein Komitee von Weißen aus Kapstadt, die ihn schließen lassen wollen?«

Charles nahm ihm die Zeitung weg. »Koeberg ist nur dreißig Kilometer von Kapstadt entfernt. Eine Fahrradtour, Mann. Stell dir mal vor, was passieren könnte, wenn es einmal anläuft. Aber hast du gemerkt, wie sie mit der Geschichte umgehen? Sie schreiben über ›Sicherheit‹, als ob das ein Juweliergeschäft ist, das überfallen werden könnte und nicht ein Ziel, das wir schon einmal getroffen haben.«

Joy las, den Hals angewinkelt, über seine Schulter hinweg, die Sehnen ihres Halses waren häßlich verzerrt. »Niemand geht gerne ins Gefängnis.«

Charles produzierte für Eddie und Vusi das milde Lächeln, das bei ihm äußerste Kritik bedeutete. »Ja, aber da gibt es verschiedene Möglichkeiten, nicht? Ein Journalist lernt das zu sagen, was er will, ohne daß es offensichtlich wird. Aber diese Kerle sitzen mit ihrem Hintern auf dem Regelbuch für die Presse ... ja – was ich sagen will, ist, man muß listig sein, um zu überlisten.«

»Wieso meinst du, daß sie es überhaupt wollen?«

»Weil das ihr Job ist! Laß Überzeugungen mal beiseite!«

»Nein, sie hat recht, Mann. Wenn man für diese Zeitungen arbeitet, ist man einfach Teil des Systems.« – Eddie bewahrte die allumfassenden Phrasen aus seiner Soweto-Zeit wie Souvenirs auf.

»Um fair zu sein ...« (ein Ideal, das die junge Frau so sehr ersehnte, daß sie nicht einmal zögerte, sich selbst zu widersprechen), »es gibt einige, die es wollen ... Ein paar, die ihren Job verloren haben.«

»Wenn jemand das liest, was weiß der schon danach?«

Eine Seite flatterte aus Vusis Hand zu denen, die schon auf dem Fußboden ausgebreitet waren. »Du brauchst einen Dolmetscher, genau wie im Gericht, um zu wissen, was los ist.«

»Wie im Gericht? *Jwaleka tsekisong?*« Eddie fing begeistert an zu schauspielern. Ein langer Redeschwall in Sesotho; dann in Englisch: *Er kann sich nicht erinnern, Euer Ehren.* Noch ein langer Satz in Sesotho; mit dem Tonfall, dem Blick und dem Kopfschütteln entschiedenen Abstreitens: – *Er sagt ja, Euer Ehren.* Die milde Gestik offensichtlicher Bejahung: *Er sagt nein, Euer Ehren.* Die Pantomime des verstörten, geschwätzigen schwarzen Zeugen, der weiße, burische Staatsanwalt, der lange englische Wörter liebt und sich ihrer Bedeutung nicht viel sicherer ist als der gelangweilte schwarze Dolmetscher:

Ich stelle fest, daß Sie sich auf konvenable Amnesie berufen.

Er sagt, er kennt diese Frau Amnesie nicht.

Ich stelle fest, daß es unvorstellbar ist, daß Sie nicht erinnern, ob Sie in der Nacht des Verbrechens zugegen waren.

Er sagt, er hat nie ein Kind mit der Frau gemacht.

Aus ihrem Spaß an seinem Unsinn wuchs eine Munterkeit, ein neuer Tonfall, in dem sie jetzt darüber redeten, was man zwischen den Zeilen von Reportagen und Kommentaren lesen konnte oder auch nicht. Darin – in den Ereignissen ihrer Welt, die sich unterhalb der Ereignisse der Welt bewegten, die die Zeitungen widerspiegelten – offenbarte sich die wirkliche Intimität, die sich hinter ihrer gegenseitigen Fremdheit verbarg, hinter ih-

rer scheinbaren persönlichen Unterschiedlichkeit. Es entwickelte sich ein plötzliches Glücksgefühl, – ja, anders als privates Glück, das sie hinter sich gelassen hatten, unabhängig von den Umständen, weil alle vier auch die »normalen« Ängste, Widersprüche, Vorurteile, Vorbehalte, die die »Umstände«, so wie sie sie gekannt hatten, ausmachten – welche Farbe sie hatten, was diese Farbe, dort wo sie lebten, bedeutete, – hinter sich gelassen hatten. Nichts als die Woge pulsenden Strömens: nur das Wissen, daß dieses Glücksgefühl immer wieder aufquellen würde, ermöglichte es ihnen, mit den Launen und den Unzulänglichkeiten der anderen zu leben, an denen sie sich jetzt, wartend, rieben. Charles sprach es eines Abends grinsend nach einem Streit für sie alle aus: »Sich in die Haare zu kriegen, hier – das ist eine Art Freiheit, nicht?«
Außer der Politik gab es nicht viel Interessantes in Charles' Sonntagszeitungen. Eine, die für Schwarze gedruckt wurde, berichtete über die üblichen Morde im Slum, die mit unorthodoxen Waffen, die gerade zur Hand waren, begangen wurden, einen Skandal in einem Fußballverein, Tote bei einer Hochzeit, auf der giftiges Selbstgebrautes getrunken worden war. Die Zeitungen der Weißen, von denen Charles einige mitgebracht hatte, in zwei Sprachen, brachten einen Bankrott, die Scheidungsregelung eines Millionärs, einen Artikel über den Affen, der das Essen eines Dienstmädchens gestohlen hatte und den keiner fangen konnte.
Sonntägliche Trägheit legte sich auf die vier. Charles schlief, sein vom Bart umrandeter Mund blubberte ein wenig, genau wie Naas Klopper zehn Kilometer entfernt in seinem Zwei-Ebenen-Wohnzimmer schlief.

Eddie ging hinaus in den Hof, zog sein Hemd aus, saß auf der Hintertreppe in der Sonne, rauchte, trank eine Cola und hörte eine Reggae-Kassette, so wie jeder andere junge Arbeiter seine Mittagspause auf dem Gehweg vor den Läden der Weißen verbrachte.

In einer Radiosendung unter dem Titel »Apropos Natur« ergriff ein Vertreter des Tierschutzvereins die Gelegenheit, die Grausamkeit von Tierhaltern zu verurteilen, die Hausaffen aussetzten und sich selbst überließen, sobald sie aus der Größe eines Haustieres herausgewachsen waren. Mariella Chapman hörte ihn, als sie Pflaumen für Marmelade nach einem Rezept vorbereitete, das ihre neue Schwiegermutter ihr am Wochenende gegeben hatte. Mariella und ihr Mann hatten zum ersten Mal nach ihrer Hochzeit vor fünf Monaten seine Eltern auf der Farm besucht und waren mit einer Plastiktüte voller frischgepflückter Pflaumen und einer Wildkeule nach Hause gekommen. Marais (sein Vorname war der Mädchenname seiner Mutter) hängte die Keule auf, bevor er früh am Montag seinen Dienst im John Vorster Square antrat; er mußte einen Haken am Küchenfenster anbringen, weil ihr modernes Haus keine Veranda hatte wie sein altes Zuhause.
Im Polizeihauptquartier übernahm Wachtmeister Chapman (ein englischer Heizer war in den achtziger Jahren des letzten Jahrhunderts von Bord eines Schiffes desertiert, hatte ein Burenmädchen geheiratet und so seinen Namen in dem Stammbaum einer Burenfamilie hinterlassen) die Sieben-Uhr-Schicht mit dem Verhör einer der Leute, die dort inhaftiert waren. Es war ein ganz an-

genehmes Gebäude zum Arbeiten, mitten in der Stadt. Die blauen Gewölbezwickel und die Topfpflanzen auf den Fensterbänken ließen von der Fassade her, die es der Stadtautobahn, an der es lag, zuwandte, an einen Wohnblock denken; die Zellen, in denen diese Leute festgehalten wurden, lagen im Inneren des Gebäudes.
Es war eine ermüdende Arbeit, man mußte sich sehr konzentrieren, um die Gesichter dieser Politischen zu beobachten, ganz zu schweigen davon, etwas aus ihnen herauszubekommen. Er faßte sie nicht an. Außer, natürlich, wenn es ausdrücklich angeordnet wurde, bestimmte Dinge zu tun, um einige von ihnen zum Reden zu bringen. Wenn sie herauskamen – vor allem die Weißen, mit ihren gerissenen Rechtsanwaltsfreunden und reichlich Geld, das von Kirchen und Kommunisten aus dem Ausland kam –, verklagten sie häufig den Staat; plötzlich war man angeklagt wegen Tätlichkeiten, sie versuchten, deinen Namen vor deiner Frau, deiner Mutter und deinem Vater, die nur deine Freundlichkeit und Zärtlichkeit kannten, in den Dreck zu ziehen. Er wollte befördert werden, aber das wollte er nicht. Er tat seine Pflicht. Er tat, was ihm gesagt wurde. Und wenn er jemals vor Gericht kam, – Mensch, ich sag dir, *Junge* – alles war vom Major angeordnet, er konnte das auf die Bibel schwören.
Kein Wunder, daß die meisten schließlich doch redeten. Es war schwer genug, mehrere Schichten tagsüber oder nachts mit ihnen zu arbeiten, mit Pausen zwischendurch für eine Tasse Kaffee, etwas zu essen, und vor allen Dingen, ein paar Schritte draußen auf der Straße; wogegen die meisten von ihnen, so wie diese harte Nuß, die er jetzt mit dem Major bearbeitete, von

dem Personal mehrerer Schichten vierundzwanzig, sechsunddreißig Stunden ununterbrochen verhört wurden. Und, so hatte der Major es gelehrt, sogar wenn diese Leute Kaffee, eine Zigarette bekamen, sich setzen durften, wußten sie, daß sie beobachtet wurden und mußten die ganze Zeit auf sich selbst achten, um nichts zufällig preiszugeben. Es war eine elementare Erfahrung bei dieser Arbeit, daß die Belohnung mit einem Lungenzug plötzlich den härtesten Willen, die erlernte revolutionäre Feindseligkeit und die Verachtung für die Verhörenden brechen konnte. (Der Major war ein sehr schlauer, hochgebildeter, belesener Mann – man brauchte jemanden wie ihn für die Sorte Festgenommener, die heutzutage hereinkamen, sie würden jemanden, der nur mittlere Reife hatte, einfach schwindlig reden.) Der Major sagte, es machte gar nichts, wenn sie einem schließlich leidtaten – der Major wußte das, obwohl man es immer versteckte; »ein Band der Sympathie« war der erste wirkliche Schritt auf dem Weg, ein Geständnis herauszubekommen. Na, Wachtmeister Chapman hatte heute keine solchen Gefühle. In seiner Uniform war sein Körper erfüllt von der Kraft der Sonne und der frischen Luft; der Anblick des schlaflosen, unrasierten Mannes, der dort stand, benommen und stinkend (sie schwitzten sogar, wenn sie zitterten, während des Verhörs), erregte Übelkeit in ihm (der Major warnte, daß gelegentlicher Ekel natürlich, aber unproduktiv war).

Warum konnten diese Leute nicht wie alle anderen normalen Menschen leben? Ein Mann mit Köpfchen und den Universitätsabschlüssen wie dieser, englischsprechend und was nicht alles, könnte in der Wirt-

schaft 'ne große Nummer sein, statt Gewerkschaftler zu werden und eine Gruppe Schwarzer streiken und ihn in Schwierigkeiten bringen zu lassen. Wenn man einen Inhaftierten verhörte, dann mußte man sich mit all den Details vertraut machen, die Informanten für seine Akte lieferten; dieser hatte einen wohlhabenden Vater, eine Ärztin zur Frau, Zwillinge, noch im Babyalter, eine Affäre mit einer hübschen Studentin (er gab zu, daß er sie bei ihrer Forschungsarbeit über Gewerkschaften kennengelernt hatte), und das Ferienhaus seiner Schwiegereltern, wo er seine Ferien verbrachte, lag an einem der besten Fischgründe vor der Küste. Was will ein Weißer noch? Ein Schwarzer, gut, der will, was er nicht haben kann, und das kann dazu führen, daß ein Mann sich ein halbes Leben danach im Gefängnis verzehrt. Aber war es nicht schön, sonnabends zum Damm zu gehen, wo man als Kind geschwommen war, von den Landarbeitern (diese Leute, die Schwarze gegen uns aufhetzen, sollten das mal gesehen haben) im Kraal mit Lachen und Freude über deine Errungenschaft einer Frau gegrüßt zu werden; bei Sonnenuntergang mit deinem Vater hinauszugehen und Schakale zu schießen. Irgend etwas stimmt nicht mit all diesen Leuten, die Feinde ihres eigenen Landes werden; diese private Theorie war eigentlich das einzige von seiner Arbeit – aus Sicherheitsgründen –, über das er mit seinem Mädchen sprach, die natürlich (er lächelte darüber, daß er es vergaß) jetzt seine Frau war. Irgend etwas stimmte mit denen nicht. Sie sind Feinde, weil sie ihr Leben nicht so genießen können, wie es ein normaler Weißer in Südafrika tut.
Er konnte Limonade oder Kaffee und einen Imbiß in der

Kantine des John Vorster-Gebäudes bekommen, aber am frühen Abend, als er wußte, er würde lange bleiben müssen, vielleicht die ganze Nacht, um mit dem Major diesen Mann zu bearbeiten, da hatte er von dem Gebäude die Nase voll. Er verbrachte seine Pause, wo er und seine Kollegen gerne hingingen, in einem chinesischen Schnellrestaurant am Ende der Straße.

Draußen hing kein Schild und man betrat es durch eine alte Ladentür. Man hörte das feine Zischen des Fetts und die Fernsehprogramme in voller Lautstärke, und der Chinese und seine Frau bewegten sich ganz leise. Früh am Tag, wenn es keine Fernsehübertragungen gab, verbreitete ein kleines Radio fröhliche Werbespots in der gleichen Lautstärke über ihre blassen Gesichter, von deren stumpfen Zügen und leeren Augen jeder Ausdruck verschwunden schien, so wie ein Stück Seife im täglichen Gebrauch seine Form verliert. Sie gehören zu der alten Gilde der harmlosen wandernden Versorger aller Nationalitäten, die ihre Karren an die düsteren Schauplätze des Lebens schieben – die zerbombten Städte, die Flüchtlingslager, die gefallenen Städte – und Suppe oder Rum für die Opfer in Lumpen oder Eindringlinge in Panzern bereithalten, solange diese den bescheidenen Preis bezahlen können. Praktisch für Konzentrationslager, daß es solche stillen Paare gab, die sich um nichts kümmerten und Kaffee und Schnaps verkauften, um Männer in schwarzen Schaftstiefeln nach deren Schicht zu versorgen. Vielleicht fühlten der Chinese und seine Frau sich durch das John Vorster-Gebäude beschützt, und das, was da passierte und was sie nicht wissen wollten; vielleicht fühlten sie sich durch dessen Nähe bedroht, beides

Gründe, nichts zu wissen. Ihr Restaurant hatte kaum etwas von den üblichen ethnischen Prätentionen – keine Drachen aus Baumwollsamt oder Windglocken, aber sie hatten an der Wand ein Regal angebracht, auf das der große Farbfernseher gestellt war wie eine kleine Kinoleinwand, in einem für die Augen der Gäste an den Tischen unbequemen Winkel. Vor dem Fernseher hielten sie etwas Raum von Tischen frei und hatten zwölf Stühle für die Polizisten hingestellt. Sie erwarteten von den Polizisten nicht, daß sie dort eine Mahlzeit aßen, und für eine Tüte Chips und eine Limonade konnten sie sich von ihrer Schicht, ganz in der Nähe, erholen. Obwohl sie vor dem Wiederantritt des Dienstes keinen Alkohol trinken sollten und das chinesische Paar keine Konzession hatte, Alkohol zu verkaufen, wurde schweigend Bier für diejenigen, die es wollten, bereitgestellt, das Paar wußte es, ohne laut zu fragen. Die jungen Polizisten, die lachten und alberten, während sie die Fernsehsendungen kommentierten, die sie sahen, schufen eine freundliche Enklave in dem Restaurant. Gäste, die einander nicht viel zu sagen hatten, fühlten sich wenigstens als Teil von ein wenig Fröhlichkeit. Familienessen für Kinder und Großmütter wurden gerne dort gemacht, weil das Essen billig war; Kinder, die immer fasziniert waren von der Sensation und der Angst, die man in allem Militärischen oder sonstwie Autoritären fühlt, aßen ihre graue Hühnersuppe, während sie die Polizisten beobachteten.

Wachtmeister Chapman fand ein paar Kollegen, die auf den Stühlen saßen. Er setzte sich zu ihnen. Das heiße Wetter hinterließ das Kennzeichen ihres Berufs, wo ihre Mützen, die jetzt unter den Stühlen lagen, sich auf ihren Stirnen eingedrückt hatten. Ihr eigener Smog aus Zigarettenrauch, vermischt mit den Bratdünsten, bewegte sich auf den Fernseher zu; er kam rechtzeitig zu den letzten zehn Minuten einer Folge eines französischen, in Afrikaans synchronisierten Kostümschinkens. Er hörte mit einem Duell auf, die Degen klapperten wie Messer und Gabel. »He, Mann, guck dir das an!«

»Aber die kämpfen nicht wirklich selbst. Die Schauspieler. Die haben besondere Experten, die so wie sie angezogen sind.«

»Klar, ich sag nicht, daß es die Schauspieler sind; aber es ist trotzdem verdammt gut. Das so schnell machen zu können und dabei einander nicht zu verletzen.«

Dann kam der Premierminister und sprach in seiner immer gleichbleibenden Kulisse (ein lederbezogener Schreibtisch und ein zeremonieller Samtvorhang als Hintergrund) über Versöhnung und totalen Angriff. Gespräche unter den jungen Polizisten begannen, als er über ihren Köpfen auf den Schirm geworfen wurde, und die Essensgäste kauten mit respektvoller Aufmerksamkeit. Zwei Zivilpolizisten kamen in ihren lässigen Freizeitanzügen herein, um etwas zum Mitnehmen zu kaufen. Sie waren über irgend etwas sehr zufrieden mit sich und schienen gar nicht zu bemerken, daß ihre Redseligkeit es den Leuten schwermachte, der Stimme des Premierministers zu folgen.

Wachtmeister Chapman nahm die Gelegenheit wahr, um Mariella anzurufen, obwohl sie wußte, daß er, wenn überhaupt, heute nacht spät nach Hause kommen würde. Er hatte immer noch dieses Bedürfnis, mit ihr am Telefon über nichts zu sprechen, so wie man es zehnmal am Tag mit seiner Freundin konnte. Das Telefon stand normalen Kunden nicht zur Verfügung, aber die Polizisten wußten, daß sie es benutzen konnten. Der klebrige Hörer und die Intimität des Lärms, der ihn umgab, als er wählte, waren vertraut. Aber Mariella antwortete nicht mit ihrer sanften, flirtenden Stimme. Sie war schrecklich aufgeregt. Er wußte nicht, ob sie lachte oder weinte. Als sie gerade in die Küche gegangen war, um sich ein bißchen Brot und Käse zu holen (sie machte kein großes Abendessen, wenn er nicht kam), war die Rehkeule vom Fenster verschwunden. Verschwunden! Einfach so. Sie war nach draußen gegangen, um zu sehen, ob sie vom Haken gefallen war – aber nein.

»Nein, natürlich nicht, Mann. Ich hab den Haken fest eingeschlagen.«

»Aber immerhin, sie hätte herunterfallen können – nein, aber auf jeden Fall ist der Haken noch da. Also kapierte ich, daß das Fleisch wahrscheinlich geklaut worden war. Ich bin auf die Straße gelaufen und dann nach hinten in den Garten.«

»Du solltest das nicht tun, wenn ich nicht da bin, die erstechen einen, wenn man versucht, sie zu fangen. Ich hab dir gesagt, Mariella, bleib nachts im Haus, mach keinem auf.«

Aber sie war »so wütend, so aufgeregt«, daß sie die Taschenlampe genommen hatte und mit dem Hund, den sie am Halsband hielt, überall gesucht hatte.

»Das ist verrückt, Mann. Ich hab dir gesagt, du sollst das nicht. Irgend jemand könnte dich aus dem Haus locken.«

»Nein, warte, da war niemand, Marais, niemand war da, es war alles in Ordnung.«

»Ja, du hast nur Glück gehabt, daß er schon weg war, ich sag dir, Mariella, du machst mir Sorgen, es muß Schwarze in der Gegend geben, die wissen, daß ich oft lange weg bin.«

»Nein, hör zu, warte, was ich dir sage – Buller hat sich von mir losgerissen und ist über den Zaun gesprungen, in die Gasse bei dem Gemüsebeet, und er hat gebellt und gescharrt. Also bin ich rübergeklettert und da hat sie auf der Erde gelegen – aber es war nicht das Fleisch und alles, es war nur der Knochen. Das ganze Fleisch war abgenagt! Du wirst es sehen, die Stellen sehen, wo die großen Zähne es losgerissen haben! Es muß dieser Pavian gewesen sein, dieses Affending, kein Hund könnte so hoch kommen! Und erst heute morgen hat es darüber eine Nachricht im Radio gegeben! Du wirst es sehen, nur noch ein Knochen übrig.« Und jetzt begann sie zu kichern, ein vertrauliches Kichern, das ihn einschloß. »Dein armer Pa. Er wird wütend sein, weil du sie so aufgehängt hast. Wir werden so tun müssen, als ob wir sie gegessen hätten, nicht? Na ja, du freust dich sicher, daß meine Marmelade gelungen ist. Sie ist fest geworden und so ... Was soll ich tun ... die Polizei holen? Wenn du es bist, der kommt, wärm ich schon mal das Bett ...«

Obwohl sie sich so süß anhörte, mußte er ernst werden mit ihr und ihr das Versprechen abnehmen, alle Fenster verschlossen zu halten. Affen waren schlau, sie hatten Hände wie Menschen. Er konnte vielleicht sogar einen Riegel öffnen und hereinkommen, jetzt, nachdem er so gut gefüttert worden war. Er schlen-

derte zu seinen Kollegen zurück mit dem großspurigen Gehabe einer Sensation, einer Geschichte zum Erzählen. »Habt ihr von dem entlaufenen Affen gehört? Der ist zu unserem Haus gekommen und hat die Keule von dem Bläßbock geklaut, die wir gestern von der Farm mitgebracht haben. So wahr ich hier stehe. Ich hab sie heut morgen ins Fenster gehängt!«
»Ach Mann, Chapman. Deine Geschichten. Irgendein Schwarzer hat sie genommen. Sie ins Fenster hängen? Was hast du dir dabei gedacht, Mann?«
»Nein, nein, *boet*. Es war das verdammte Ding. Sie hat es mir gerade erzählt: sie hat den Knochen da in der Gasse gefunden, wo er sie gefressen hat. Noch nicht einmal ein Schwarzer würde rohes Fleisch mit den Zähnen wegreißen.«
Dieser war schon ein harter Brocken, der Festgenommene. Als Wachtmeister Chapman wieder übernahm, war der Typ so erledigt – wie ein Verlierer nach zehn Runden –, aber er wollte nicht reden, er wollte nicht reden. Gegen zehn wurde er ohnmächtig, und sogar der Major war einverstanden, für heute Schluß zu machen bis sechs Uhr am Morgen. Wachtmeister Chapman erzählte ihm von der Keule. Der Major hielt es für einen guten Witz, schlug aber gleichzeitig vor, daß die junge Frau des Wachtmeisters lernen sollte, mit einer Feuerwaffe umzugehen. Beim nächsten Mal könnte es mehr als nur ein Affe draußen im Hof sein. Wachtmeister Chapman sollte das eigentlich wissen.

Es mußte irgendwelche Anzeichen geben, daß der Boden bebaut wurde. Dafür waren Schwarze da; also hackte Eddie das Maisfeld. Vusi blieb im Haus. Er saß in seinem Lehnstuhl und las ein dickes Taschenbuch, dessen Seiten oben und unten durch Klimaveränderungen oder durch vieles Befingern zerknittert und gewölbt waren. *Afrika Untergraben: Eine Geschichte der Bergbaukonzerne und der Unterentwicklung Afrikas:* manchmal borgte er sich von Joy einen Kuli, um einen Absatz anzustreichen. Wenn er anfing zu gähnen und zu seufzen, war das der Auftakt dazu, daß er plötzlich aufstand und in das Hinterzimmer verschwand. Sie konnte ihn dort hantieren hören, das Klimpern kleiner Werkzeuge; sie nahm an, daß es etwas mit dem zu tun hatte, was im Schuppen verschlossen war. Sie verbrachte einige Stunden am Tag mit *Bring Dir selbst Portugiesisch bei,* aber sie hatte ihre Kassetten als Anleitung für die Aussprache nicht dabei, so daß sie sich auf die Grammatik konzentrieren mußte. Vusi hätte ihr mit Deutsch helfen können – aber Portugiesisch!

»Wie lange bist du dagewesen?« Er war in Ostdeutschland ausgebildet worden. So viel wußte sie von ihm.

»Zwei Jahre und drei Monate. Wir haben nicht aus Büchern gelernt. Du mußt einfach anfangen zu sprechen, Mann, du mußt dich Leuten verständlich machen, wenn du irgend etwas willst, das ist das Beste. Aber wozu willst du Portugiesisch lernen?«

»Moçambique. Charles und ich gehen vielleicht dorthin. Für immer.« Sie zog ihr Haar herunter, hinter die Bügel ihrer Brille. »Ich jedenfalls geh wahrscheinlich. Eine Weile als Lehrerin arbeiten.«

»Was unterrichtest du?«

Sie zog ein verlegenes Gesicht. »Ich hab noch nicht viel gemacht. Aber ich kann Geschichte unterrichten. Das neue Bildungssystem da, ich würd gerne mitmachen ... bei so etwas. Eines Tages.« Die zwei Worte als Hinweis darauf, daß sie nicht desertieren würde.

»Ja, du würdst es da mögen. Das wird ein gutes Land. Und Charlie, lernt er auch?«

»Er hat. Aber im Moment nicht.«

Vusi nahm ihr Buch und versuchte ein paar Sätze und lächelte über seinen stümperhaften Versuch.

»Du sprichst also Portugiesisch!«

»Ein paar Worte ... Ich war nur ein paar Monate da. Jeder spricht Englisch mit einem.« Mit einem besseren Akzent als sie brachte er noch ein paar Sätze heraus, als wäre es zu seinem und ihrem Spaß.

Er saß wieder in seinem Sessel, wartete, sein Gesicht so, wie er selbst es nie sehen würde, auf keinem Foto, in keinem Spiegel. Er war besessen von einem Ausdruck, der zu weit entrückt war, um von irgend jemandem erreicht zu werden, so tief in seiner eigenen Vergangenheit, ein Schmerz, den er selbst nicht bewußt fühlte dort im Wasserglanz seiner schwarzen Augen, die in der alten Höhle des Kopfes versteckt waren, in der Zartheit des Lebens in der feinen Haut der Nasenflügel, der ungewöhnlich unbewußten Haltung der gefurchten Lippen – Lippen, die, wenn er sich seiner selbst nicht bewußt war, wenn er sie gebrauchte, um die halbverständlichen Sätze im Englisch eines kaum gebildeten schwarzen Mannes zu formen, in ihrer Form etwas enthielten, was es nie gegeben hatte, was aber noch ausgesprochen werden könnte.

Jetzt, als er auf der bewußten Ebene ihres Zusammenseins in dem Zimmer sprach, schien es ihr, daß er nicht wußte, wer er war; sie mußte sich schnell auf sein eigenes Bild von sich selbst einstellen. »Ihr seid nicht wirklich verheiratet?«

Sie sah auf das Geheimnis, das er war, während er einfache Neugier zeigte. »Nein, wir sind eigentlich gar nichts.«

Er verstand – sollte verstehen? –, daß sie nicht mit Charles schläft. Wenn, dann war es eine Vertraulichkeit, die Fragen erlaubte. »Was soll das dann?«

»Na ja, es gibt kein anderes Zimmer für mich, oder?«

Er bog seinen Kopf zurück gegen den Stuhl, atmete in Richtung Decke mit den Astknorren der Kiefernbretter und den gepreßten Bleischnörkeln, die alle vier manchmal wie besessen zählten.

»Wir haben irgendwie Schluß gemacht. Vor ungefähr fünf Monaten, nach fast sechs Jahren. Aber wir hatten schon zugesagt, als wir noch zusammen waren, deshalb konnten wir darauf keine Rücksicht nehmen.«

»Meine Güte. Du bist eine komische Frau.«

Es war mit distanzierter Bewunderung gesagt. Sie lachte. »Du weißt besser als ich, was wichtig ist.«

»Klar, trotzdem ...«

»Weil ich eine Frau bin, sagst du *trotzdem* ...«

Er merkte, daß sie seine Bewunderung eifersüchtig als eine Art Diskriminierung im Rahmen ihres gemeinsamen Engagements verstand. Er scheute davor zurück. Aus seinem Mund kam eine dieser achtlosen Antworten, die ein Schwarzer in der Stadt als Redewendung der Weißen aufschnappt: »Damit komm ich nicht klar.«

Er entkam ihr, nahm *Afrika Untergraben* ziellos in

die Hand und legte es wieder hin, als er aus dem Zimmer ging.

Charles kam von seinem täglichen Dauerlauf zurück; er war Teil seines Stundenplanes, den er für sich selbst aufgestellt hatte, um das Warten zu überbrücken. Sein Hintern in der seidigen, blauroten Turnhose hob und senkte sich vor den Autofahrern, die ihn überholten und oft, als Zustimmung zu dieser gesunden Beschäftigung, winkten. Eddie wäre gerne mitgekommen (oh, wie lange war es her – fünf Jahre – als er als Siebzehnjähriger in Soweto gelaufen war, Hoffnungen als Amateur im Fliegengewicht gehabt hatte), aber ein schwarz-weißes Paar wäre verdächtig gewesen. Atemlos wie ein zufriedener Hund, zottig, mit warmen Gerüchen, blieb Charles in dem Zimmer stehen – wie jemand, der irgendwo eintritt, als die Veranstaltung gerade vorbei ist; alles, was er empfand, ohne es genau zu identifizieren, war, daß in seiner Abwesenheit über ihn gesprochen worden war.

Obwohl sie sich früher die Nase zugehalten hätte und ihn so unter die Dusche geschickt hätte, hatte sie jetzt keine Rechte mehr über seinen Körper, um ihm zu sagen, daß er nach gutem Schweiß stank; sie lächelte nur schnell und wandte sich den Futurformen zu. Er wollte gehen und sich anziehen, aber das Bedürfnis, alles zu wissen, was seine Kumpane wußten, ihren Gedanken zu folgen, wohin sie auch gingen, dieses Bedürfnis, das ihn zu einem perfekten Vorstandsvorsitzenden gemacht hätte, wenn er in der Zeit seiner Jugend anders auf günstige »Umstände« reagiert hätte, veranlaßte ihn, nachzusehen, bei welchem Kapitel Vusi in seinem Buch angekommen war und dann, obwohl er selbst das Buch schon gelesen hatte, wieder zu lesen, wo immer der andere Mann seine Striche mit Kuli gemacht hatte.

Nicht plötzlich – sie mußte einen zu sanften Eindruck hinterlassen haben, ehe zuerst Charles und dann Joy ihrer bewußt wurden – war da eine nie gehörte Stimme in dem Haus, wo keiner außer den vieren jetzt hereinkam. Es war unerwartet, wie der schwache Schrei von etwas Neugeborenem.

Vusi kam mit einem Instrument, aus dem er eine Stimme holte, in das Zimmer. Er ging an Charles vorbei und blieb vor Joy stehen, spielte ein gedämpftes, süßes, halbgemurmeltes *Georgia On My Mind* – ja, das war es, man konnte es erkennen, wie eine Vogelstimme identifiziert werden kann als phonetische Silben, die Menschen in Wörter übersetzen. Von diesen Lippen, die sich um ein Mundstück kräuselten und zusammenzogen, unter seinen Fingern, die primitive Knöpfe drückten, kam das Lied aus einem kaum erkennbaren, absurden und wunderbaren Instrument. Ab und zu zog er, wie ein Schwimmer, Luft ein. Er spielte weiter, die Stimme wurde stärker, manchmal stotterte er (die eigenartigen Knöpfe hakten), manchmal quietschte er, aber er erreichte den sanften, dunklen wah-wah-Klang, den raketenartigen Anstieg zu einer hohen Note und den steten gleitenden Abfall außer Hörweite, die nur diesem einen Instrument zu eigen sind.

Während der Zeit, in der sie warten mußten, hatte Vusi ein Saxophon gemacht.

Hierfür hatte er die abgerissenen Ringe der Bierdosen gesammelt. Der geschwungene Hals war vielleicht das leichteste. Er bestand aus ineinandergeschobenen Teilen, die aus Marmeladendosen gehämmert worden waren. Für ein paar der schwierigeren Teile mußte dickeres Material erforderlich gewesen sein. Wahrscheinlich waren ein paar Patronenhülsen zur Tastatur geworden. Er hatte, eingeschlossen im Schuppen mit den Notwendigkeiten, die dort lagerten, am Saxophon gearbeitet und hatte es hinten bei den Schweineställen ausprobiert, ohne daß irgend jemand es hören konnte.

Das weiße Paar bestaunte das Ding. Ein außergewöhnliches Machwerk und zugleich ein Musikinstrument. Nachdem er es für das Mädchen gespielt hatte – das erste Mal überhaupt vor anderen –, war Vusi jedem Lob gegenüber gleichgültig, weil niemand ermessen konnte, was sie da vor sich hatten, begeistert wie Laien über etwas, was mit ihrer weltlichen Anerkennung nicht erfaßt werden konnte.

Er wußte nicht, daß es Charles an den Einfallsreichtum der Gegenstände erinnerte, die in den Konzentrationslagern von Europa ausgestellt worden waren, die jetzt Museen waren. Sie waren von den Inhaftierten aus nichts gemacht worden, Abbilder der wunderbaren Möglichkeiten eines zu lebenden Lebens.

Die städtische Kunstgalerie besitzt einen heiligen Affen. Ein bezauberndes Bildnis, eine indische Statuette, in glasierter Keramik von einem Wiener Künstler kopiert, grün, als ob sie aus tiefem Wasser geformt worden sei. Er lebt in einem Schrank hinter Glas. Die Galerie ist spärlich ausgestattet mit der Kunst des afrikanischen Kontinents, auf dem es steht, und hat kein Exemplar des Affen Cynocephalus mit dem Hundegesicht (der oft als Diener des ägyptischen Gottes Thoth dargestellt wird, den sie oft in Museen im Ausland gesehen hat und amüsiert als das 2000 Jahre alte Ebenbild einer Pavianart, die noch zahlreich in Südafrika existiert, erkannt hat).

Ein paar Leitungen, die aus dem Badewasser guckten: Zehen. Ein Gesicht, das in den Armaturen des glänzenden Wasserhahns reflektiert wurde, nahm die lustige Form eines Kürbisses mit ausgeschnittenem Mund an. Sie kann sich das ansehen, aber sie möchte die Verformung ihres Unterkörpers nicht sehen, die reflektiert wird, wenn sie ihren Kopf mit der Badekappe aus Plastik gegen das Ende der Wanne lehnt. Ihre Beine werden lang und schief, an einem Ende mit riesigen Füßen verbunden und einer gekrümmten Perspektive, die zu einer behaarten, geduckten Kreatur zurückführt. Jenseits dieser unersättlichen Scham liegt nichts mehr, sie hat Körper und Kopf dahinter verschluckt. Sie liegt in der Wanne, um sich zu entspannen. Keiner hat ihr gesagt, daß sie sterben wird, aber alle um sie herum werden niedergeworfen, wie ein Löwe in eine Herde stürzt und das Fleisch seiner Opfer reißt. Hier eine Brust ab, da ein Stück Lunge; eine Blase, die zurechtgeschnitten wird. Sie liegt auf dem Rücken und tastet pflichtschuldig ihre Brüste ab. Da sind Rippen, aber kein Knoten. Die Brustwarzen werden nicht hart; das ist gut, sie mag den Anschein der Masturbation nicht, bei dem, was die Ärzte einem raten, an einem selbst zu tun, als Vorsorge, um am Leben zu bleiben. Diese Brüste erkennen ihre Hände nicht, sie haben nur Männerhände gekannt. Sie werden von ihren Händen nicht an jene erinnert.

Trotz des Jahrmarktbildes im Wasserhahn haben ihre wirklichen Schenkel immer noch die feste klassische Rundheit. Sie türmen sich nicht wie halbabgestandener Quark um die Knie, wenn sie steht. Noch nicht.

Der zartgravierte Abdruck von Herbstblättern – einige Stellen mit Krampfadern – ist mehr oder weniger durch Bräune bedeckt.

Wie sie auch liegt, ihr Bauch erhebt sich wie der Leviathan.

Er ist immer dagewesen, hat, flach zwischen den Hüftknochen, auf seine Zeit gewartet. Es macht ihr nicht allzuviel aus. Diese Phantasien sind eine Folge ihres frühen Aufwachens, und es gibt eine einfache wissenschaftliche Erklärung dafür: reduzierte hormonale Aktivitäten führen dazu, daß man weniger Schlaf braucht. Sie nickt mit ihrem Kopf, zum Zeichen weisen Verstehens, als ihr dies erklärt wird; was es wirklich heißt, ist, daß man acht Stunden schläft, nachdem man jemanden geliebt hat. Sie fühlt sie, die anderen Leute, die diesen Schlaf in anderen Zimmern schlafen. Es stimmt, wenn man älter wird, weiß man plötzlich, was in der Kindheit passierte. Sie versteht jetzt den alten Familienwitz ganz anders, der ihr immer erzählt worden ist. Daß sie im Morgengrauen zum Bett ihrer Mutter gekrochen ist, das schlafende Lid hochgezogen und ihr ins Auge gespuckt hat. Oh, Liebende, ich beneide euch um den Schlaf, nicht um das Lieben, aber keiner würde mir das glauben. Mir wird gesagt, mir selbst nicht zu glauben. Das ist etwas, was Ärzte wirklich nicht verschreiben können ... aber du mußt aufhören, dir einzureden, daß du für Männer nicht mehr interessant bist.

Alte Familie, die ihre. Sie sah sich noch einmal an, Zehen, Schenkel, Vagina (man denke an das hohe Bild, das sie von sich selbst hatte, Tempel der Genüsse), schöne Brüste. Das Gesicht konnte ausgelassen werden, Gott sei Dank, man kann sein eigenes Gesicht nicht dadurch beweisen, daß man in der Wanne darauf hinunter sieht, damit wackelt, dessen Fleisch aus dem Wasser herausschnellen läßt und es wieder einzieht, daß der Bauchnabel versinkt. Dies ist kein Badezimmer mit Spiegeln, viel hübscher, es hat eine Wand aus Glas, die auf einen kleinen Hof geht, der nicht größer ist als ein Luftschacht, in dem Pflanzen und Farne wachsen, die Schatten lieben, in der trockenen Zeit einfallsreich und sparsam bewässert durch den Abfluß der Wanne. Sie sprießen in dem Wasser, das dieses Fleisch bevorzugt, so wie die Schiiten Gnade durch das Badewasser des Aga Khan kaufen. Sie sollte lieber an die Pflanzen denken. Sie fühlt, daß sie es nicht will, sie möchte nicht davon abgelenkt werden, was sie sehen muß, aber sie zwingt sich – sie muß aufhören, sich selbst zu beobachten, und dies erweckt das Gefühl in ihr, daß jemand sie beobachtet, da ist ein Blick außerhalb des Bewußtseins ihrer selbst, er existiert einen Augenblick lang zwischen dem Grün der Pflanzen.

Sieht die Frau in der Badewanne an. Sieht, was sie sieht.

Sie dachte, daß es sie zuerst an den Kopf der Antiquität erinnerte, die ägyptische Basaltfigur – zweifach dem Menschen entrückt – als Tier und Attribut eines Gottes –, aber mit dem Glanz eng zusammenliegender goldbrauner Augen, wie denen eines Menschen.

Nein. Ein *richtiger* Pavian, ein frei herumlaufender Spanner in den Vororten.
Sie mußte sich das so vorstellen. Wenn nicht (sie weichte sich in der Wanne müde, sah Dinge), wäre es ihre eigene Heimsuchung gewesen; ein Mann.

Eddie fand etwas Kot, nicht weit entfernt von der Rückseite des Schuppens. Seiner Meinung nach sah er aus wie von einem Menschen. Alle vier gingen dorthin, um ihn anzusehen. Der Kleynhans-Hof lag so einsam, abgesehen von dem Strom des Lebens auf der Straße, den er nicht zu einer Unterbrechung einlud. Sie hatten sich vor Eindringlingen sicher gefühlt.
Die harte Wurst der Exkremente war mit Fell und Sehnen durchzogen. Charles hob sie mit seiner bloßen Hand auf. »Seht ihr? Hatte Kaninchen zum Abendessen. Ein Schakal.«
Joy lachte schaudernd, obwohl es keinen umherstreifenden Mann gab, vor dem man Angst haben mußte. »So nah am Haus?«
Vusi glaubte es nicht. »Nichts zu essen da.« Der umgebaute Schuppen mit der metallenen Rolltür war genau hinter ihnen.
»Na ja, sie schnüffeln herum. Ich glaub, hier riecht es immer noch nach Hühnern und Schweinen. Es ist sogar heute noch nicht ungewöhnlich, daß ab und zu so ein Schakal ziemlich nah an den Städten auftaucht.«
»Bist du sicher? Woher weißt du, daß es ein Schakal ist?«
Charles wedelte den Dung unter Eddies Nase.
»Heh, Mann.« Eddie wich zurück und lachte nervös.

Vusi war eher mißtrauisch gegen Feststellungen als neugierig. »Kannst du alle Tiergeschäfte unterscheiden?«
»Natürlich. Da ist einmal die Größe und Form, das ist leicht, jeder kann Elefanten- oder Vogelscheiße auseinanderhalten.« Sie lachten, aber Charles war sachlich wie jemand, der nicht mehr in einer Fabrik arbeitet, ein Werkzeug ergreift und es mit der gleichen selbstverständlichen Geschicklichkeit benutzt, wie er es am Fließband gelernt hat.
»Aber selbst, wenn das Zeug zerbröselt ist, kann man das Tier durch die Untersuchung der Nahrung genau bestimmen. Die Buschmänner – die San, Khoikhoi –, sie haben das jahrhundertelang gelernt, Teil ihres Jagdwissens.«
»Hat man dir das bei den Pfadfindern beigebracht, Mann?«
»Nein. Nicht gerade bei den Pfadfindern.«
»Wo hast du's dann gelernt?« Eddie wandte sich Zustimmung fordernd an die anderen. »Ein Experte in großen Geschäften! Er ist schlau, der alte Charlie. Wir haben Glück, einen Typen wie ihn zu haben, was?«
Joy hörte höflich, halblächelnd zu, wie Charlie noch einmal in lakonischer Selbstzensur erzählte, was die Vertraulichkeiten ihrer frühen gemeinsamen Zeit gewesen waren.
»Es war einmal, da war ich Wildhüter, ob ihr's glaubt oder nicht.« Das war eine der Sachen, die er versucht hatte, um anderes zu vermeiden: um nicht in das Metall- und Wellpappengeschäft, an dem sein Vater und seine Onkel vierzig Prozent Anteile hielten, einsteigen zu müssen, um nicht (na ja, in Ordnung, wenn du nicht für das Geschäftsleben geeignet bist) eine Stelle in einer

halbstaatlichen Abteilung zur Treibstofforschung annehmen zu müssen – lange Zeit ohne zu wissen, daß es keinen Ausweg für ihn gab, weder die Distanz der Forschung noch den Trost der Natur. Geboren als der, der er war, wo er war, wissend, was er wußte, wäre Empörung zu Scham heruntergebrannt, wenn er geglaubt hätte, daß seine Generation irgendein Recht auf das gehabt hätte, was in den Karrierehandbüchern stand.
»Im Ernst? Wo?«
»Oh. Überall. Ein Ignoramus mit Prädikatsexamen in Naturwissenschaften, aber die Shangaan-Ranger haben mich erzogen.«
»Oh. Krugerpark, nicht? Die arbeiten da. Da oben also.« Vusis Kopfzucken schnitt seine Worte ab wie ein erschrecktes Fingerschnappen. Er war einmal durch diese Wildnis der geschützten Tiere illegal ins Land gekommen; ein gefährdetes Tier auf dem Weg, ein handelndes zu werden. Die Furcht kehrte zu ihm zurück wie eine Schicht kalter Flüssigkeit unter seiner Kopfhaut. Davon war nur sichtbar, daß seine kleinen steifen Ohren sich leicht an seinem Schädel bewegten.
Charles wischte die Handfläche an seiner Hose ab, faltete die Hände hinter dem Kopf, entlastete seinen Hals, seine matronenhaften Brüste angespannt, während er wartete. »Eines Tages würde ich gern die Methode bei Menschen anwenden – eine Klassenanalyse.« (Er genoß ihr Lachen.) »Das Abwasser eines weißen Vorortes und das Abwasser eines Obdachlosenlagers – man würde keinen besseren Weg finden, um die Qualität der Nahrung zu untersuchen, die sich verschiedene Einkommensgruppen leisten können, sogar den Snobismus, den verschiedene Berufe und Ambitionen auferlegen. Ein

schwarzer Straßenfeger, der zum Mittagessen einen halben Brotlaib und ein Bantu-Bier runtergewürgt hat, ein weißer Manager, der Austern und eine Flasche Fleur du Cap verdaut hat – zeig mir, wie du scheißt, Mann, und ich sag dir, wer du bist.«

An dem Nachmittag erschien tatsächlich ein Schwarzer im Hof. Er war kein Herumtreiber, obwohl er sie wahrscheinlich beobachtet hatte, den Kleynhans-Hof beobachtet hatte, nachdem sie eingezogen waren. Er mußte wissen, von wo man das unauffällig machen konnte, ohne sie zu stören oder gesehen zu werden.
Er war ein Landarbeiter in mittleren Jahren, der seine Kirchenkleidung trug, so daß der Herr und die Missus ihn nicht wegschicken würden als einen *skelm.* Aber er hätte sich keine Sorgen zu machen brauchen, weil der Herr und die Missus nie vor dem Haus erschienen. Er fand die beiden Männer, die da jetzt auf Baas Kleynhans' Hof arbeiteten, so wie er es getan hatte, Farmboys. Er war gekommen, um zu sehen, wie sein Mais wuchs. Ja, ja ... Es gab eine lange Pause, in der die dazugehörige Folge dieser Bemerkung verstanden werden konnte: er war um den Kleynhans-Hof gestrichen, um diesen Moment herum, um zur Sache zu kommen – eine Vereinbarung, nach der er seinen Mais ernten durfte, wenn er geerntet werden konnte. Die anderen beiden, seine Brüder (er sprach mit ihnen auf Sesotho, und sie antworteten in der Sprache, aber als er sie fragte, woher sie seien, sagten sie aus Natal) dürften gerne davon essen, er mache sich nur Gedanken über den weißen Farmer. Könnten sie das Stückchen Land als das übliche Beet für

Kürbisse und Mais beanspruchen, das Farmer ihren Schwarzen zubilligten? Er würde morgens kommen und zwischen dem Mais jäten, bevor der Baas aufstand, er würde seinen Brüdern keinen Ärger bereiten.
Aber die jungen Männer waren gute junge Männer. Sie wollten nichts davon hören, daß *baba* das tat. Der in Jeans und dem Hemd voller Bilder (Farmboys zogen sich heutzutage an wie die Jugendlichen in der Stadt) sagte, er würde nach dem Mais sehen, keine Sorge. Als er über seinen alten Hof blickte, bewunderte er die neue Garage mit der schönen Tür, die aus dem Schuppen gemacht worden war, und fragte, warum der neue Weiße nicht gepflügt hatte? Was wollten sie anpflanzen? Und was tat er (Vusi), wenn der Weiße keine Hühner oder Schweine haben wollte? Sie erklärten, daß sie mit der Farm noch nicht richtig angefangen hatten. Zuerst hatten sie die Garage gebaut und Vusi – Vusi hatte drinnen gearbeitet. Hatte dem Farmer geholfen, Sachen zu reparieren. Das Haus angestrichen. Ah ja, Baas Kleynhans war lange krank gewesen, bevor er gestorben war, es hatte keinen gegeben, der sich richtig um das Haus gekümmert hatte.
Die drei schwarzen Männer sprachen über eine Stunde miteinander im Hof. Sie waren zu einigen Kisten gegangen, die von Charles' Lieferungen immer noch dastanden, und saßen darauf, sahen einander an, gestikulierten und rauchten, lösten manchmal einen kleinen Knoten im Gespräch mit einem hohen Ausruf oder einer Nachäfferei, Gelächter. Als der Mann seinen Filzhut abnahm, wurde eine Beule mitten auf seinem staubigen Haaransatz von der Sonne poliert. Das weiße Paar konnte sie durch das Badezimmerfenster sehen. Es war eine Milchglasluke

zum Kippen, die sich unter Schichten von toten Kletterpflanzen öffnete. Was im Hof passierte, hätte man vom Küchenfenster viel besser sehen und hören können, aber das weiße Paar wäre da sichtbar gewesen, und sie konnten sowieso nicht verstehen, was gesagt wurde.

Zuerst spürten sie nur Besorgnis. Dann fühlten sie sich wie Lauscher, Spione: wie Menschen, die nicht teilhaben, die Außenseiter sind. Das langsame Zusammenwachsen, daß die vier ausmachte – ein Zusammenschluß: ein Gehäuse, eine Wohnung – war zerbrochen. Eddie und Vusi waren da draußen, aber es waren Charles und Joy, die allein dastanden. Sie hatten keine Möglichkeit zu wissen, was sie da beobachteten.

Der Mann eierte auf seinem alten Fahrrad davon und rief die schwächer werdenden Abschiedsformeln, die zwischen Schwarzen auf dem Land ausgetauscht werden. Beide Paare – drinnen im Haus und draußen – warteten da, wo sie waren, ungefähr zehn Minuten. Vusi war still, aber Charles und Joy (noch immer im Badezimmer mit dem tropfenden Wasserhahn) konnten das anhaltende Gemurmel von Eddies Monolog hören.

Sie trafen sich in der Küche. Die junge Frau sah für die beiden Männer, die vom Hof hereinkamen, lächerlich atemlos aus, als ob sie klettern gewesen wäre.

»Er hat früher für den Mann gearbeitet, dem das hier gehört hat. Er will seinen Mais.«

Charles Emotionen flossen wie sein Blut nahe an der Oberfläche. Er war reizbar, wenn er nervös war; jetzt war er ungeduldig mit Vusi. »Es hat den ganzen Nachmittag gedauert, das zu sagen! Meine Güte, wir sind fast wahnsinnig geworden. Es sah aus, als ob ihr den Mann kanntet. Wir haben Gott weiß was gedacht – daß ihr etwas erklären mußtet, daß ihr in der Klemme wart – ich weiß nicht, was. Und was konnten wir tun? Es schien euch *Spaß* zu machen, um Gottes willen …«

Nachdem er seine Angst ausgesprochen hatte, verlor seine Stimme das Anklagende; er endete aufgeregt, halb lachend, rollte kleine Büschel des hellen Bartes zwischen Daumen und Zeigefinger. Wie ein Essensrest bei Tisch hing ein Fetzen Blatt von der toten Kletterpflanze am Badezimmerfenster in den Haaren.

Eddie ging an den Eisschrank und nahm ein Bier heraus. »Wir hätten ihm etwas zu trinken anbieten sollen, aber ich konnte nicht einfach in die Küche des weißen Baas gehen und etwas holen. Er muß sich gefragt haben, warum wir nichts in seinem alten Zimmer haben, Mann; ich hatte Angst, daß er da hineingucken wollte und keine Betten, gar nichts, sehen würde. Ich hatte schon überlegt, ob ich sagen könnte, daß wir Freundinnen irgendwo haben, wo wir schlafen. Aber er kennt hier meilenweit in der Gegend jeden.«

Sie sprachen über den Mann und beschlossen, daß sie nichts tun konnten, außer zu hoffen, daß er nicht nach kurzer Zeit wiederkommen würde. Bald würde es nichts mehr ausmachen, wenn er kam.

Joy sah Charles nicht an, richtete aber eine Bemerkung an ihn: »Wenn wir noch viel länger bleiben, werd ich bald ein Kissen tragen müssen. Als ich letzte Woche unsere Freundin, die Maklerfrau, in der Drogerie getroffen habe, hat sie mich gemustert. ›Man sieht es Ihnen noch gar nicht an, meine Liebe, oder?‹«

»Ach du meine Güte, du gehst besser nicht mehr in die Stadt.«

Sie beschwerte sich nicht. Ihr Haar war in einem komischen Knoten an der Seite des Kopfes hochgesteckt – sie war schließlich eine Frau, sie spielte mit ihrer Erscheinung herum, während sie wartete. Die Frisur war sehr unattraktiv; an der Seite, von der das Haar herübergenommen war, stand der Knochen hinter ihrem Ohr vor und ihr Schädel schien flachgedrückt. »Und was war das für ein Zyklopenauge an seiner Stirn?«

Eddie zuckte erstaunt zusammen. »Das was?«

»Irgendein Knoten, den ich in der Sonne sehen konnte, ziemlich groß und glänzend.«

Charles richtete diese Bemerkung zerstreut an sie, keiner war interessiert. »Eine Zyste nehm ich an. Ich hab nichts gesehen.«

»Wie ein hervorquellendes Auge, mitten auf seinem Kopf. Oder eines von Moses wachsenden Hörnern.«

Vusi brauchte die Metallverschlüsse nicht mehr – er ließ seinen in die leere Bierdose fallen und schüttelte sie, ließ es klimpern, um Aufmerksamkeit zu erhalten. »Kleynhans hat ihm fünfzehn Rand im Monat bezahlt. Er hat zwölf Jahre für ihn gearbeitet. Als Kleynhans starb, hat seine Tochter dem Makler Klopper gesagt, er kann ohne zu zahlen in dem Zimmer im Hof bleiben, bis das Haus verkauft ist. Sein Sohn arbeitet in der Ziegelei und wohnt mit Frau und Kindern mit den anderen in den wilden Hütten da in der Nähe. Sie sind zweimal weggejagt worden, aber sie haben ihre Hütte wieder aufgebaut. Seitdem wir hier sind, lebt der alte Mann bei ihnen. Keine Arbeit. Keine Genehmigung, in der Stadt Arbeit zu suchen. Kann nirgendwohin.«

»Ja.« Charles zog immer wieder alle fünf Finger durch den Bart. »Ja.«

Eine Wohnung der Entschlossenheit, geheimgehalten in

der Gegenwart der anderen, nahm sie wieder auf, die vier: wartend. Sie waren still, nicht niedergeschlagen; kraftvoll lebendig. Es gab keine Notwendigkeit zu sprechen. Nach einer Weile holte Vusi sein Saxophon, und es sprach, sanft. Ein Sommergewitter braute sich zusammen, zuerst bewegte sich nur ein einziger Finger eines Baumastes in der schweren Luft, dann atmete das Land in großen Böen aus; gewöhnliche braune Vögel warfen sich wild in die Luft, ein roher frischgeschnittener Geruch von Regen, der irgendwo anders fiel. So schön, dieses Temperament der Erde. Wartend sahen sie den Regen, der über den blassen Spulen hing, die die Türme des Kraftwerkes waren.

Mrs. Dot Lamb, Vorsitzende des Hausbesitzervereins in dem Vorort, wo der Outlaw sein Lager zu haben schien, verlangte ein Gespräch mit dem Stadtverordneten, den die Hausbesitzer gewählt hatten, um ihren Besitz und ihre Interessen zu schützen. Das von ihm gegebene Versprechen zeitigte kein Resultat – als ob sie zeigen wollte, wie wenig sie sich von dem Stadtverordneten bedroht fühlte, hatte die Kreatur ein ganzes Beet von Artischokken, die aus importiertem Saatgut für eine elegante Vorspeise angebaut worden waren, ›ausgeräumt‹, wie ein Anlieger sagte. Mrs. Lamb berief ein Treffen des Vereins ein. Sie war eine Frau, die Dinge erledigte; die Hausbesitzer waren Leute, die Dinge für sich erledigt haben wollten, ohne sich selbst um etwas kümmern zu müssen. Sie war es gewesen, die sie zusammengerufen hatte, um sich dem Plan entgegenzustellen, ein Heim für spastische Kinder in ihrer Gegend zu bauen. Sie hatte (für sie) die Schlacht gewonnen, den Bau von Toiletten für Schwarze an deren Vorortsbusbahnhof zu stoppen, indem sie überzeugend argumentiert hatte, daß diese Einrichtung, anstatt Schicklichkeit in der Öffentlichkeit zu fördern, nur die Schwarzen anlocken würde, die sich in der natürlichen Flora der Hügel, die so eine kostbare Eigenheit des Vorortes waren, trafen, um zu trinken. Jetzt wurden diese Hügel auch von einem entlaufenen Affen benutzt. Waren die Steuerzahler *hierfür* von der Erhöhung der Grundsteuer, die für das nächste Jahr geplant war, unterrichtet worden? Wertvolle Haustiere, geliebte Spielkameraden der Kinder, waren getötet worden. Die Leute hatten Angst, kleine Kinder alleine in den Gärten spielen zu lassen.

Die Bewohner gaben Mrs. Lamb die Vollmacht, weitere Schritte zu unternehmen. Sie wollte keine Zeit an den sogenannten Dienstweg verschwenden. Sie ging zur örtlichen Polizeistation, machte ordentlich Wirbel und brachte tatsächlich den Leiter dazu, zwei bewaffnete weiße Polizisten und einige schwarze auf die Suche in die Hügel hinter einigen der schönsten Häuser im Vorort zu schicken. Sie schnappten ein paar illegale Alkoholverkäufer und nahmen fünfzehn Männer ohne Pässe fest, fanden aber nicht, was ihnen zu finden befohlen war.

Der Tierschutzverein mahnte, daß ein Tier nicht wie ein Krimineller von der Polizei gejagt und erschossen werden dürfe. Angestellte des Zoos boten sich an, es mit Betäubungspfeilen zu fangen. Falls es, wie einige Leute behaupteten, ein Affe war, würde es eine sichere Heimat im Affenhaus finden, wo jeden Tag um fünfzehn Uhr die Tiere zum Vergnügen der Kinder aller Rassen eine Teeparty aufführten.

Eddie ging zur Straße und trampte auf afrikanische Art, indem er den Arm von der Hüfte an aufwärts hob und senkte, als ob er ein Autorennen leitete. Er trug seine Wildwestjacke. Vusi und Charles schliefen noch – einige Leute können die Zeit des Wartens damit verbringen, daß sie mehr schlafen –, aber Joy sah ihn gehen. Ihre Hände zitterten gequält, als ob sie sich übergeben müßte. Sie weckte die anderen nicht und wußte nicht, ob das, was sie tat, richtig war. Sie wußte nicht, ob sie, wenn die anderen aufwachten, so tun würde, als ob sie Eddie nicht gesehen hätte.

Eddie wurde von einem Schwarzen in einem Firmentransporter mitgenommen. Sie redeten über Fußball. Er bat nicht darum, in dem Dorf, in dem Joy und Mrs. Klopper einkauften, aussteigen zu dürfen. Er fuhr die ganze Strecke – nach Johannesburg.

Eddie hatte nichts abzugeben am Eingang eines Supermarktes, wo man gebeten wurde, Aktentaschen oder Plastiktüten gegen Plättchen mit Zahlen zu hinterlassen. Er löste keinen Einkaufswagen aus der Schlange an der Wand und nahm keinen Plastikkorb. Er ging durch die Reihen wie in einer großen Ausstellung, vorbei an Lagern voller Konserven mit Obst, gelben Mosaiken aus eingelegten Gurken, flachen, runden und ovalen Dosen mit Sardinen, Anchovis, eingelegten Muscheln und Thunfisch im Öl von Baumwollkeimen, Flaschen mit Soßen und Spraydosen mit Schokoladenglasur, Behältern mit Kaffeebohnen, Tüten mit Reis und Linsen, Säcken mit Maismehl und Zucker, er hielt ab und zu an, als ob er den Namen des Künstlers lesen wollte. *Echte Papadums*, *Poivre Vert de Madagaskar* – und ging dann weiter zum Haustier- und Hühnerfutter, den Waschmitteln, abgepacktem Fleisch, wie ein Querschnitt durch Eingeweide unter einem Mikroskop, zu den Töpfen, Gläsern für Irish coffee, Dosenöffnern, Sägen, Meißeln, elektrischen Birnen, Drehständern mit Strumpfhosen für Frauen und witzigen, religiösen oder sentimentalen Grußkarten. Weiße Frauen schoben kleine Kinder oder kleine Hunde in den Sitzen der Einkaufswagen. Schwarze drehten die Pakete mit Kochfleisch um. Andere Schwarze, Angestellte, schwangen Stempel, die Preise auf die Waren drückten, die sie nachfüllten. Die Musik aus dem Lautsprecher wurde von Glockenklang und einer Stimme unterbrochen, die ihn immer wieder (in seiner Funktion als Kunde) begrüßte und die Sonderangebote des Tages ansagte. An dem Platten- und Kassettenstand blieb er eine halbe Stunde und drehte die Verpackung der hellen, sauberen Kassetten um, wie andere Fleischpakete umdrehten. Es gab keine Anlage, auf der man die Kassetten oder Platten hätte anhören können, aber er kannte alle Gruppen und Solisten und deren bekannte Musik, die darin verschlossen war. Ein Supermarkt hatte nichts, was nicht in billiger Massenproduktion wiederaufgelegt war – für gute, neue Sachen müßte man in einen Plattenladen gehen. Diese Platten durchzusehen bedeutete nur, das anzuschauen, was sich nicht verändert hatte.

Er stellte sich an einem der Ausgänge an, in der Hand einen Satz Transistorbatterien und eine Schachtel so groß wie eine Schnupftabakdose mit einer Salbe, die er nicht gesehen hatte, seit seine Mutter sie auf wunde Stellen geschmiert hatte, als er klein war. Eine *Mama* vor ihm drehte sich um und sprach Setswana, sie war zu Haus in dieser Stadt in ihren Pantoffeln, dem zu großen Tweedrock, dem Kopftuch aus Nylon aus der Kollektion eines Straßenverkäufers und ging davon aus, daß er, als einer der ihren, sie im Streit um das Wechselgeld mit der hochnäsigen, fast weißen Kassiererin unterstützte. Vom Ständer neben ihm nahm er, so wie ein Tourist eine letzte Postkarte mitnimmt, eine Sonnenbrille, die dort am Haken hing.

In den Straßen gab es Tausende wie ihn. Er überquerte die Straßen an Ampeln und ging unter ihnen auf den Gehwegen. Jugendliche, die in Gruppen von drei und vier herumhingen, ohne Arbeit, fertig mit der Schule, ohne Ziel. Wenn man in diesem Alter ist, lockt die Stadt, die einem nichts bietet, von den Townships fort, in die man immer zurückkehren muß. Andere, gleichaltrige, trugen die Pakete und Briefe ihrer Arbeitgeber zur Post, streiften mit ihren Motorrädern um Haaresbreite an dem Autostrom vorbei, lieferten Medikamente und Filme, juristische Dokumente und Hamburgerbestellungen aus. Ältere trugen mit Messing verzierte Mützen und Uniformmäntel, mit denen Weiße erstaunlicherweise die niedrigsten ihrer Angestellten bekleideten – Türsteher und Boten – wie ihre Kriegshelden. Die Stadt war schwärzer, als er sie in Erinnerung hatte. Am westlichen Ende von Jeppe- und Bree Street gab es die gleichen langen Busschlangen, die für die dazugehörige Schlange von Obstschalen und Coladosen am Randstein sorgten, die gleichen portugiesischen Restaurants, die Brei und Eintopf verkauften, die gleichen Taxifahrer, die Diagonal Street als Hinterhof benutzten, um ihre Gefährte wie stolze Rennpferde zu pflegen, die gleichen Frauen, die sich um den Seitenausgang des Geflügelgroßhändlers sammelten, um überschwappende Eimer von Hühnerinnereien zu kaufen. Aber im weißen Teil der Stadt, wo es keine Verkaufsstände in den Straßen gab, sondern Banken und Gebäude von Versicherungsgruppen, Einkaufspassagen mit Bäumen, in denen Menschen wie Raupen von einer Ebene zur anderen transportiert wurden, – dorthin, wo einmal das weiße Zentrum der Stadt gewesen war, waren anscheinend Leute wie er geströmt. Es war Sonnabend und es gab Hellhäutige, Maler und Zimmerleute des Baugewerbes, die die pastellfarbenen Safarihosen und Jacketts, Strohhüte mit gemusterten Bändern trugen wie die Buren, die ihre Großväter waren. Schwarze Kinder aus respektablen Familien trugen halbhohe, strahlend weiße Socken an ihren kleinen Beinen. Reizende schwarze Mädchen kippten ihr Hinterteil an, um den Winkel der hochhakkigen Sandalen auszugleichen, die anscheinend zusammen mit Jeans in diesem Jahr der letzte Schrei waren, die Nägel ihrer kurzen Zehen und schönen Hände signalisierten tiefes Rot, als sie sich näherten und vorbeigingen. Alle würden an die Orte der Schwarzen zurückgehen müssen, nachdem sie ihr Geld ausgegeben hatten; aber es gab kein weißes Zentrum mehr (in den fünf Jahren hatte er vergessen, daß es so war, oder es war in diesen fünf Jahren so geworden). Sie kamen herein und überfluteten es, es lebte von ihnen und für sie. Die männlichen Putzfrauen der Büros, kleine Figuren mit nacktem Oberkörper, sahen von den Dächern der Wolkenkratzer, wo sie ihre Sachen wuschen und Bier tranken, in den Wind und den Staub, der von den Grubenhalden hergeweht wurde, sie mußten ihre Leute dort tief unten sehen können, wie sie um die Konzernhauptquartiere der weißen Rasse wogten.

Er verbrachte lange Zeit damit, in die Fenster zu sehen, die mit Taschenrechnern aller Größen und Marken gefüllt waren, mit Videogeräten und den neuesten *Walkmen*, die, wie früher Uhren, auf ein immer kleineres Format gebracht wurden. In einem Laden wurde ihm diese wunderbare Präzisionsarbeit von einem jungen Portugiesen erklärt, der wahrscheinlich vor der schwarzen Regierung in Mosambik geflüchtet war, ungefähr zur gleichen Zeit, als Eddie aus seiner Heimat, hier in Johannesburg, geflohen war und der Politischen Polizei aus dem schönen Gebäude mit den Spuren blauer Farbe, John Vorster Square, ein paar Straßenzüge entfernt von dem Laden, in dem er nun Kopfhörer ausprobierte, entkommen war. »Wundervoll, nicht? Man spürt sie kaum, so leicht sind sie.« Der junge Portugiese war bereit, jedes Detail jeder Form, Größe und Marke zu zeigen. Als Eddie ging, ohne »sich entschlossen« zu haben, gab er ihm eine Karte mit einem Namen, der groß und schwungvoll unter den gedruckten Namen des Ladens geschrieben war – *Manuel.* »Fragen Sie nach mir, ich mach das gerne für Sie.«
Bei einem Herrenausstatter zeigte ein Inder, der dort angestellt war, Eddie eine Kollektion von Freizeithosen. »Das tragen jetzt all die jungen Leute, Mann. Helle Farben. Was für eine Größe haben Sie? 28?« Er schätzte Eddies Taille, als wäre er ein Polizist, der ihn durchsuchen wollte. Er bewunderte Eddies Jackett: das war doch sicher nicht hier gemacht! Als Eddie nichts fand, was ihm gefiel, wurde er ermuntert: »Gucken Sie einfach nächste Woche wieder rein. Wir bekommen immer wieder tolle neue Sachen. Kommen Sie vorbei.«

Er bummelte wieder Richtung Westend zu den Schlangen, von wo er einen Bus bekommen konnte, der ihn einen Teil seines Rückweges mitnehmen würde. Er kaufte einen Pappteller mit Curryhuhn und aß im Gehen. Draußen vor einer Bar für Weiße erspähte ihn ein schwarzes Mädchen und näherte sich mit einem einladenden Blick. Er lachte und ging weiter: nein danke, *Sisi.* Mit dem Auge der Prostituierten für Fremde war sie die einzige in der Stadt, die ihn erkannte: jemanden, der sich abhob in der Masse seiner Leute, von denen er ununterscheidbar erschien.

Stanley Dobrow reichte sein Foto für den Wettbewerb »Foto des Jahres« ein, der von einer Morgenzeitung durchgeführt wurde.

Der alte Graham Fraser-Smith – »alt« war ein kameradschaftlicher Zusatz von seinen Kollegen, er war erst achtundvierzig – war der Auffassung, daß er, obwohl er kurzsichtig war, der Kreatur in die Augen gesehen hatte. Im Operationssaal während der Pausen, zwischen dem Zusammenflicken verletzter Gesichter mit einem menschlichen Geschick und einem Einfallsreichtum, der erstaunlicher war als Gottes Schöpfung der Frau aus der Rippe des Mannes, erzählte er jetzt die Geschichte anders. Es schien ihm, als hätte er gesehen, wie die Kreatur sich zuerst gebückt hatte, weiter entfernt, als er sich nach dem Golfball bückte. Und sie hatten einander angesehen. Sie wissen, wie faszinierend Augen sein können? Es war kaum nötig, das zu betonen, wo jeder um ihn herum auf die Augen über der Maske reduziert war. Nein, es war wahr, er konnte den Körper nicht beschreiben, sicher auch nicht den Gang, wie van Gelder, der darauf bestand, daß er es könne. Aber die Augen – Sie wissen, wie es manchmal ist, man sieht in einem Zimmer voller Leute eigentlich nur eine Person, man sieht diese Augen, und es ist, als ob man einander von Angesicht zu Angesicht gegenübersteht, allein, nur dieser Person. Es war, als ob man plötzlich eine Person träfe, die man vorher oft auf Fotos gesehen hatte, oder jemanden, von dem einem als Kind erzählt wurde, oder jemanden, über den Leute seit Generationen gesprochen hatten. Hier hörte er auf. Er wollte nicht, daß die Assistenzärzte, der Narkosearzt, die Krankenschwestern und Medizinstudenten, die gekommen waren, um die Schönheit seiner Arbeit zu beobachten (hinsichtlich derer er sehr bescheiden war), diese Begegnung auf etwas Phantastisches und deshalb Witziges reduzierten. Aber wenn van Gelder ein Knochenmensch war, war er es auch, ein Hamlet, der die lebendige Kieferknochenstruktur von eintausend Yoricks überdacht und mit den eigenen Händen rekonstruiert hatte. Für sich selbst fuhr er fort: er hatte zurückgesehen in ein Bewußtsein, aus dem ein Teil seines eigenen stammte. Es gab Ansprüche aus dem eigenen Inneren, die sich nur auf diese ungewollte Art verwirklichen konnten, in scheinbar trivialen und zufälligen Ereignissen, die empfunden, aber nicht verstanden werden konnten. Er dachte an diese Erfahrung wie an ein kurzes Abrutschen im Zugriff der Zahnräder der Zeit.

Eddie war vor Einbruch der Dunkelheit wieder da. Vusi und Charles spielten Schach, und Joy verbrannte

Müll im Vorgarten. Daher war sie die erste, die ihn kommen sah, so wie sie als erste gewußt hatte, daß er gegangen war. Sie hatte einen abgebrochenen Ast und stocherte mit ihm weiter in was immer da brannte herum, bis er an ihr vorbei mußte. Sie hob eine geschlossene Hand mit einer ihrer üblichen bescheidenen Bewegungen, lächelnd, ohne sich bewußt zu sein, daß sie die Spinnenfäden aus fliegender Asche, die sich auf ihrer Stirn niedergelassen hatte, verschmierte. »Hallo.«

Wenn sie keine Fragen stellte, würde er es tun.

Eddie blieb stehen. »Warum machst du das?«

Jetzt, da die engen Linien in ihrem Gesicht in den Wellen der Flammen verschmolzen, die es färbten und rundeten, sah sie besser aus. »Eine Ratte war ins Badezimmer gekommen. Sie haben ein Nest gebaut, in dem Müll, den wir aus dem Schuppen geholt haben. Ich mußte alles herschleppen.«

Er nickte. Er war weggewesen, war aber sofort wieder mit ihr, mit den anderen zusammen, verbunden durch das Wissen, daß kein Feuer in der Nähe dessen, was hinter der neuen Garagentür war, gemacht werden konnte.

Er ging weiter ins Haus.

Sie mußten gehört haben, wie er mit Joy gesprochen hatte. Sie mußten beschlossen haben, es in Ruhe zu besprechen, aber Charles kämpfte mit seiner Selbstkontrolle, kam hoch, die Schachfiguren rollten auf den Boden. »Bist du total verrückt?«

Und war schon draußen.

Vusi schien Charles nicht zu sehen; er öffnete trocken seinen Mund und schloß ihn wieder.

Eddie stieß mit der Spitze seines Turnschuhes eine der

Schachfiguren langsam vorwärts. Er ging in die Küche und kam mit einem Bier zurück. Charles war da und sammelte die Schachfiguren zusammen.

Die Kohlensäure, die aus der Bierdose austrat, als er sie öffnete, war wie ein eröffnender Ausruf von Eddie: »Na ja, es ist ja nichts passiert. Ich bin in die Stadt gegangen, ich bin zurück.«

Vusi war still, verweigerte seine Aufmerksamkeit.

Charles hatte seinen großen Körper sicher an einen Stuhl gefesselt. »Es tut mir leid. Aber es ist klar, daß du weißt, was du getan hast, welches Risiko du für uns alle eingegangen bist.«

»Mach dir keine Sorgen, *Nichts ist passiert.*« Eddie redete mit Vusi. Er mußte Vusi erreichen. Vusi war es, dem sie alle verantwortlich waren, sogar in gemeinsamer Verantwortung, Vusi, nicht Charles, dem Joy hatte sagen müssen, daß sie gesehen hatte, wie Eddie von einem Auto mitgenommen worden war, auf der Straße, frühmorgens. »Ich hab niemanden besucht. Das könnt ihr glauben.«

Vusi schlug langsam die Augenlider auf und nieder, um jede Andeutung von Mißtrauen wegzuwischen. Eddies Gegenwart wurde zur Kenntnis genommen. »Darum geht's nicht, Mann. Du hättest geschnappt werden können.«

»Na ja, bin ich aber nicht.«

Joy kam herein und sah, daß sie sich nicht stritten; es war für sie nicht weniger unmöglich, einen Streit zu wagen, als für Joy, ihr Freudenfeuer in der Nähe des Schuppen zu machen. Disziplin war das molekulare Muster, das sie in ihre eigenartige Verbundenheit zurückzog. Wenn Eddie verhaftet worden wäre, selbst

wenn er nicht als ein im Exil lebender Verbannter identifiziert worden und damit davongekommen wäre, für ein normales Paßvergehen inhaftiert zu werden (die Papiere, die man ihm gegeben hatte, wiesen ihn als Landarbeiter aus und erlaubten ihm nicht, in einem Stadtgebiet nach Arbeit zu suchen), wäre das Muster verzerrt worden. Vusi konnte ohne Eddie nicht arbeiten, Eddie und Vusi nicht ohne Charles und Joy, Charles und Joy nicht ohne Eddie und Vusi. Die Einheit stellte sich unwiderstehlich wieder her, da, zwischen dem Sofa, das von der Decke mit dem Muschelmuster verhüllt war, dem Sessel, der zu Vusis Sessel geworden war, dem imitierten Ochsenkarrenrad mit den rosafarbenen Schirmen, die ein Heiligenschein aus Fliegen umgab; man konnte diese Einheit nicht in die Luft jagen, von innen her, indem man einen Teil – Eddie, der wieder da war, auf dem Kleynhans-Besitz – mit der Art offenen Vorwurfs angriff, den jede normale Beziehung aushielt.
Das weiße Paar hörte später, wie Vusi lange in seiner und Eddies Sprache im zweiten Schlafzimmer redete. Jeder von ihnen machte im Geiste eine Übersetzung gemäß dem, was er selbst Eddie gesagt hätte, von dem, was Vusi gerade sagen würde mit seiner tiefen Stimme, die die dünnen Wände des Hauses vibrieren ließ wie irgendein Bienenschwarm, der sich unter dem Blechdach niedergelassen hatte. Charles machte ihm die bitteren Vorwürfe, die er nicht laut aussprechen konnte; vor allem, wie konnte dieses Kind Eddie *Vusi* gefährden, der schon vorher im Einsatz gewesen war, der seinen Job kannte, der am Leben bleiben mußte, und der es geschafft hatte, viermal die fast sichere Erwartung der Inhaftierung und des Todes zu überleben, die sein Job mit sich brachte.

Joy fragte, warum: ob Eddie wirklich wußte, warum er hier war – den Sinn seines eigenen Lebens kannte, des Lebens seines Volkes seit Generationen kannte –, wie konnte er dann das Bedürfnis haben, sich zurückfallen zu lassen in die ängstliche oder großmäulige Willfährigkeit der Straßen, immer noch unter der gleichen richterlichen Gewalt des lange verstorbenen weißen Großvaters von irgend jemandem. Armer Eddie. Es konnte nur daran liegen, daß er nicht richtig verstanden hatte, warum er hier sein mußte und nirgendwo anders; warum er nicht die sich langsam entwickelnden Möglichkeiten nutzen durfte, in der schwarzen Geschäftswelt aufzusteigen, oder sich in den neu errichteten technischen Hochschulen für Schwarze das anzueignen, was schließlich wichtige Fähigkeiten für den Dienst an seinem Volk waren, oder sich der Elite der schwarzen Ärzte anzuschließen, die nur in schwarzen Gebieten praktizieren durften, oder schwarze Rechtsanwälte, denen es verweigert wurde, in den weißen Gebieten, wo die Gerichte waren, ihre Kanzleien zu eröffnen. Sie konnte es bezeugen, an sich selbst. Sie wäre nicht hier gewesen, wenn sie nicht ihre eigene Umerziehung gefunden hätte, nach der Schule, wo sie gesungen hatte, Gott solle das weiße Südafrika retten. Ohne diese Umerziehung wäre sie sicherlich nicht für sich zu der Erkenntnis gekommen, daß sie jetzt nicht klassifizierte (weiße) Kinder gebären konnte, während sie in einer weißen Vorstadt lebte wie der, wo das Haus mit dem schönen Blick stand, in dem sie aufgewachsen war. Sie konnte nirgendwo anders sein als auf dem Kleynhans-Hof mit Blick auf das Kraftwerk.

An dem Abend herrschte in dem Haus die gekünstelte

Atmosphäre, die jemanden umgibt, der betrunken gewesen ist und nun den Rausch ausgeschlafen hat. Eddie erschien, vom Rausch seiner immer gleichen einen Wiederholung: *Es ist nichts passiert* ernüchtert. Vusi mußte ihm gesagt haben, daß, falls er es nicht mehr auf dem Kleynhans-Besitz habe aushalten können, dies in Ordnung sei, denn ab morgen würden die drei Männer jeden Abend von Mitternacht bis kurz vor der Dämmerung draußen sein. Charles war an der Reihe gewesen zu kochen (sie hatten das Problem, welches Geschlecht für die Küche geschaffen war, dadurch gelöst, daß sie einen Dienstplan aufgestellt hatten) und hatte trotz allem, was der Tag gebracht hatte, Lammeintopf gemacht. Eddie liebte Lamm; aber natürlich war es nicht als Belohnung für ihn gedacht, als es gekocht wurde.
Nachdem sie gegessen hatten, gingen die Männer nach draußen in den Hof. Der Mond war noch nicht aufgegangen. Das Licht vom Küchenfenster berührte sanft den zinkfarbenen Glanz des Garagentores, als sie es hoch genug rollten, um sich schnell hineinzuducken. Es rasselte hinter ihnen herunter. Eddie meinte, es funktioniere nicht glatt genug. »Besorg uns lieber etwas Öl, Charlie, oder es fängt bald an zu rosten.« Charles hob die Augenbrauen, öffnete die Nasenlöcher, verschluckte ein Gähnen, ein Mann ohne Zuständigkeit. Während sie die schweren Hacken kontrollierten, die Spaten und schwarzen Plastikplanen, die Charles für das Ende des Wartens eingelagert hatte, machte es dieses eine Mal Joy nichts aus, den Abwasch alleine zu machen. Wenn es etwas Praktisches zu planen gab, machten dies die Männer gern hinter der Tür des Nebengebäudes, wo sie den Dingen zum Anfassen

nahe waren, mit denen das, was sie diskutierten, verwirklicht werden sollte.

Sie waren lange weg. Sie nahm ein Bier aus dem Eisschrank mit in das Wohnzimmer und stellte Eddies Kassettenrecorder an, der immer an seinem Ende des Sofas stand, so wie ein Pfeifenraucher immer seine Ausrüstung griffbereit auf seiner Lehne hat. Nachdem sie Vusi gesagt hatte, daß Eddie weggetrampt war, war es ihr gelungen, den ganzen Tag allen aus dem Weg zu gehen. Um nicht mit Vusi und Charles zusammenzusein, mit ihnen im gleichen Zimmer zu sitzen, oder sich im Schlafzimmer aufzuhalten, das schließlich auch Charles' Schlafzimmer war, hatte sie Kartons, Lumpen, alte Knochen, zerrissene Zeitungen in Afrikaans, die der Schwarze, der früher im Hof lebte, gesammelt hatte, in den Vordergarten geschleppt und zwischen den zerbrochenen Gittern der Pergola ihr Freudenfeuer angezündet. Nun war sie erleichtert, wieder mit ihnen zusammenzusein – allen dreien, Vusi, Charles und Eddie, obwohl sie nicht mit ihr im Zimmer waren. Die Musik war die, die Eddie im Recorder gelassen hatte, eine Band mit ausgeprägtem Rhythmus. Ganz für sich allein fing sie an zu tanzen, für sich selbst lächelnd, als lächelte sie anderen, die zu ihr hin- und von ihr wegtanzten, zu. Sie zog, ohne aufzuhören, ihre Sandalen aus und tanzte auf dem Flor des häßlichen Teppichs, den Charles zusammen mit den gebrauchten Garnituren gekauft hatte, um den Naas Kloppers des Distrikts zu zeigen, daß in dem Haus wirklich gewohnt werden sollte. Der Rhythmus warf ihren Kopf hin und her, der Haarknoten löste und öffnete sich langsam, und das Haar schwang von Schulter zu Schulter. Sie warf ihre Brille auf Vusis Sessel.

Nachts umschwirrten statt der Fliegen Falter die schiefen rosafarbenen Schirme und fielen angesengt herunter; ihre nackten Füße traten ab und zu auf einen. Ihre kleinen Brüste bebten und fielen wie eine Halskette gegen ihren Brustkorb; sie sprang und schüttelte sich, schwankte hin und her und sang leise mit.

Vusis verträumtes Gesicht, das so wenig mit seinen weltlichen Gedanken und Aktionen zu tun hatte, fing plötzlich im Türrahmen die Gischt des kruden 60-Watt-Lichts des Kronleuchters auf. Das Gesicht erschien ihr so, wie eine phosphoreszierende Welle im dunklen Heckwasser des Hauses, das ihre Bewegungen umgab, den Kopf einer versenkten Statue freigeben mochte. Eddie und der wuschelige Charles erschienen hinter ihm.

Sie war außer Atem, ihr Mund offen, mit einem keuchenden Lächeln. »Komm.« Es konnte nur Eddie sein, den sie zu sich rief.

Sie tanzte weiter.

Eddie stand da.

Langsam regte sich in ihm Leben, zuerst von den Hüften, dann mit diesem Dorthin- und Hierhingleiten und Aufstoßen der Füße, dann mit dem Becken, dem Hintern, den Ellbogen, den Knien, und als sein ganzer Körper und der Kopf wiederbelebt waren, bewegte er sich zu ihr.

Eddie und Joy tanzten.

Charles konnte nur tanzen, wenn er betrunken war, ein Tanzbär, manchmal der Teddybär irgendeines Mädchens. Er streckte sich auf dem Sofa aus, belegte auch Eddies Ende und lächelte sie aufmunternd an. Er hätte ein Vater sein können, der freudig verlegen war, daß sein Mauerblümchen von Tochter aus sich herausging.

Bevor die Kassette zu Ende war, holte Vusi sein Saxophon. Jene Stimme, die merkwürdigerweise seine eigene war, erreichte vor ihm den Raum, spielte im Rhythmus, sprach zu ihnen, ein letztes Mal.

Als es in einem Vorort, in dem der Flüchtling sich aufgehalten hatte, etwa eine Woche lang keine Anzeichen mehr von ihm gab, verloren die Anwohner dort sofort das Interesse, ihn fangen zu lassen. Solange er die Katzen und Hunde anderer angriff, anderer Leute Dienstmädchen erschreckte – war das die Angelegenheit anderer Leute. Entrüstung und Beschwerden wanderten von Vorort zu Vorort, von den Wohlhabenden zu den Lohnempfängern. Die Kreatur war entweder kein Snob oder seinen Opfern gegenüber gleichgültig – wie immer man es sehen wollte. Die Rehkeule eines Polizisten in einer Wohnsiedlung der niedrigeren Einkommensklasse, ein Shih Tzu mit Stammbaum, der weggetragen worden war, als er spätabends zum Gäßchengehen in einen Inanda-Rosengarten hinausgelassen worden war – beides diente gleichermaßen als Mittel zum Überleben. Und die Kreatur ging nie über die Grenzen des weißen Johannesburg hinaus. Wie Saisonarbeiter, die ihre Familien verlassen mußten, um dort Arbeit zu finden, wo es Arbeit gab, wie die Arbeitslosen, die dorthin gestempelt wurden, wo es keine Arbeit gab und irgendwie immer durch den Stacheldraht der Zuzugskontrolle kamen, wie alle jene, die die ungezählte Verdoppelung der Bevölkerungszahl in Soweto und Tembisa, Natalspruit und Alexandra ausmachten, war sie schlau genug zu wissen, wo es irgend möglich war, von den Abfällen des Überflusses zu existieren. Und wenn die Wohltätigkeit nicht die bewegt, die alles erübrigen können, so tut es die Furcht. Alles, was die Anwohner der Vorstädte verlangten, war, daß das Tier an seinem eigentlichen Ort gefangengehalten würde, mehr nicht, in einem Zoo oder sogar einem Zirkus. Sie waren bereit, dafür zu zahlen. (Aber der Besitzer des größten Zirkusses, der durch das Land reiste, sagte, es sei unwahrscheinlich, daß ein Affe, der gelernt habe, sich in einer feindlichen Umgebung selbst zu versorgen, jemals wieder psychologisch einer Dressur zugänglich sein könne.)

Fast zwei Monate waren vergangen, seitdem ein dreizehnjähriger Schüler der erste gewesen war, der die Kreatur erspäht hatte, während er mit Freunden im Swimming-pool der Familie gespielt hatte. Da die Bedrohung aufgetaucht war, weil irgend jemand nicht wachsam gewesen war, meinten einige Leute, daß sie für immer bei ihnen Zuflucht gefunden haben könnte – wie in einer Falle –, genauso wie ein Aal zufällig in einen Brunnen fallen könne auf seinen schlängelnden, nächtlichen Wanderungen bei der Suche nach einer passenden Umgebung, und jahrelang überleben könne, riesig wüchse, dort unten, außer Reichweite. Es war unvermeidlich, daß die Kreatur jetzt, als sie ein oder zwei Zeilen in der Zeitung wert war, scherzhaft King Kong genannt wurde, und manchmal sogar der King Kong des Nerz- und Mistviertels, obgleich sie nur ein- oder zweimal gesehen worden war und dann zuerst von einem Pferd, was dazu führte, daß das Pferd mit seiner Besitzerin im Gebiet der Landsitze in den Vororten weit im Norden durchgegangen war. Die Reiterin, die frühere Frau des Chefs einer Werbefirma, war ihren Freunden als Draufgängerin bekannt, und wendete, typisch für sie, das Pferd und ritt hinter dem Ding her durch eine Eukalyptusplantage, holte es aber nicht ein und erhaschte kaum mehr als einen flüchtigen Blick von etwas Dunklem. Auf jeden Fall, das war kein King Kong; was sie gejagt hatte, war etwa so groß wie ein durchschnittlicher Zwerg.

Nach Ansicht eines Zoologen kann ein Kleinaffe, Pavian oder Menschenaffe auf den Hügeln rings um Johannesburg überleben, jedenfalls im Sommer. Aber wenn der Hochlandwinter kommt ... *Simiadae* leiden an der ordinären Erkältung, sterben an Lungenentzündung wie Menschen – genau wie Menschen.

Eines Tages verschwanden sie.

Das hintere Schlafzimmer war leer und niemand schlief auf den Matratzen oder las *Afrika Untergraben* beim Licht der schwenkbaren Lampe zwischen ihnen. Joy zog die schlecht aufgehängten Vorhänge vor die Fenster und schloß die Tür leise, als sie hinausging. Sie hätte jetzt dort einziehen können, aber sie tat es nicht. Sie und Charles leisteten einander Gesellschaft, sie lagen im Dunkel des vorderen Schlafzimmers und dachten schweigend über Vusi und Eddie nach. Einmal sagte er zu ihr: »Eins wollte ich noch sagen – du und ich, wir sind den beiden näher gewesen, als wir jemals irgend jemandem in unserem ganzen Leben sein werden, wer immer das sein wird.«

Es hätte das Liebespaar sein können, das sie einmal gewesen waren, die zukünftigen Liebhaber, Ehefrau, Ehemann, Kinder.

In den folgenden Nächten ging Charles ein- oder zweimal in den frühen Morgenstunden zu Vusi und Eddie. »Sie sagen, ich soll nicht mehr kommen. Es ist richtig, es könnte jemanden zu ihnen führen.« Erst dann fügte er die Schlußfolgerung – seine eigene und ihre – dem hinzu, was er im Dunkeln gesagt hatte. »Und höchstwahrscheinlich werden wir sie nie wiedersehen.«
Es gab nicht viel aufzuräumen. Es war nur eine sorgfältige Routineangelegenheit, sicherzustellen, daß es nichts gab, wodurch irgend jemand hätte identifiziert werden können. Nichts davon herumliegen zu lassen, zu behalten oder zu tragen: er hielt sie davon ab, ihre muschelbedruckte Decke zusammenzufalten, die nun vom vertrauten Gebrauch zerknittert war, da sie auf dem Sofa gelegen hatte. »Gut, ich werd sie dann einfach liegen lassen, wo sie ist.« – »Nein, das wirst du nicht tun. Hast du nicht ein Kleid oder etwas Ähnliches mit dem Muster? Deine Schwangerschaftssachen? Du bist gesehen worden, als du den gleichen Stoff getragen hast.«
Während der letzten paar Wochen war sie vorsichtig genug gewesen, sich eine weite Bluse zu machen, um ihren fehlenden Bauch zu tarnen, wenn sie einkaufen ging und Mrs. Naas Klopper hätte treffen können. Also gab es noch ein Freudenfeuer, diesmal da, wo früher der Schweinestall der Kleynhans' gewesen war. Der Stoff brannte in Flicken; Stücke, die vom Feuer zu Formen gefressen wurden, entgingen immer wieder der Vernichtung. Wieder hatte Joy einen Ast, um sie damit zurück in das Zentrum des Feuers zu stochern. Es geschah ihr ganz recht, da sie so viel unnützes Zeug in eine Situation mitgeschleppt hatte, die allem Gewohnten zu unähnlich war, um sich im voraus ausmalen zu lassen.

»Aber wenn du nicht mehr zu ihnen gehen kannst, werden sie dann genug zu essen haben, um durchzuhalten?«
Und sie hatte in dem, was sie für sich als ihre Dummheit bezeichnete, in ihrem Rest von einem Dilettantismus der Genügsamkeit, nicht gemerkt, daß man ißt, solange man kann; sie hatte ihnen damals billige Würste gekauft!
Charles zerriß die Rücken einiger zurückgelassener Bücher mit Randbemerkungen in Vusis Handschrift. Daß er einmal Bücher ins Feuer werfen würde, hätte er sich nie vorstellen können.
Er hörte mit dieser Schwere der Hilflosigkeit auf, für die große Männer anfällig sind, wenn sie sich zurückhalten müssen. »Eddie sagt, er wird es schon schaffen.«
Sie sah ihn alarmiert an.
»Vusi denkt nur an eines. Ich glaube nicht, daß es ihm etwas ausmacht, ob er jetzt ißt oder nicht.«
Der Baumwollstoff roch nach seiner Färbung, als er schwelte – dem natürlichen Farbstoff aus der Indigo-Beere –, wie jedem Touristen hatte man es ihr erzählt, als sie ihn in einem anderen afrikanischen Land gekauft hatte, wo sie ihren neuen Nachnamen und Paß erhalten hatte, auf ihrem Weg zurück dorthin, wo sie geboren war. Nun waren Eddie und Vusi, die sie damals nicht gekannt hatte, nicht einmal unter diesen Namen, an irgendeinem Ort, den sie nie gesehen hatte. Charles hatte versucht, ihn zu beschreiben; sie betrachtete es als ein Wunder, daß dieser Ort hatte vorbereitet werden können, und fragte sich, ob er überhaupt lange genug aufrechterhalten werden konnte. Charles erklärte, daß Vusi und Eddie auf den Tag warten mußten, auf die Stunde, in der ihre Bereitschaft, die Eventualplanungen

und die Lücke in der Sicherheitsroutine, die Vusi analysiert hatte, zusammenfielen. Vusi hatte das in seinem Kopf so genau verzeichnet wie die Bewegungen eines Astrolabiums.

Charles und Joy konnten nun abends auf der Veranda sitzen wie alle Grundbesitzer, die die frische Luft genossen. Sie saßen und tranken Bier, und sie versuchte sich ein Bild des Ortes zu machen, den sie noch nie gesehen hatte, als sie in die Ferne starrte wie auf einen Horizont von Bergen, auf den einzigen Ausblick vom Kleynhans-Besitz: die Türme des Kraftwerks, deren gewölbte Flächen der untergegangenen Sonne ein Signal zurückwarfen und über deren Höhen Rauch wie aus Spielzeugzügen in der Ferne erstarrte.

Und dann kam der Mann auf seinem Fahrrad, um zu sehen, was sein Mais machte. Charles und Joy aßen gerade in der Küche Frühstück, Brot und Kaffee, morgens um sieben; sogar Charles hatte schlecht geschlafen. Sie sahen, wie er vorsichtig sein Fahrrad hinter den Schuppen schob und dann erschien, seinen Hals vorstreckte, ihn zurückzog, vorstreckte, wie ein nervöser Hahn. Er ging zur Tür seines ehemaligen Zimmers und rief leise in seiner Sprache. Sie beobachteten ihn.

»O Gott.«

»Ich geh hin.« Joy schlief in einem riesigen T-shirt; sie zog ihren indischen Rock darüber an und ging hinaus in den Hof mit dem richtigen Maß an ›Weiße-Dame-Gehabe‹, nicht zu viel, um sich selbst nicht widerwärtig zu sein, nicht zu wenig, um für den ehemaligen Kleynhans-Arbeiter normal zu erscheinen.

»Ja? Suchst du etwas?«

So milde sie auch auftrat, ihr Erscheinen ließ ihn erstarren; wie von einer Fußkette gefangen, stand er da, nahm seinen Hut ab und begrüßte sie auf Afrikaans. *»Môre missus, môre missus.«*

Auch sie wechselte über ins Afrikaans. »Was willst du hier?«

Er schüttelte nachdrücklich seinen Kopf, er wollte nichts von der Missus, er bat um nichts, nur, wo war ihr Boy? Er wollte, bitte, mit ihrem Boy sprechen.

Sie war wie alle weißen Damen, sie wußte genau, wen er meinte, aber sie mißtraute ihm, sie mißtrauen immer einem fremden Schwarzen an der Tür. Und sie wollte nicht verstehen, weil sie wußte, daß er etwas wollte, was er nicht sagte – zum Beispiel sein Maisbeet, das er zurückgelassen hatte auf dem, was nun ihr Besitz war. »Was für ein Boy? Welchen Boy meinst du? Wie heißt er?«

Nein, Missus, er kannte den Namen nicht – die zwei Boys, die nun für den Baas auf der Farm arbeiteten. Könnte er bitte diese Boys sprechen? Sie waren (in einer Eingebung waren sie es plötzlich geworden) die Vettern seiner Frau.

Nun lächelte die weiße Dame mitfühlend. »Oh, die. Nein, die arbeiten hier nicht mehr. Sie sind fortgegangen. Mein Mann ist mit dem Bauen fertig, er brauchte sie nicht mehr.«

Weg? Er wußte, daß es keinen Zweck hatte, zu fragen, wohin. Wenn Schwarze das Grundstück eines Weißen verlassen, dann sind sie weg, das ist alles: dem Weißen ist es gleichgültig, wo sie nachher Arbeit finden. Dann hatte er noch eine plötzliche Idee, und wieder sah er in ihrem Gesicht, daß sie es im selben Moment wußte wie er. »Braucht der Baas einen Boy für die Farm? Ich, ich bin der Boy vom alten Baas Kleynhans, ich hab hier früher gearbeitet. Lange Zeit.«

Sie lächelte ihre Ablehnung, während er bat. »Nein, nein, es tut mir leid. Wir brauchen niemanden. Mein Mann hat jemanden – der im nächsten Monat kommt, ja, von einer anderen Farm, der Farm seines Bruders.«

Sie wußten genau, wie man einander etwas vorlügt, wie sie da im Hof standen, in dem sie der Neuankömmling und er der alte Bewohner war.

Sie sagte es wieder: es tat ihr leid ... und das gab ihm den Mut, neu anzusetzen. »Als ich hier früher war – als der alte Baas Kleynhans tot war – ich hab auf dies Grundstück geachtet. Dieser Mais (er zeigte hinter sich), ich hab ihn gepflanzt. Und dann der andere Baas, er hat gesagt, ich muß gehen. Nun diese Boys – Ihre Boys – ich sag ihnen, es ist mein Mais, und sie sagen, sie fragen Sie, ich kann meinen Mais holen.«

»Oh, das Maisbeet. Nein, darüber weiß ich nichts. Aber es gibt noch keinen Mais.« Sie hob ihre Hände mit offenen Handflächen in lächelnder Herablassung.

»Jetzt nicht, aber wenn der Mais soweit ist, der Boy sagt, er Sie dann fragen.«

»Du kannst den Mais haben.«

Er grinste mit nervösem Unglauben über die Leichtigkeit seines Erfolgs. »Der Baas, er wird mich nicht wegjagen?«

Sie mußte eine dieser jungen weißen Frauen sein, die ihrem Mann sagen, was er zu tun hat. Sie war sicher: »Der Baas wird dich nicht verjagen.«

»Wenn die Missus und der Baas etwas von dem Mais wollen, wenn er noch grün ist, die Missus muß nehmen.«

»Ja, danke.« Und dann, die übliche Redensart von Weißen, die es immer eilig haben, die Dinge hinter sich zu bringen, die die langanhaltenden Abschiedswortwechsel, die ein Gespräch höflich beenden, anscheinend nicht kennen oder keine Freude an ihnen haben: »In Ordnung dann, nicht?« Und weg war sie, zurückgegangen in die Küche, während er, da er nicht weggejagt worden war, dies als die Erlaubnis auffaßte, nach der er nicht gefragt hatte – über das Grundstück der weißen Leute zu gehen, um nach seinem Mais zu sehen.
Charles und Joy guckten immer wieder nach, ob das Fahrrad noch da war, hinter dem Schuppen. Eine halbe Stunde später war es weg, sie hatten ihn nicht abfahren sehen.
Charles wärmte den Kaffee auf. Er hatte sich dem Mann nicht gezeigt; der Mann würde den Baas nicht beschreiben können, nur die Missus und die beiden Boys, die für sie gearbeitet hatten. Joy blies in ihre Tasse. »Ich glaub wirklich, daß er harmlos ist.«
Aber genau das machte ihn verdächtig – sein bescheidener Vorwand dafür, sie wochenlang beobachtet zu haben, nun seine unschuldige Erklärung, warum er versuchte herauszufinden, wo Eddie und Vusi waren: perfekte Gelegenheiten für irgendeinen Geheimpolizisten, einen armen, arbeitslosen Landarbeiter aufzugabeln und ihm ein paar Rand zu geben, nur dafür, daß er erzählte, was und wen er auf der Farm gesehen hatte, wo nichts wuchs außer auf seinem unerlaubten Maisbeet.
»Und wenn ich ihn weggejagt hätte?«
»Das wäre viel schlimmer gewesen. Um Gottes willen.«

Da das nun akzeptiert worden war, hatte sie natürlich Gründe, auf ihre Umsicht hinzuweisen. »Ich hab ihm gesagt, daß irgendein anderer kommen wird, um für uns zu arbeiten, aber erst nächsten Monat. Um ihn fernzuhalten und gleichzeitig das Ganze nicht zu unnatürlich erscheinen zu lassen.«

Charles öffnete seine Hände steif, zweifelnd, und dann formte er wieder Fäuste aus ihnen unter seinem bärtigen Kinn.

»Im nächsten Monat.« Das war schon in Ordnung so. Am Tag, nachdem man ein Land verlassen hat, ist es als Schauplatz einer möglichen Verhaftung so fern, wie es in einem Jahr sein wird. Der kommende Monat würde sie genausowenig erreichen können wie die Zeit, Monate später, wenn der Mais gegessen werden könnte.

»Aber nun wird er herumlungern. Er wird jeden Tag ankommen mit seiner Hacke und was nicht alles. Er könnte Freunde mitbringen.«

»Also wär's besser gewesen, wenn du hinausgegangen wärst und die große Baas-Szene abgezogen hättest.«

»Ich hab dir doch gesagt, du hättest nichts anderes tun können.«

Ihre gelegentlichen Rückfälle in Selbstzweifel, die seine Zärtlichkeit geweckt hatten, als sie ein Paar waren, irritierten Charles jetzt. Man durfte es nicht auf sich nehmen, für Eddie und Vusi die Rückendeckung zu spielen – mit allem was das bedeutete –, wenn man sich immer noch Selbstzweifel gestattete. Aber sie waren allein; kein Vusi, kein Eddie; und sie mußten an Ort und Stelle bleiben, bis Charles auf einer seiner Fahrten im Kombi erfuhr, daß die Vorkehrungen für ihre Flucht abgeschlossen waren, so wie die Vorkehrungen sie am Anfang erfolgreich zu *Kloppers Eiendoms Beperk* gebracht hatten, um ein Haus in dieser Gegend zu suchen. Sie hatten nur einander, wenn auch in einem Bewußtsein, das sich von dem unterschied, als sie Liebende waren. Sie hatten den Geruch der Haut des anderen verloren; aber das Haus hielt sie zusammen, dieser Ort, den sie besetzt, nicht bewohnt hatten, so wie in früheren Kriegen Soldaten Schützengräben besetzten und Bilder von Mädchen dort aufhängten. Keiner von beiden sagte dem anderen, was beide empfanden, als sie sachlich durch die Phasen des Unternehmens gegangen waren: sprach über einige Tage des hoffnungslosen Wunsches, das Haus zu verlassen, über den Schuppen mit dem glänzenden Rolltor, die Hügel, wo, mit Ausnahme des Maisbeetes, Unkraut das Muster der Reihen füllte, wo früher Bohnen und Kartoffeln gewachsen waren; über einige Stunden eines Gefühls der Verbundenheit mit dem Zimmer unter dem Kronleuchter, der aussah wie das Rad eines Ochsenkarrens, und den Ornamenten der Zimmerdecke, wo die vier die Zeit verbracht hatten, die nie in den Annalen des normalen Lebens zu Papier gebracht werden könnte; mit dem Unterstand, den sie zugemauert hatten, und sogar mit dem Blick, den keiner von ihnen jemals wieder in einer Landschaft haben würde – die Gegenwart der Türme des Kraftwerks, drüben auf der anderen Seite des *veld*. Dieses Gefühl der Verbundenheit war so stark, daß es, solange es andauerte, keine andere Wirklichkeit zu geben schien.

Die Angehörigen der Menschenaffenfamilie sind eigentlich keine Allesfresser. Wie das menschliche Tier sind sie in der Lage, ihre Eßgewohnheiten den Veränderungen der Umwelt anzupassen. Wenn die Kreatur ein Haustier gewesen, oder in irgendeiner anderen Art Gefangenschaft gehalten worden wäre, die für eine Kreatur normal war, deren Bedürfnisse denen der herrschenden menschlichen Gattung untergeordnet werden müssen, hätte die Nahrung, die ihr zur Verfügung gestellt worden wäre, aus Obst, Gemüse und irgendeiner Getreideform bestanden, wahrscheinlich altem, trockenem Brot. Sie hätte wohl auch ein Verlangen nach Leckerbissen entwickelt, das zur Sucht geworden war, so wie Tiere es in trauernder Kompensation für das tun, was sie denen nicht sagen können, die sie in einem Käfig eingesperrt oder mit einer Kette an einer Stange angebunden halten. Obwohl Angehörige der Menschenaffenfamilie in freier Wildbahn Pflanzenfresser sind, würden sie zum Beispiel in Dürrezeiten alles essen, was ihre Gewandtheit und die Stärke ihrer Hände ihnen zu fangen ermöglicht; und in Gefangenschaft kann dieses (sozusagen) atavistische Gedächtnis einen vollkommen guternährten Pavian mit blauem Hinterteil im Johannesburger Zoo aus stiller Masturbation aufscheuchen und mit blitzartigem Griff jede Taube erlegen lassen, die auf der Suche nach Krumen durch den Käfig fliegt – er zerreißt sie sofort. Dieser Instinkt muß es gewesen sein, der in dem Flüchtling wieder erwachte, als er in den ersten Wochen auf der Flucht Hunde und Katzen tötete oder verstümmelte. Das war sicherlich eine Zeit großer Furcht. Menschen sind die Quelle des Schreckens, gefangengenommen zu werden; ein Hund oder eine Katze ist ein Zwischenglied, das die geringere Gefahr darstellt. Einen Hund oder eine Katze in einer Vorstadt zu töten, bedeutet so-

wohl die Vernichtung des Vertreters des Feindes als auch etwas zu essen.
Aber nach einer Weile veränderte die Kreatur ihren Geschmack. Oder wurde sicherer? Sergeant Abel van Niekerk und die Polizisten Gqueka, Mcunu und Manaka hatten sie nicht fangen können. Sie hatte sich an Rehfleisch gütlich getan.
Jetzt ernährte sie sich davon, Abfalleimer zu plündern; wenn nicht sorglos verwegen, dann verzweifelt. Sie frequentierte immer noch die wohlhabenden Vorstädte, wo sie zuerst gesehen worden war, obgleich ab und zu wieder von einigen Abstechern in weiße Arbeiterviertel berichtet wurde. Höchstwahrscheinlich war sie einem Haus dieser Schicht entlaufen (obwohl niemand irgendeine Verantwortung zugab), weil ein Menschenaffe zusammen mit Flugtauben, Kaninchen usw. das Haustier der unteren Einkommensklasse ist, da er Leute heraushob (dieser Mann, der mit seinem zahmen Affen spazierengeht), die nicht viel Hoffnung hatten, als Geschäftsführer einer Gesellschaft oder als Persönlichkeit aus dem Fernsehen bekannt zu werden.
Eine linke Schriftstellerin sprach, offenbar dem Gefühl einer lästigen Pflicht folgend, solche Paradoxien deutlich aus und schrieb einen beißenden Artikel, der Gefühlsduselei um ein obdachloses Tier feststellte, während – sie gab genaue Zahlen an – Hunderttausende von Schwarzen keine angemessenen Unterkünfte hatten und aus den Hütten, die sie sich gebaut hatten, mit Bulldozern vertrieben wurden. Einige Leute mit konservativen Ansichten hatten eine andere Einstellung, die nichtsdestoweniger auch Verärgerung über Tierliebhaber und Umweltschützer ausdrückte, die sich mehr um das

Wohlergehen eines verdammten Affen sorgten, als um Ruhe und Sicherheit in einem erstklassigen Vorort, der, wofür man, weiß Gott, genug bezahlte, von anderen Belästigungen wie Siedlungen weißer, schwarzer, indischer Arbeiter abgeschirmt war. Der Affe, oder was immer es auch war, lebte in einem selbstauferlegten Exil. Wenn er damit zufrieden gewesen wäre, angekettet auf einem Hof oder in einem Käfig in einem Zoo zu bleiben, an seinem passenden Platz im Leben, hätte er nicht als Geächteter leben müssen. Wenn man es tun konnte, ohne sich lächerlich zu machen, wenn man so etwas über ein Wesen sagen konnte, das kein Mensch war, dann, na ja, es geschieht dem verdammten Ding ganz recht.

Charles hatte die Höhle gefunden. Er hatte das *veld* im Umkreis von drei oder vier Kilometern um das Kraftwerk herum durchsucht, wobei er als ganz normale Antwort an einen, der sich wundern könnte, was er da machte, einen Geologenhammer und -beutel bei sich trug.

Und er hatte sie gefunden. Sie nannten sie ›die Höhle‹, schon von der ersten Nacht an, als er sie dorthin mitgenommen hatte, um zu sehen, ob sie hinreichen würde, aber sie war überhaupt kein Höhle. Sie war das Endstück eines Felsausläufers, der unter der Erde in das Grasland des *velds* schräg abfiel. Er stach aus dem Gras unauffällig heraus, wie ein Teil eines steilen Wrackdecks alles ist, was von einem riesigen versunkenen Passagierdampfer der Vergangenheit sichtbar bleibt. Etwas Bewuchs hatte sich wegen des Schutzes der löwenfarbenen

Felsen darumgedrängt und wegen der Feuchtigkeit, die sich dort im Sommer niederschlug. Bei Tageslicht sahen sie das Dach aus lederartigen, steifen, schwarz-grünen Blättern mit einem rostigen Schimmer von Haaren, wo die Rücken der Blätter sich wölbten; für Charles, dessen Bestimmungsgewohnheit sich überall – auch in den belanglosesten Fällen – durchsetzte, waren es wilde Pflaumen an einem günstigen Standort von Quarzit und Schiefer. Ein anderes muskulöses Tau von einem Baum mit dunklen, dicken Blättern hatte einen großen Stein senkrecht gespalten, hielt ihn aber zusammen; die Felsenfeige. All dies zähe Laubwerk, der Hitze und dem Frost ausgesetzt ohne die beschützenden Eingriffe der Kultivierung, natürlicher als jeder Gartenbewuchs, sah genauso aus wie sein Gegenstück – die unzerstörbaren synthetischen Blätter künstlicher Pflanzen unter Neonlichtern. Von ihm verdeckt war ein flaches Erdloch, von dem Charles annahm, es sei von Rindern gemacht worden (die gerne mit dem Gewicht und der Form ihrer Körper eine Mulde machen), irgendwann, als dieser Teil des Buschlandes bewirtschaftet worden war. Aber in diesen Nächten zwischen Mitternacht und Morgengrauen, als er und Vusi und Eddie ihre Kreuzhacken benutzten, um eine Grube zu graben, waren sie hinuntergefallen in etwas, was (wie Charles sah) unverkennbar ein alter Stollen war. Dort waren grob zurechtgehauene Eukalyptusplanken, die die Erde stützten, Sand rieselte auf ihre Köpfe herunter, als sie den Stollen etwas verlängerten. Eddie fand einen Teelöffel aus Blech, dessen Stärke durch den Rost verdoppelt war. Vusis Kreuzhacke zerschlug eine alte Schnapsflasche; da war ein Markenname in Relief gegossen, eingedrückt in das

Glas, von der Form, in der die Flasche hergestellt worden war: *Hatherley Distillery.*

Charles hatte nie davon gehört: mußte eine sehr alte Flasche sein. »Ja, … also hat hier irgendwann irgend jemand einen Claim abgesteckt … Lange her. Ich würd sagen, ungefähr neunzig Jahre. Sie kamen von überall hierher und arbeiteten an diesen kleinen Claims.«

»Weiße Männer.« Eddie bekräftigte, was sich von selbst verstand. »Ja, o ja – Deutsche und Franzosen und Amerikaner und Australier. Auch Engländer. Nachdem Gold gefunden worden war, strömten sie ins Transvaal. Sie gruben unter jedem Stein, siebten Kies in jedem Flußbett. Aber zum Schluß hatten nur die Finanzleute mit dem Kapital, Maschinen zu kaufen, um in der Tiefe zu schürfen, die Chance, reich zu werden.«

In dem abgeschirmten Licht einer der Lampen, die Lastwagenfahrer aufstellen, wenn ihre Fahrzeuge auf einer Autobahn eine Panne haben, klopfte Eddie den Staub aus seinem dichten Haarschopf. »Glaubt Ihr, daß es hier noch Gold in dem Dreck gibt?«

»Nicht in Mengen, die wirtschaftlich interessant sind.« Charles machte ein spöttisches Gesicht. »Sieht meiner Meinung nach eher wie Eisenerz aus.«

»Mann, ich hätt nie gedacht, die Sache würd mal damit enden, daß ich im Bergbau arbeiten würde.«

Vusi hörte auf zu graben, grinste leicht über Eddies Charme und schnalzte anerkennend mit der Zunge.

So wie ihre Brüder Generationen hindurch Kohlen und Kartoffelsäcke geschleppt hatten, luden sie die AKM-Sturmgewehre und Bayonette ab, die grauen Haftminen mit Auslösern und Zeitzündern, die defensiven und offensiven Handgranaten, und verstauten sie in der

Grube. Die Grube wurde mit Plastikplanen ausgekleidet und dann mit Erde, Gräsern und kleinen, in der Dunkelheit ausgegrabenen Sträuchern wieder bedeckt. Der Unterschlupf für die beiden Männer wurde weit weniger sorgfältig gebaut. Der Stollen war da; zusammen mit Charles befestigten sie eine Plastikplane darüber, um die lockere Erde zu halten, und legten ein paar Decken von den Matratzen im hinteren Schlafzimmer hinein, einige Konservendosen und Zigarettenschachteln. Der Eingang des Stollens, der mit einer Ausnahme schon nach allen Seiten verborgen war, wurde mit Zweigen bedeckt, die von dem einzigen freistehenden Baum, der dort wuchs, abgehackt worden waren. (Mit einem anderen Teil seines Bewußtsein stellte Charles, während er daran herumhackte fest, daß es die Transvaalulme war, die in der Nähe von Wasser viel höher gewachsen wäre.)
Sie konnten kein Feuer machen. Aber bevor Vusi entschied, daß seine nächtlichen Besuche aufhören mußten, brachte Charles ihnen einen sehr kleinen Campingkocher, den man gefahrlos weit hinten im Stollen und nur während des Tages benutzen konnte, wenn jeder Schein des winzigen Kranzes der blauen Flamme vom Licht der Sonne verschluckt werden würde. Dieses Licht war ihnen nie so total und schattenlos erschienen. Es legte ihre stummen Felsen offen, wie einen Opferaltar den hohen, weißen Himmel, von dem sogar der matteste Dunst einer Wolke weggebrannt war. Es umgab sie mit einer Klarheit, in der sie die einzigen verborgenen Dinge waren, die einzigen Dinge, die es nicht erreichen konnte. Zuerst konnten sie überhaupt nicht herauskommen an das Kolossusauge der Sonne, das millionenfache Facettenauge einer Fliege, das die winzige, gerillte Glätte

eines Grashalms enthüllte, die Farbkombination, die Grünspan auf einem Felsen bildete, den bronzefarbenen Rückenschild eines Käfers, der sich durch einen Fladen Kuhmist arbeitete. Dann fanden sie einen engen Spalt, wo sie, einer zur Zeit, versteckt liegen und etwas frische Luft durch den Überhang aus rauhen, staubigen Blättern bekommen konnten.

Wenn Kühe die flache Mulde benutzt hatten, mußten Hirten, die jungen oder alten Männer, die in den Städten kein Geld verdienen konnten, sich hier auch ausgeruht haben. Sowohl Vusi als auch Eddie waren in den schwarzen Vierteln von Industriestädten aufgewachsen und hatten nie Tage verbracht, deren Ablauf nur durch die Bewegung von Rindern über die Hügel und die Bewegung der Sonne über den Rindern bestimmt war. Eddie lag, als er dran war, in dieser Nische zwischen den Felsen, in dieser – verrückten – Ruhe: *jetzt.* Was für ein Moment, so etwas zu empfinden; wie war es möglich, daß er noch existierte, mit dem, was wartete und begraben war, dort in dem Stollen.

Vusi nutzte diese Ruhe, um hinter weit geöffneten Augen (er konnte wieder nicht rauchen – diesmal, weil der Qualm wie ein Zeichen über dem verlassenen Felsen hängen würde) jede Einzelheit durchzugehen, die er von seinen Verbindungsleuten erfahren hatte und auf deren Grundlage geplant worden war und wieder geplant worden war, um für jede Schwierigkeit, die den Zeitplan der ersten Phase umstoßen könnte, Vorsorge zu treffen. Er wußte aus Erfahrung, daß nie etwas ganz nach Plan läuft. Der Draht, der wie ein Haar von dem AKM-Bajonett durchschnitten werden sollte, wird zu einer Mauer aus Stein, der Wachturm, der zwei Minuten lang zwischen dem Weggang des einen Wächters und der Ankunft des nächsten unbesetzt sein sollte, ist nicht unbesetzt, weil der erste Wächter länger geblieben ist, um zwischen seinen Fingern hindurch die Nase auszuschnauben. Vusis Konzentration entsprach der Ruhe. Eine Eidechse rannte leicht über seinen Fuß wie über einen toten Körper, der zwischen den Felsen liegengelassen worden war.

Sie spielten Karten in ihrer Höhle. Sie schliefen viel. Sie hatten plötzliche Ausbrüche von Diskussionen, wahllos, über triviale Dinge – ob Sportler länger lebten als andere Leute, ob man aufhören könne zu rauchen, wenn ein Chinese einem Nadeln in die Ohren steckte – und über einige Abschnitte von Erfahrungen, die irgendwie in keiner Kontinuität standen, die ›Leben‹ bedeutete. Vusi erzählte wie von etwas Geträumten über die Zeit, als er in Rußland im Sommer, es war stickig heiß, auf der Erde gelegen hatte, so wie jetzt, auf irgendeinem Rasen in einem Park gelegen hatte und die furchtbare Kälte des Winters gespürt hatte, noch immer wie Eisen unten im Boden; und Eddie wurde an eine alte Freundschaft mit einem Mann im Exil aus Kamerun erinnert, den er in Algerien kennengelernt hatte, zwei Wochen lang hatten sie sich über die politischen Gruppierungen in Afrika gestritten – und nun war es schon lange her, seit er das letzte Mal an die Schlußfolgerungen gedacht hatte, über die sie sich so aufgeregt hatten. Die Stille kam wieder, unterbrochen von irgendeiner Überlegung von Eddie (»Es ist wahr ... man sagt, daß in diesen sehr kalten Ländern die Erde gefroren bleibt, tief unten ...«); und dann wieder Stille.

Nachdem Charles, ein Weißer und auffällig, nicht mehr

zu ihnen kommen konnte, ging Eddie nachts quer über den Hügel den ganzen Weg zur Hauptstraße, um Wasser von der Pumpe im Hinterhof eines indischen Geschäfts zu holen. Er ging spät nachmittags dorthin, kaufte Zukker und Zigaretten und kehrte nach Einbruch der Dunkelheit, wenn es ungefährlich war, zurück. Vusi wäre ohne beides ausgekommen, sagte aber nichts, um ihn davon abzuhalten. Nachdem er sich damals die Freiheit genommen hatte, durch die Stadt zu wandern, schien es, als ob Eddie annahm, daß man glaubte, er führe ein von Schutzengeln behütetes Leben. Jetzt, wo er nach Erde und ungewaschener Kleidung roch, war er nur einer der Landarbeiter, die im Laden nach Streichhölzern und Maismehl, Seife und Zucker anstanden und denen man billige Bonbons anstelle von Wechselgeld gab. Er brachte Kaugummi mit und *samoosas* und ein paar Zeitschriften, die von Weißen für Schwarze herausgegeben wurden – lächelnde schwarze Mädchen öffneten auf den Titelbildern ihre Schenkel. Vusi verbrachte die Zeit nicht mit Zeitschriften und vermißte die Bücher nicht, die er versteckt über Grenzen mitgebracht hatte. Er brauchte nichts. Wenn das Mädchen, Joy, ihn hätte sehen können, hätte sie bemerkt, daß er eins geworden war mit seinem Gesicht.

Eddie amüsierte sich damit, mit einem Daumennagel einige winzige weiße, eiförmige Kügelchen zu öffnen, die er in einer Spalte des warmen Felsen gefunden hatte. Die zwei Männer sahen durchsichtige, aber perfekte Miniaturen der erwachsenen Eidechse aus ihnen herauskommen. Ihre zarte, feuchte Haut konnte kaum den Puls des Lebens enthalten, aber unter den Augen der Männer glitten sie fort, um ihr Leben zu beginnen.

Mrs. Lily Scholtz hängte gerade die lilafarbenen Nyloncapes auf, die den Kundinnen von ›Chez Lily‹, ihrem Frisiersalon, umgelegt werden und die sie mit nach Hause nimmt, um sie jeden Sonntag in die Waschmaschine zu stopfen. Ihr Ehemann, Bokkie, ein ehemaliger Vorarbeiter in einer Mine, der nun Autoverkäufer war, half gerade ihrem Nachbarn bei der Arbeit an einem Auto, das er für ein Sandbahnrennen umbaut. Mrs. Scholtz hörte, wie der Mülleimerdeckel klirrte und dachte, ihre Katze, die nach einer Fernsehserie benannt war, von der Mrs. Scholtz vor einigen Jahren keine Episode verpaßt hatte, sei wieder darin. Der Mülleimer steht zwischen der Garage und dem Dienstmädchenzimmer, wo Bokkie Scholtz tischlert – sein Hobby; Patience Ngulungu schläft nicht im Haus, sie kommt nur wochentags zur Arbeit aus der Naledi-Siedlung. Mrs. Scholtz fand den Deckel neben dem Eimer, aber keine Spur von Dallas. Als sie sich bückte, um den Dekkel zurückzulegen, landete irgend etwas auf ihrem Rükken und biß sie genau unterhalb der rechten Schulter. Aus dem Nichts – wie sie noch mehrmals berichtete. Als erstes spürte sie diesen schrecklichen Schmerz, als ob ihr Arm abgerissen worden sei – aber er war es nicht; ohne es zu merken, hatte sie, während sie den Metalldeckel hielt, nach dem geschlagen, was sie gebissen hatte, genauso wie man wild nach einer Biene schlägt. Sie traf nichts; als sie sich umdrehte, war er da – sie sah einen großen, grauen Affen schon oben auf dem Dach der Garage. Er schnatterte, sie schrie: Bokkie, Bokkie.

Mr. Bokkie Scholtz sagte, er sei vor Schrecken erstarrt. Sie wissen, wie Johannesburg in diesen Tagen ist. Sie sind überall, Herumtreiber, Illegale, Räuber,

Mörder, die Paßgesetze sind ein Witz, man kann sie nicht aus den weißen Vierteln heraushalten. Er kletterte über die Mauer am Grundstück seines Nachbarn und sprang in seinen eigenen Hof, Gott allein weiß, wieso er sich kein Bein brach. Und da war sie mit dem herunterrinnenden Blut und ein großer grauer Pavian war auf dem Dach. (Seine Frau bezeichnete alle diese Kreaturen einfach als Affen.) Das Ding schnatterte, die Lippen gekraust, lange Fangzähne gebleckt – sie waren es, die er in ihre Schulter versenkt hatte, Zähne etwa vier bis fünf Zentimeter lang – können Sie sich das vorstellen? Er wollte nur seine Frau sicher aus dem Wege schaffen, mehr nicht. Er schob sie in die Küche und holte seine Flinte. Als er in den Hof zurückkam, war er noch auf dem Dach (mußte am Abflußrohr hinaufgeklettert sein, und wenn er diesen Weg wieder zurückkam, mußte er genau vor Bokkie Scholtz' Füßen landen). Er schoß, war aber in einem solchen Zustand, wie man sich vorstellen kann – die Hände zitterten –, daß er den Kopf verfehlte und den Scheißkerl am Arm traf, komischerweise fast an der gleichen Stelle, an der er Lily gebissen hatte. Und dann, man kann es kaum glauben, ein Arm hing nutzlos herunter, rannte er zur anderen Seite des Garagendaches und machte einen Satz – drei, vier Meter müssen es gewesen sein – genau hinüber zu dem großen, alten Baum, den sie Himmelsbaum nennen, im Garten des Nachbarn auf der anderen Seite. Selbstverständlich lief er nach nebenan und die Nachbarn jagten ihn, aber er entkam, von Baum zu Baum (ihre Beine sind wie ein zweites Paar Arme), die steile, kleine Straße hinauf, die zu den Hügeln der Kensington Ridge führt, und er hatte keine Chance mehr, noch einmal zu schießen.

Das Haus von Bokkie Scholtz ist gegen Einbrüche gesichert, hat dünne Drähte an den Fenstern und Türen, die einen Alarm in Gang setzen, der jedesmal, wenn Dallas versucht, durch das Kippfenster hereinzukommen, hysterische Geräusche von sich gibt, die, wie man aus Science-fiction-Filmen weiß, aus dem Weltraum kommen. Sie haben einen Rottweilermischling, der anscheinend auf der vorderen Veranda schlief, als der Angriff kam. Es zeigt einem nur – was immer man auch tut, von Sicherheit kann keine Rede sein.

In einer Sonnabendnacht gegen zwei Uhr gab es einen ausgedehnten Stromausfall im Witwatersrandgebiet des Transvaal. Einige Partys endeten in rüder Dunkelheit. Zwei Frauen und drei Männer blieben auf dem Weg hinauf zu einem Nachtklub in einem Fahrstuhl stecken. Es gab eine Messerstecherei bei der panischen Flucht aus einer Diskothek. Ein Krankenhaus mußte auf Notaggregate umstellen. Die meisten Leute lagen im Bett und wußten bis zum Morgen, als sie einen Kessel aufsetzen wollten, nichts von dem Stromausfall. Aber Uhren, die an die Stromleitungen der Haushalte angeschlossen waren, markierten die Stunde genau: 1:36 nachts.

Die ersten Frühnachrichten erwähnten den Stromausfall. Die Ursache mußte noch festgestellt werden. Alternative Stromquellen würden bald angeschlossen werden, um die Elektrizitätsversorgung in den betroffenen Vororten von Johannesburg und den umliegenden Gebieten wiederherzustellen. Die Mittagsnachrichten berichteten, daß es keine Anzeichen für Sabotage gebe. Im Fernsehen abends keine Erwähnung, aber der Rundfunk zitierte offizielle Quellen, die besagten, daß in den frühen Morgenstunden des Sonntags mehrere Haftminen ein Kraftwerk getroffen und schweren Schaden verursacht hätten. Er gab keine Informationen über Verluste an Menschenleben.

Die Zeitungen, denen es nach Paragraph 4 des Gesetzes zum Schutze der Information von 1982 und nach Paragraph 29 des Gesetzes zur Inneren Sicherheit von 1982 verboten war, irgend etwas zu veröffentlichen, das sie über das Ausmaß des Schadens erfahren konnten, wie und von wem er verursacht worden war, und die am Schauplatz keine Fotos machen durften, versuchten die Auflagen mit Human-Interest-Geschichten hochzukitzeln (Strammer Junge bei Kerzenlicht geboren) und erinnerten in den Grenzen feiner semantischer Nuancen, außerhalb derer Worte das Gesetz übertreten, an die Zahl, die Art und den relativen Erfolg ähnlicher städtischer Sabotageakte während des laufenden Jahres, verglichen mit den zwei vorangegangenen Jahren. Es wurde alles akademisch analysiert, so wie Militärstrategen auf dem Papier vergangene Kriege durchkämpfen. Es gab Karten mit Pfeilen, die den Ort anzeigten, wo Saboteure aus benachbarten Staaten einsickerten und gestrichelte, dickgedruckte Linien, die in schwarzen Sternen gipfelten: der mutmaßliche Weg vom Einfalls- zum Zielpunkt. Manchmal war der Weg gekennzeichnet, auf dem die Saboteure wahrscheinlich nachher geflüchtet waren. Andere waren gefangengenommen, bei der Verfolgung durch die Sicherheitskräfte getötet, oder vor Gericht gestellt worden. In ein oder zwei Fällen wurde das Todesurteil durch Erhängen verkündet und vollstreckt.

Der Premierminister war als einer der Hauptredner in einem ländlichen Wahlbezirk vorgesehen, in dem eine Nachwahl abgehalten werden sollte. Anstatt der Unzufriedenheit mit seiner Landwirtschaftspolitik entgegentreten zu müssen, konnte er von allen Teilen der Bevölkerung Unterstützung fordern, um der Bedrohung von jenseits unserer Grenzen zu begegnen, die stets unser Land treffen konnte. Er brauchte diesen jüngsten Angriff auf die Lebensgrundlagen des Landes, der nur drei Tage vor der Rede stattgefunden hatte, nicht einmal zu erwähnen und tat es auch nicht. Sein Gesicht, mit einem Ausdruck irgendwo zwischen einer Beerdigung und einem *Stryddag*, reichte, um Beschwerden über Rindfleisch- und Maispreise in Scham zu ersticken.

Die Freigabe offizieller Erklärungen bleibt hinter dem zurück, was Eingeweihte erfahren. Ein guter Journalist muß seine Quellen sowohl bei der regulären Polizei als auch bei der Sicherheitspolizei haben. Eine Menschenjagd war im Gange, routinemäßige Straßensperren und eine lückenlose Überwachung aller Flugplätze und Grenzübergänge wurde aufrechterhalten: weitere Informationen sollten nicht an die Öffentlichkeit gelangen, solange wichtige Anhaltspunkte verfolgt wurden. Die wichtigen Anhaltspunkte – jeder wußte, was sie waren. Eine weitere Routineangelegenheit in solchen Fällen: einige Leute, meistens Schwarze, waren schneller verhaftet worden, als die normale Stromversorgung wieder hergestellt werden konnte, und wurden verhört, Tag für Tag, Nacht für Nacht, in der Qual von Furcht und Einsamkeit, und wenn das kein Ergebnis brachte, wurde durch körperlichen Schmerz ein Name abgenötigt, der irgend jemand sein konnte oder auch nicht, der versuchen würde, ein Kraftwerk in die Luft zu sprengen. Im John Vorster-Gebäude und seinen vorstädtischen und ländlichen Zweigstellen wurde unter Hochdruck gearbeitet. Aber Sergeant Marais Chapman war aus dem Verhördienst abgezogen und mit ein paar schwarzen Sicherheitsleuten hinausgeschickt worden, um die Leute innerhalb eines Sperrgebietes zu befragen, in dem die Türme des Kraftwerkes ein Wahrzeichen im *veld* waren. Einer der guten Journalisten wußte, ohne daß er vorläufig ein Wort veröffentlichen konnte (die Geschichte lag auf Eis), daß die Polizei in dem Laden bei dem Inder gewesen war, der keine der Fotografien erkannte, die sie ihm zeigten, und daß sie alle Grundstücke und Farmen besucht und alle schwarzen Landarbeiter befragt hatten. Im Verlauf dieser Besuche fanden sie ein leeres Haus auf der Parzelle 185 Koppiesdrif, wo ein alter Mann mit irgendeiner Geschichte, daß er da sei, um Unkraut in seinem Mais zu hacken, ihnen erzählte, daß dies Baas Kleynhans' Besitz war, aber der alte Baas war tot, und die Boys, die dort nun arbeiteten, sie waren vor zwei Wochen weg, und die Weißen, die in dem Haus wohnten, letzte Woche habe er die Missus gesehen, aber jetzt, diesmal, als er gekommen war, um Unkraut zu hacken, waren sie auch weg. Der alte Mann nannte den Namen des Baas, der sich um die Farm kümmerte, jetzt, da Baas Kleynhans tot war. Also hatte Naas Klopper – aus dem Nichts! – die Polizei in *Kloppers Eiendoms Beperk*, die darauf wartete, ihn zu fragen, was er ihnen über den Kleynhans-Hof sagen konnte.

Der Journalist interviewte ihn kurz danach. Er wollte auch mit Kloppers Frau sprechen, weil Klopper gesagt hatte, daß das weiße Paar ›uns zum Narren gehalten‹ hatte, sie hatten sogar (der Imbiß wuchs proportional zur Täuschung) eine Mahlzeit im Haus gegessen – seiner Frau hatte das Mädchen, das schwanger war, leid getan. Aber Mrs. Naas wollte der englischsprachigen Presse kein Interview geben, sie verdrehten immer gemein etwas ganz Harmloses, was die Buren sagten. Sie sprach jedoch mit einem netten jungen Mann von einer Zeitung, die in Afrikaans erschien, und bot ihm Kaffee an und die gleichen Buttermilchplätzchen, die sie gebacken und dem jungen Paar gebracht hatte, kurz nachdem sie eingezogen waren. Sie beschrieb noch einmal, wie sie es auch gegenüber der Polizei getan hatte, wie der Schwarze ausgesehen hatte, der für einen Moment mit einem Werkzeug oder so (sie konnte sich nicht genau erinnern) in der Hand vom Hof gekommen war. Genau wie alle Schwarzen – jung, er trug Jeans, die ein bißchen schick waren, ja, für einen Farmboy. Er hatte nichts gesagt. Die weiße Frau hatte nicht mit ihm gesprochen. Aber sie war nervös geworden, als Mrs. Naas – aus Freundlichkeit, mehr nicht, die Frau hatte gesagt, sie sei Ausländerin – bemerkte, sie hoffe, der Boy sei nicht irgendein Herumtreiber, der an die Hintertür gekommen war. Rosser war ihr Name. Sie schienen so höfliche, junge Leute zu sein. Jedesmal, wenn sie diesen Punkt der Geschichte erreichte, wurde Mrs. Naas von einem langen zitternden Seufzer unterbrochen, als ob irgend jemand sie an der Kehle gepackt hätte. Sie und wem immer sie diese Geschichte erzählte, blickten einander dann einen Augenblick schweigend an; der Journalist

war keine Ausnahme. Irgend etwas Fremdes brannte langsam wie ein räucherndes Stück Weihrauch in diesem Zimmer, in Mrs. Naas' Wohnzimmer, das auf zwei Ebenen angelegt und so liebevoll eingerichtet worden war, der Kamin, Stein für Stein von Naas selbst ausgewählt, die Felle der Tiere, die er geschossen hatte, bedeckten die Barhocker, die Wandbehänge waren Stich für Stich von Mrs. Naas in Sicherheit vor der ländlichen Armut der Vergangenheit hergestellt und in der Gewißheit, daß diese Gegenstände und Kunstwerke das waren, was Zivilisation ist.
Mrs. Naas – als Frau mit einem Hang zum Künstlerischen – bemerkt Dinge eher als ein Mann, erklärte Mr. Naas der Polizei. Es war Mrs. Naas' Beschreibung des Mädchens und des jungen Mannes, die sie mitnahmen, um sie mit ihren Akten und Fotografien im John Vorster-Gebäude zu vergleichen, um sie in den Verhören zu benutzen, und die, wenn sie auch nicht immer Worte aus den Halsstarrigen herausquetschen konnten (und manchmal konnte man keinen Ton aus diesen Leuten herausbekommen, gleichgültig, was man mit ihnen anstellte), doch eine unfreiwillige Veränderung des Gesichtsausdruckes hervorrufen konnten, die die Mühe wert war, weiter zu drängen auf Identifizierung, Namen, Beweise der Begünstigung. So kam es, daß die Polizei in ihren Akten, der Journalist in seinem Artikel (der die Titelseite am Sonntag abwartete) eine Beschreibung des gesuchten weißen Paares hatte – einem blonden, bärtigen Mann in den Zwanzigern und einer jungen schwangeren Frau. Der Journalist hatte keine Beschreibung von irgendwelchen Schwarzen, die an dem Sabotageakt beteiligt gewesen waren, obwohl bekannt war,

daß die eigentliche Arbeit von Schwarzen gemacht wurde. Die Beteiligung von Weißen war der interessante Aufhänger; ein weißer Revolutionär war zwanzig Schwarze wert.

Falls es der Staatssicherheit abträglich war, die Veröffentlichung irgendwelcher Einzelheiten über die Saboteure zu erlauben, so war es nützlich, gewisse Details des Angriffs zu nutzen, um der Öffentlichkeit nachdrücklich klarzumachen, wie sehr sie bedroht war. Soll doch der Geheimdienst die Waffen der Saboteure einsammeln und sie auf die Köpfe von Bürgern richten: so stopft man jedes Großmaul, das unangenehme Fragen stellt, wie es kommen konnte, daß man so bedroht war – dann wäre jeder schnell bereit zuzustimmen, daß man dem Premierminister alles geben müsse, um die eigene Haut zu retten. Ein Foto eines Waffenverstecks wurde an alle Zeitungen gegeben; AKM-Sturmgewehre, Haftminen mit Zündsätzen und Zeitzündern des Typs, der, wie man festgestellt hatte, einen Teil des Kraftwerks gesprengt hatte, defensive und offensive Handgranaten mit Sprengkapseln, mehrere hundert Schuß Munition. Einige Draganow-Scharfschützengewehre, ursprünglich aus einem anderen, früheren Versteck, wurden wegen der größeren Wirkung hinzugefügt, so wie ein Stück Grünzeug einem Blumenarrangement den letzten Pfiff gibt. Die Orte, an denen diese Waffen entdeckt worden waren, wurden nicht gezeigt, aber es wurde erklärt, daß einige von ihnen in der Steppe in einem Versteck zwischen Büschen vergraben gewesen waren, wo die Saboteure anscheinend vor dem Angriff gelebt hatten, und einige waren in der Garage eines Hauses auf einer Parzelle gelagert worden. Das ›ausgebaute‹ Nebenhaus wurde für ein Arsenal gehalten, aus dem mehr als eine Gruppe von Saboteuren versorgt worden war. Eine Keksdose, die in einer Ecke der Fotos gezeigt wurde, enthielt Munition. Als Mrs. Naas Klopper sie sah, stieß sie einen Schrei des Erkennens aus. Da war das Kind mit dem kleinen Hund und den Rosen; ihre eigene Keksdose, in dem sie die Gabe ihrer Plätzchen überbracht hatte.

Ein Pavian ist auf einer Straße tot aufgefunden worden. Der Verwesungsgeruch führte einige Kinder zu ihm, als sie Rollschuh liefen. Sein rechter Arm war zerschmettert und sein Fell von schwarzgewordenem Blut wie von Teer beschmiert. Jetzt machte irgend jemand ein Foto von ihm, bevor die städtische Müllabfuhr von Baca mit einem Trinkgeld von fünfzig Cent dazu bewogen wurde, am Montagmorgen das tote Tier fortzuschaffen.
Niemand will das Foto veröffentlichen. Der tote Pavian wurde an dem Sonntag gefunden, an dem versucht worden war, das Kraftwerk zu sprengen. Der Sabotageakt füllte die Zeitungen und hat die Leute mit anderem beschäftigt, schließlich waren einige Vororte, die die Kreatur beunruhigt hatte, achtzehn Stunden ohne Strom.
Er ist als junger, ausgewachsener männlicher *Chacma* Pavian identifiziert worden. Nur ein Pavian, kein Orang-Utan, kein Schimpanse – nur eine einheimische Gattung.

Der Kleynhans-Hof ist nun von Zeitungsleuten fotografiert worden für Zeitungen, die in Englisch, Afrikaans und Zulu für bestimmte Leserkreise herausgegeben werden, Schwarze, Weiße und allem dazwischen, und für die internationale Presse. Er wurde gesperrt gedruckt, um seinen unheilverkündenden Status deutlich zu machen, den Namen einer Bedrohung inmitten der Gemeinschaft von Ruhe und Ordnung. Wenn der Kleynhans-Hof existieren kann, unentdeckt, eine Farmparzelle wie jede andere in den Büchern von *Kloppers Eiendoms Beperk*, was bleibt dann übrig von dem alten, sorgenfreien Leben?

Als sie den Kleynhans-Hof-Angriff untersuchte, fand die Polizei zwei Matratzen auf dem Fußboden im Haus sowie zwei Betten; alte Zeitungen, die viele Wochen zurückreichten bis zu der Geschichte über einen Affen, den einige Kinder beim Schwimmen gesehen hatten. Nichts, was weiterführte. Alles, was das weiße Paar vergessen zu haben schien, war ein selbstgemachtes Musikinstrument, eine Art Saxophon. (Das wurde nicht eingereiht in die Waffenausstellung auf dem Foto, das vom Sicherheitschef für die Presse freigegeben wurde.) Die Sicherheitsabteilung hat ihre Akten nach einem politischen Verdächtigen durchsucht, von dem bekannt ist, daß er früher Musiker gewesen ist. Es ist offensichtlich, daß das Instrument von einem Schwarzen gemacht wurde – ein gewisser, naiver Einfallsreichtum, die Art Dinge, die Schwarze zusammenstellen können aus Stückchen vom Abfall in einer Bergwerkssiedlung oder während sie lange Gefängnisstrafen verbüßen. Gespräche mit Verantwortlichen der Gefängnisabteilung von Robben Island haben zu der Erkenntnis geführt, daß ähnliche Gegenstände manchmal von den Politischen mit langen Haftstrafen hergestellt werden. Dieses Stück bestand aus Blechringen von Bierdosen (von denen viele in der Küche gefunden wurden) und Patronenhülsen, die zu denen in dem Versteck mit scharfer Munition paßten.

Ziemlich früh während ihrer Ermittlungen gab die Polizei die Information frei, daß einer der vier Leute – zwei Weiße und zwei Schwarze – die, wie man herausfand, für den Kleynhans-Hof-Angriff verantwortlich waren, an der Grenze zu Swaziland gestellt und bei einer Schießerei mit der Polizei getötet wurde. Polizisten wurden bei diesem Zwischenfall nicht verletzt. Ein Wächter des Kraftwerkes verlor zwei Finger, aber sonst wurde kein weiteres Personal verletzt und unter der Bevölkerung gab es keine Toten. Der alte Mann, der den Kleynhans-Hof besucht hatte, um zu sehen, wie sein Mais wuchs, wurde ins Leichenhaus der Polizei gebracht, um die Leiche des toten Schwarzen anzusehen. Das Gesicht war in einem erkennbaren Zustand, obwohl nicht viel vom Körper übriggeblieben war. Er identifizierte das Gesicht als das eines der Farmboys, die für die weiße Missus gearbeitet hatten; dieser alte Mann war daher die Schlüsselfigur in der Ermittlung und bewies zweifelsfrei, daß das weiße Paar das Haus eingerichtet hatte, um für alle vier Tarnung und einen sicheren Platz zu schaffen, um den Angriff zu planen und die benötigten Waffen und Munition zu lagern. (Mrs. Naas hatte ausgesagt, daß ein offener Schuppen unverfroren in ein Lager mit einer Stahltür verwandelt worden war.) Die zwei Schwarzen gaben sich bis wenige Tage vor dem Angriff als Farmarbeiter aus, bevor sie in eine alte, verlassene Mine in der Nähe des Kraftwerkes umzogen. Decken, die Reste von Fertiggerichten kennzeichneten ihre Tätigkeit dort draußen im Buschland.

Niemand weiß, wer die Saboteure, lebendig oder tot, wirklich sind. Es gibt Namen, ja – jetzt, da die Ermittlungen fortgeschritten sind, da die Verhöre im John Vorster-Gebäude Ergebnisse liefern, hat es Namen gegeben. Am Handgelenk des Toten befand sich ein billiges Armband mit einer Plakette, auf der ›Gende‹ eingraviert war, und man hat festgestellt, daß dies einer der Namen eines Mannes war, der auch als ›Eddie‹, ›Maxwell‹ oder ›David Koza‹ bekannt war. Er war unter Tausenden gewesen, die während der Unruhen von 1976 inhaftiert worden waren, als Schuljunge. Er hatte das Land nach seiner Entlassung unbemerkt verlassen; niemand wußte, wann er gegangen und wann er zurückgekehrt war.

Das weiße Paar war nicht verheiratet. Es gibt kein Paar wie Mr. und Mrs. Charles Rosser, die schüchtern in Mrs. Naas' schönem Heim saßen. Der Afrikaansche Vorname ›Anna‹ war nicht der Name des Mädchens. Ein Mr. und eine Mrs. Watson, die zurückgezogen in Port Elisabeth wohnen, die sie seit Jahren nicht gesehen haben – sie habe sich ›bis zur Unkenntlichkeit‹ verändert durch politische Ansichten, die sie nicht tolerieren konnten –, nannten sie vor neunundzwanzig Jahren ›aus Freude‹ bei der Geburt einer kleinen Tochter Joy. Soweit sie wissen, ist sie nie in Australien gewesen. ›Charles‹ wurde Winston Derocher getauft – einer jener sentimentalen Schnitzer, den diese Politischen machten, sich in Anklang an seinen Namen ›Rosser‹ zu nennen, obwohl er doch wissen mußte, daß Informanten in England Material über ihn an die John Vorster-Leute liefern würden.

Der zweite Schwarze, der Überlebende, ist als Zachariah

Makakune identifiziert worden, auch als Sidney Tluli bekannt. Man nimmt an, daß er mehrmals aus dem Exil illegal über die Grenze gekommen ist und vor dem Kleynhans-Hof-Angriff für weitere Sabotageanschläge verantwortlich war, immer ohne Verluste an Menschenleben. Aber sein Glück muß ihn eines Tages verlassen; er wird töten oder getötet werden. Man hatte gehofft, daß er bei einem Angriff der Südafrikanischen Verteidigungsstreitkräfte auf Männer vom *African National Congress* jenseits der Grenze, die in benachbarten Ländern Asyl erhalten hatten, getötet worden war, aber es stellte sich heraus, daß die Verteidigungsstreitkräfte falsch informiert gewesen waren, er war umgezogen, und es waren neue Mieter, ein Bauarbeiter mit seiner Familie, Bürger jenes Landes, die nie jenseits seiner Grenzen gewesen waren, die an seiner Stelle in ihren Betten im Maschinenpistolenfeuer starben.

Daher weiß niemand wirklich, wer derjenige war, der nach dem Kleynhans-Hof-Angriff starb, oder wer sie zu sein glaubten, die drei, die überlebten und verschwanden. Niemand weiß wirklich, welcher Name die Identität bezeichnet, die jeder von ihnen innerlich akzeptiert. Und nicht einmal dies ist ihm voll bewußt; all das, was ihn in diese Lage gebracht hat, an diesen Ort, zu dieser Zeit, zu dieser Identität, die er empfindet. ›Charles‹, ehemaliger Geliebter von Joy, ›Charlie‹, Bruder von ›Vusi‹ und ›Eddie‹ – Winston Derocher, der den Namen des Helden seines Vaters als Vornamen erhalten hatte, weiß nicht, daß sein entfernter französischer Vorfahre de Rocher, der eine Familie gründete, die durch die sprachlichen und kulturellen Veränderungen der Wanderungen und Mischehen zu verworren war, um ihr Schicksal aufzuzeichnen, ein Missionar war, der, wie er selbst, aus der Idee der Brüderlichkeit lebte – einer anderen – außerhalb der engen Gemeinschaft seiner Hautfarbe. ›Vusi‹ weiß nicht, daß die Flasche mit Fusel, auf der er die Handelsmarke *Hatherley Distillery* fand, von *Die Eerste Fabriek* kam, die von Präsident Paul Kruger genehmigt war, der Modellfabrik auf dem *veld*, wo ›Vusis‹ eigener Urgroßvater für das wenige Geld gearbeitet hatte, das das übliche Lohnniveau für Schwarze werden sollte, als die Minensiedlung zu einer Stadt erklärt wurde, einer Großstadt, einem großen Industriekomplex.

Dr. Graham Fraser-Smith, der auf einem Golfplatz launig in die Augen der menschlichen Entwicklung zurückgeblickt hatte, wußte nichts von einer jüngeren Stufe, die zu seinem eigenen Entstehen geführt hat. Er weiß nicht, daß er, nur drei Generationen zurück, von einem Dienstmädchen abstammt, Masie McCulloch, die von einem Bergwerksmagnaten importiert wurde, um den Abfalleimer in einem spätviktorianischen Kolonialhaus zu leeren, das nun unter Denkmalschutz stand, und diese Stellung verließ, die dann von Schwarzen übernommen wurde, während sie selbst ein Bordell für alle Rassen in der Jeppe Street eröffnete.

Niemand hat jemals herausbekommen, wer den Pavian losgelassen hat.

Das heilige Mitglied der Menschenaffenfamilie, das Kunstwerk in der städtischen Kunstgalerie, hat sowohl eine bekannte als auch eine verborgene Herkunft. Es ist beglaubigt als eine aus dem achtzehnten Jahrhundert stammende europäische Kopie einer Statue aus Māllapuram in Indien aus dem siebten Jahrhundert. Die alte Dame, die sie gestiftet hatte, war nach Südafrika ausgewandert, um der Rassenverfolgung in Europa zu entkommen. Die Seltenheit ihrer Schenkung war ihr nicht bewußt, und sie glaubte sich als großzügige Patronin der Künste zu zeigen, ohne etwas Wertvolles aus dem privaten Fundus europäischer Kultur zu opfern, den sie, zusammen mit ihrem Leben, vor der Zerstörung gerettet hatte.

Der Stollen, in dem Eddie und Vusi sich versteckten, von dem Charles meinte, er stamme aus der Zeit der Jahrhundertwende, ist in Wirklichkeit viel, viel älter. Er reicht weiter als irgend etwas anderes in der konventionellen oder alternativen Geschichte oder gar mündlichen Überlieferung zurück, bis in die Zeit jener Menschen, die die Anthropologie und Archäologie bevölkern, bis zu den Händen, die die Gegenstände formten und die Holzkohle verbrannten, an der man Kohlenstofftests machen kann. Niemand weiß, daß sich mit dem kurzen Aufenthalt von Eddie und Vusi dort und den furchtbaren Werkzeugen, die alles waren, was sie zum Arbeiten hatten, ein Kreis schloß; denn vor den Prospektoren des *Gold Rush* in den Achtzehnhundertneunzigern, Jahrhunderte, bevor die Zeit gemessen wurde, gab es hier, in solchen Gruben, einen uralten Bergbau dort draußen, und Metalle, die den Menschen wertvoll waren, wurden entdeckt, ausgegraben und geschmolzen – für sich selbst – von schwarzen Männern.

Glossar

baas	Boss, Anrede des weißen Chefs
baba	Großvater, Papa, respektvolle Anrede
Baca	Stamm aus der Provinz Natal, heute im Pondo-Land/Transkei ansässig
boet	Bruder
dronkies	Säufer
donga	Graben
hok	Hühnerstall
kapok	Baumwollbaum, gemeint ist der wollige Samen des Baumes
kerrie	schwerer Schlagstock
mageu	Sauermilchgetränk
môre	Guten Morgen
samoosas	kleine indische Pasteten, Imbiß
shebeen	Haus oder Geschäft, in dem Alkohol ohne Erlaubnis verkauft wird.
sisi	Schwester
skelm	Rumtreiber, Eckensteher
stryddag	Parteikonvention
tsotsis	Taschendiebe, jugendliche Kleinkriminelle
veld	die offene Landschaft in Südafrika